我们愿把学习摄影的秘籍传给您

苏通大桥之夜

F:70mm f:8 T:3 ISO:320

拍夜景最好是在天未全黑，且灯光已开启时，此时拍出的照片天空部分带有深蓝色层次

初春的永定河谷

F:28mm f:18 T:1/1250 ISO:400

运用逆光可使画面失去鲜艳的色彩，而形成以消色灰黑为主的影调

船厂一角

F:10mm f:11 T:1/320 ISO:400

中间调画面适宜表现被摄物体的立体
感、质感和色彩

胡同鸽哨声

F:62mm f:10 T:1/1250 ISO:400

曝光应以亮部为参考点，暗部呈剪影状

凝固瞬间

数码单反摄影的艺术

白金教程

■ 李英杰 李秋弟 著

人民邮电出版社

北京

作者的话

——我们愿把学习摄影的秘籍传给您

数码摄影技术的飞速发展，一方面使摄影器材越来越先进，自动化程度越来越高，拍出照片的质量也让最初对数码摄影抱有怀疑的人开始以试试看的心态入手，逐渐进入爱不释手，最后达到完全抛弃小型胶片相机的境地；另一方面，数码摄影技术的发展又使摄影队伍空前壮大，使摄影艺术完全成为一种大众化的艺术门类。

在信息传播高度发展的今天，报刊、杂志、互联网……使我们能更快地感知世界每个角落的变化，而传播的媒介除文字外，更多的是通过影像来传播。影像最直观、生动，且无国界，不需要翻译。因而有评论家说：过去不认识文字是文盲，现在不会摄取影像也可能被称为现代"文盲"了。

也有人担心人人都会摄影了，摄影还是艺术吗？拍出的照片还有价值吗？其实，犹如人人都会写字，而不一定会写字的人都是书法家、诗人、作家一样，摄影的普及也不会宣告摄影艺术的消亡；相反，它可能更会被大众注目和关心，成为最受大众喜爱的一种艺术表现形式。

为了让摄影爱好者能更多、更好地拍出自己满意的照片，也为了让更多的朋友进入我们摄影发烧友的队伍，笔者愿把几十年学习摄影创作的经验总结出来，结合数码相机的使用，一起提供给影友做参考，也许我们走过的弯路能使读者得到教益，我们有些成功的经验能与读者共同分享。我们力图从最基础开始讲起，由浅入深，做到理论与实践并重，最后带大家步入摄影艺术创作大门，为使读者早日也成为一名摄影家打好坚实基础。

许多渴望早日掌握数码摄影技术的读者都希望能听到一些少而精的"秘籍"之谈。其实去掉"秘籍"的神秘外纱，剩下的无非是真情实意和毫不保留的经验交流。当然，在学习方法上也确实存在一些科学的方法，比如学习摄影艺术，也有一些与学习其他艺术门类（如书法、绘画）不一样的地方，抓住这些特点，学起来就会轻松得多，方便得多。

　　学习摄影艺术有什么独特的地方要注意呢？这首先要知道摄影艺术是科技和艺术表现的结晶，即它既包含有科技的内容，也包含有艺术的成分。在学习过程中，我们应该根据二者的不同性质而采取不同的学习方法。

　　学习科技部分要注意弄清原理、把握定律，有时需要熟记一些数据，再通过实际拍摄增强体会，最后达到熟能生巧，变化多端。这个过程并不需要花费太多的时间和精力。

　　学习艺术表现部分是要了解艺术表现的一般规律，注意自身艺术综合素质的培养与提高，即常说"功夫在诗外"。要借鉴其他艺术门类的成功经验和审美理念，再结合摄影艺术创作实践，融入作者独特的思想感悟，凭借自身日益敏锐的观察力和捕捉事物的反应能力，有意或无意地灵活运用所学到的技术技巧，争取打破常规，创作出一些不一般的摄影艺术作品，能做到这一步，也就离成为一名"摄影家"不远了。要达到这种水平并不是天方夜谭，因为摄影非同书法、绘画，不需十年磨一剑，时间长短完全可视自身悟性而定，有的入门虽晚，但条件具备，如同佛家修炼，一旦开悟，便可立地成佛，来去自由。

　　为了使读者能更深刻，更真实地通过实拍作品来说明如何使用器材、在创作过程中掌握如何选题、如何立意、如何造型的技巧，书中收录了很多图片供参考。本书所选用的图片绝大多数均选自作者所摄，这并不意味我们的作品比别人的有多好，而是考虑我们对自己的作品更了解创作时的全过程，讲起来也更真实，更有说服力。影友们要注意结合自身条件和特点选择一条独具个性的创作道路走下去，才能脱离俗套，自成一家。

　　真切地希望读过此书的朋友能有所收获，并愿和大家一起在对摄影艺术探求的道路上搭伴而行，成为真情挚友。

本书第3、4、5、7章由李英杰撰写，第1、2、6章由李秋弟撰写。
清华大学李学吉教授为本书绘制了精美插图，在此表示诚挚的谢意。

李英杰

PART
01 数码摄影器材的原理、选购与操作

PART
02 数码摄影的曝光与对焦

PART
03 数码摄影用光与影调控制

PART
04 数码摄影构图

PART
05 数码摄影题材分类与拍摄技巧

PART 06 数码照片的后期矫正

PART
07 名家作品赏析

PART
01 数码摄影器材的原理、选购与操作

数码单反相机的原理与结构

数码单反相机与传统相机的主要区别

▣ "单反"与"双反"

数码单反相机的全称是数字单镜头反光照相机（Digital Single Lens Reflex），缩写为DSLR，俗称"数码单反相机"。它是由单反照相机进行数字化改造而来的。

它之所以被称为"单反"照相机，是因为要将它与曾经流行的取景和拍照分别使用不同镜头的双镜头反光照相机相区别，它取景、拍摄时使用的都是同一个镜头。使用这种照相机，拍摄者能够利用位于相机背后的光学取景器观察通过镜头进入相机的影像并直观地进行取景构图，同时通过安装在相机上的同一个镜头提供的视角和取景范围进行拍摄。

禄来弗莱克斯双镜头反光照相机

▣ 数码单反相机的实质性改进

数码单反相机对传统单反相机实质性的改进，也是数码单反相机与传统相机的主要区别，是它利用现代微电子技术制作的一块固定的CCD或CMOS芯片（功能上称为"数字影像传感器"）替代了需要不断更换的感光胶片，实现了影像的直接数字化存储。

传统单镜头反光照相机尼康F3AF

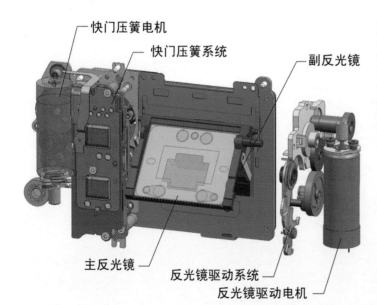

单反相机内的反光镜驱动机构

单反相机的五棱镜

▣ 五棱镜和取景

在数码单反相机的结构中，除了CCD/CMOS芯片以外，最为重要的光学器件就是照相机内部的反光镜和相机上端圆拱形结构内安装的光学五面镜或五棱镜了。

拍摄者正是使用这种结构

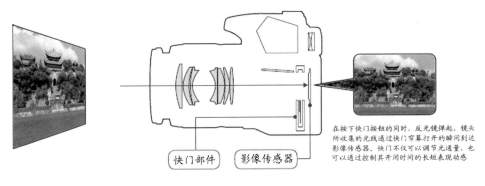

在按下快门按钮的同时，反光镜弹起，镜头所收集的光线通过快门帘幕打开的瞬间到达影像传感器。快门不仅可以调节光通量，也可以通过控制其开闭时间的长短表现动感

快门部件　　影像传感器

按下快门按钮后的状态

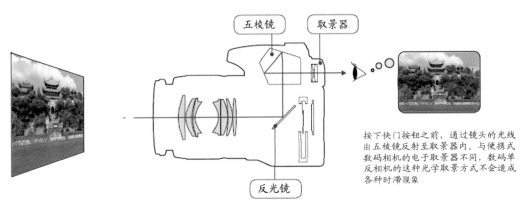

五棱镜　　取景器

按下快门按钮之前，通过镜头的光线由五棱镜反射至取景器内。与便携式数码相机的电子取景器不同，数码单反相机的这种光学取景方式不会造成各种时滞现象

反光镜

按下快门按钮前的状态

从取景器中直接观察到通过镜头的被摄光学影像。从单镜头反光照相机的结构图中可以看到，光线透过镜头到达反光镜后，就会折射到照相机的对焦屏上形成影像，拍摄者通过接目镜和五棱镜就可以在取景器中看到外面的景物。这个过程有点像士兵通过潜望镜看水面上的景物，窗框的大小就是人们看到外面景物的范围。这个过程就是"取景"。

📷 曝光

摄影者取景完成后，即可按下快门。摄影者按下快门以后的短暂的时间片段，对于数码单反相机来说就是一个拍摄和成像的过程，通常称之为"曝光"。尽管单反相机的品牌和型号不同，但其曝光原理和过程大致是相同的。在按下快门后的瞬间，机内的反光镜向上弹起，位于CCD/CMOS前面的快门幕帘随即打开。对于使用胶片感光的单反相机来说，光线(影像)是通过镜头投影到胶片表面，使胶片曝光；数码单反相机则是启动感光元件的电路接收光线、开始并完成"光－电"转换和模拟图像转换为数字图像的过程。

但是，在摄影者按下快门的一瞬间，反光镜弹起会暂停其取景功能，因而单反相机的光学取景器中会出现短暂的黑屏，黑屏

安装了标准镜头的数码单反相机

安装了超级远摄镜头的可更换镜头的数码相机

3

的时间根据设定快门速度的高低而不同。之后，反光镜即恢复原状，取景器中再次可以看到影像，此时相机就完成了一次曝光过程。

■ 镜头

镜头在数码单反相机的结构中占有相当重要的地位。使用单反相机最大的优势是摄影者在光学取景器中看到的取景范围和感光元件记录的实际影像范围基本一致。摄影者使用不同的镜头进行创作，不仅可以达到不同的拍摄效果，而且形成的艺术风格往往也有很大的不同。

各个品牌的数码单反相机都拥有性能不同、数量很大的可用镜头群，在传统单反相机上使用的镜头也大多可以在数码单反相机上使用。从拍摄效果极具视觉冲击力的鱼眼镜头，到长达1 000mm以上的超级远摄镜头，都可以安装在同一台数码单反相机上，从而来完成不同题材、不同景别、不同效果的摄影艺术作品的拍摄。此外，单反相机可以使摄影者更加精确地控制取景范围，选择最佳的视角进行创作。

尽管数码单反相机有很多优点，但由于它的制造难度大，工艺复杂，价格偏高，在相当长的时间内影响了它的普及——现在这种情况已经有所改变，目前，市面上的入门级数码单反相机的价位已经降到了3 000元左右。专业级数码单反相机体积大、质量重、价格昂贵以及携带不便的问题近期还看不到解决的前景。单反相机的镜头对于不少人来说是重量和价格的双重负担，因为单反镜头不仅体积大，而且一般需要两三支以上才能满足拍摄需要。另外，在按下快门拍摄的瞬间会有片刻的黑屏，会使一部分人感觉不大舒服——但是，这个问题解决之时，恐怕单反相机也就该改名了。

数码单反相机可以使用大量镜头产品，满足人们不同的拍摄需求

数码单反相机的成像原理及拍照过程

数码单反相机的成像原理

尽管不同相机的成像结构有所不同，但无论是数码单反相机还是旁轴取景相机，包括大画幅相机，它们成像的原理实际上都源于简单的小孔成像。

小孔成像，是指当景物透过暗箱的小孔时，会在其内部特定距离的平面上产生一个左右、上下颠倒的影像。如果在这个平面上放置一块感光板，如摄影胶片等，这个暗箱就成为一台简单的照相机。其中，孔隙的大小决定了进光量的多少，它和成像曝光的时间成反比。

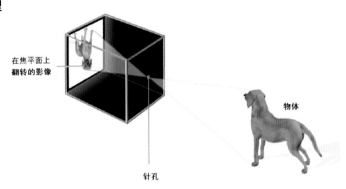

在焦平面上翻转的影像

物体

针孔

小孔成像原理示意图

使用这种原始方式留下的影像不够清晰，而且拍摄者也不能有效地控制景深。照相机的镜头就是这个暗箱中"小孔"的改进。现代的单反镜头不仅可以精确控制进光量和景深，而且变焦镜头还可以通过焦距的调整改变拍摄影像的视角范围。

数码单反相机的拍照过程

数码单反相机在开通电源并按下快门以后，会按以下步骤生成数字影像。

光学影像通过镜头直接照射到感光芯片上。

经过一段时间的曝光后，感光芯片上的一个个像素点，即微小光电二极管受到强弱不同光线的照射，激发释放并转换为强弱不同的电荷，它们是形成数字图像的基础。

控制感光元件的芯片利用感光元件中的控制信号电路，对光电二极管产生的电流进行控制，由传输电路输出，感光元件会将一次成像产生的电信号收集起来统一输出。经过放大和滤波后的电信号被送到A/D（模/数转换器），由它们将此

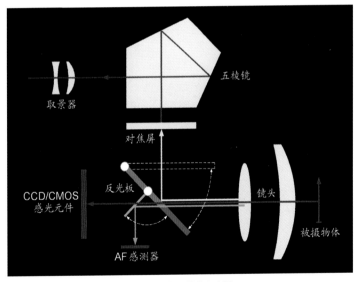

取景器

五棱镜

对焦屏

CCD/CMOS
感光元件

反光板

镜头

被摄物体

AF感测器

数码单反相机结构示意图

时的模拟电信号转换为数字信号，其数值的大小与电信号的强度即电压的高低成正比。最后形成真正意义上的数字图像，此时图像数据的细节和面貌还没有经过任何加工。

原始的数字图像会被输出到数字影像处理器。在这里，依据操作者对数码相机的设定，图像数据经过色彩校正、白平衡处理、锐度调整等内部加工，被整理为数码相机和电脑可以读取的图像文件格式保存下来。这一步骤在不同品牌的数码相机的设定中是不同的。

最终产生的图像文件将保存在数码单反相机的存储卡中。

数码单反相机的金属帘幕快门

数码单反相机的"眼球"——镜头

照相机的镜头相当于人的眼球，清澈、明亮的眼球是人能够看到高质量影像的决定性因素之一。

■ 数码单反相机镜头的重要性

除了CCD/CMOS的像素数，镜头的质量也是决定照片质量的重要因素之一。和普通单反相机一样，数码相机采集图像信息的窗口也是不同等级、功能各异的镜头。一支好的镜头，对于获取高质量图像的作用是毋庸置疑的。

正因为如此，各个专业相机制造商都为自己生产的数码相机开发配备了性能较好的镜头。即使不是专业相机制造商，他们也为自己生产的相机分别选用了一些名牌镜头。这也是对照片质量的有效保证。

镜头的主要参数，如最大光圈、焦距、口径等都清晰地标识在镜头上。

单反相机镜头上清晰标明了镜头的焦距和其他主要参数

■ 镜头的安装

数码单反相机没有镜头就无法工作，为了拍摄不同的场景和题材，也需要经常更换镜头。因此，拆卸镜头是数码单反相机使用者的一项经常性的工作。

安装和卸载镜头的操作步骤如下（读者可以观看本书附带光盘中的视频讲解）。

——取下镜头盖

如果是在机身上第一次安装镜头，则需要先依次取下机身上的镜头卡口盖和镜头的后盖，再安

安装有机身镜头卡口盖的索尼数码单反相机

数码单反相机镜头与机身卡口的安装对位标记

装镜头。在安装过程中，为避免灰尘进入相机内部，户外更换镜头时，应该把机身镜头卡口部位向下。如果条件允许，可以在摄影包内更换镜头。

——对准镜头安装标志嵌入

对于佳能EF-S镜头，可以将镜头的白色标志点与机身上的白色标志点对齐，然后缓慢平稳地将镜头安装于机身的镜头卡口内，安装时应注意避免镜头倾斜。

——旋转镜头锁紧

镜头插入机身后，沿顺时针方向旋转镜头进行锁定。旋转镜头直至听到固定销到位（合扣）的声音。

另外，佳能品牌的EF镜头与EF-S镜头的结构略有差异。为了避免误将EF-S镜头安装在不匹配的相机机身上，厂商分别在机身和EF-S镜头上设置了专用的白色标志。EF-S镜头应对准机身侧的白色标志牢固安装。注意，EF-S镜头只能用于APS-C画幅的佳能EOS系列数码相机产品。而EF镜头则可用于所有佳能EOS系列的数码单反相机。

安装EF镜头时，要对准卡口边的红色标志卡入；安装EF-S镜头时，要对准卡口边的白色标志卡入。

> **说明：**
> 安装时镜头的旋转方向要特别注意，尼康相机为逆时针方向，佳能、索尼相机为顺时针方向——与取下机身前盖的方向相反，听到轻轻的一声合扣声后，镜头即安装完成。

■ **卸载镜头**

拆卸镜头时，按下机身镜头卡口边控制镜头拆卸的按钮并保持不放，然后向与安装镜头时相反的方向拧动镜头即可将镜头取下。

数码单反相机的"视网膜"——影像传感器

光电影像传感器是数码相机感光成像的核心部件，主要分为CCD和CMOS两种。它的作用近似于传统单反相机中的感光胶片。也有人把它们比喻为人的眼睛。

然而，"任何比喻都是不精确的"。这种把数码相机的影像传感器比喻为"人的眼睛"的说法，忽略了数码相机上的镜头和聚焦系统的作用。实际上，CCD/CMOS只相当于眼球的视网膜、眼底。它们与镜头、聚焦测距电路等合起来才能构成数码相机的完整"眼睛"。因为，虽然CCD/CMOS还是处于传统照相机底片的位置上，但功能却更加接近人眼的视网膜——因为它可以无数

数码相机里的影像传感器芯片

次地拍照、无数次地被刷新。最新的几款数码单反相机甚至还有了性能不俗的视频拍摄功能——这当然也是人类观察记忆能力的科学延伸。

影像传感器的功能是通过接收从镜头进来的颜色不同、明暗

不同的光信号，经过相机的复杂的控制电路（相当于普通计算机的控制器、运算器），把它们转化为许多强弱不同的电信号集合——数字图像。数字图像可能达到的细致程度是由相机中影像传感器的感光点的多少决定的。这些感光点，就是我们常说的"像素"。标称800万像素的数码相机，其影像传感器的感光点就有800余万个；标称1000万像素的数码相机，其影像传感器的感光点就有1000余万个，依此类推。

数码单反相机的"大脑"——图像处理器

影像传感器接收从镜头进入的光信号后，要经过光电转换控制器和"模拟-数字转换器"，把它们转换为数字信号。因为CCD/CMOS本身并不能直接形成图像。它的作用只是把接收的光信号转换为电信号并即时传递到数码相机的"神经系统"，送达相机中负责思考和处理问题的"大脑"——图像处理器，最后形成图像，并存储在不同的记忆

索尼数码单反相机的影像处理器

尼康数码单反相机的影像处理器

体上。当然，这一切都是在数码相机的主CPU的控制、调度下，通过机内的复杂电路完成的。

图像处理器的作用非常重要，新一代图像处理器的推出，往往意味着数码相机图像画质的一次飞跃。因为又有许多新的技术成果、很多摄影师的经验和工程师的心血被注入这块小小的芯片之内。

数码相机的"记忆"功能则由形态不一、类别不同的存储卡承担。

数码单反相机CCD/CMOS的特性与区别

CCD（Change-Coupled Device的英文缩写)的正式名称是"电荷耦合器件"。它是一种用来把光(影像)信号转换成电信号的装置。它是一种集成电路芯片。CCD曾经长时间占据数码摄影领域的大多数领地，并具有色彩鲜艳、电子噪声相对较低的优势。但是，由于CCD的制造工艺较

为复杂、耗电量较高等问题，促使人们一直在研究、开发它的替代产品。CMOS的正式名称是"互补金属氧化物半导体(Complementary Metal-Oxide-Semiconductor)"。制作一般集成电路芯片的CMOS技术，在不断改进的过程中取得了在数码相机传感器方面的新突破。目前佳能公司不仅使用CMOS技术制造出了2 000万像素级的影像传感器，而且其EOS系列数码单反相机也已经全线使用CMOS芯片。

目前，CMOS芯片已经在数码单反相机中占据了绝对优势，而仍然在使用CCD芯片的数码单反新产品则只有为数不多的几个入门级机型了。

CCD/CMOS在感光和数模转换电路原理上虽然大致相同，但CCD芯片的信号传导是串行传输，CMOS芯片则是并行传输，因此，CMOS的传输速率和存取速率要比CCD快，但是，这些对于摄影者的操作却几乎没有什么影响。

CCD中有一个"另类"，叫做超级CCD(Super CCD)，由富士公司开发、应用在富士品牌的数码单反相机上，其像素点的形状和排列方式与其他CCD有所不同，主要优点是"动态范围"（宽容度）较大。CMOS中也有一个"另类"，叫做Foveon X3，其主要优点是成像色彩鲜艳，目前仅应用在适马品牌的数码单反相机上。

在CCD群雄逐鹿的历史

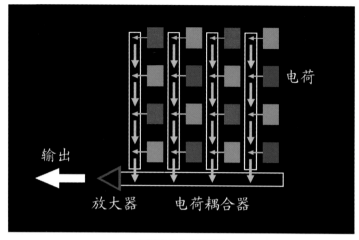

CCD信号传输示意图

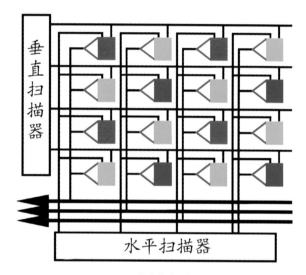

CMOS信号传输示意图

中，富士公司的超级CCD独树一帜。

一般CCD的每个像素都是由一个光电二极管、一条控制信号通路和一条电荷传输通路组成，呈方形平面，按矩形排列。每个光电二极管都是矩形的，而它们上面的微透镜则是圆形的，这样必然会影响到光吸收的效率。由于在互相垂直的轴上空隙较大，普通CCD的缺点就在于它水平和垂直方向上的分辨率高于对角线上的分辨率。超级CCD（Super CCD）打破了这个常规，其八角形平面光传感元素、呈45°蜂巢状排列提高了有效分辨率。

由于光电二极管感光面的加大和光吸收效率的提高，每个像素吸收的电荷也显著地增加了。据说，这种CCD和新的图像处理器一起工作，几乎可以把有效分辨率在原来的水平上提升一倍。

也就是说，只有600万像素的超级CCD，可以达到1 200万像素的输出效果。所以，采用了超级CCD的富士数码单反相机声称，不仅其照片输出的像素数可以超出CCD本身标称像素数的一倍，其动态范围（宽容度）也是所有影像传感器中最高的。

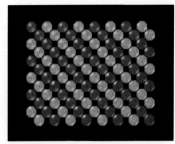

最新超级CCD像素排列示意图

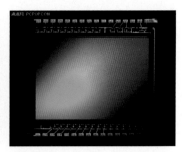

富士公司新近推出的Super CCD EXR 影像传感器

影响数码摄影图像质量的几个重要因素

有效像素数

在数码单反相机的技术参数中，影像传感器像素通常有两个数值：总像素数和有效像素数。

数码图片的存储一般以像素（Pixel）为单位，每个像素是数码图像构成的"原子"。有效像素数的英文名称为Effective Pixels。与所谓"总像素数"不同，有效像素数是指真正参与感光成像的像素数量。而总像素的数值是感光器件CCD/CMOS的全部像素，总像素数中通常包含了感光器件中一些无关成像的部分像素。

所以，在选择数码单反相机时，应该关注的是数码单反相机的"有效像素"，因为有效像素的数值才是参与成像、决定照片质量的关键。

影像传感器面积

影像传感器的面积也是影响数码单反相机成像质量的重要因素之一。影像传感器面积之所以能够影响数码单反相机的成像质量，是因为这种感光元件的尺寸大，就意味着成像感光面积也大，其中每一个感光点也可以排列得更加舒缓；而像素点的密度相对降低，也会减少电路产生的干扰噪声，图像质量也会得以提升。

在其他条件相同的情况下，大尺寸的影像传感器产生的图像，噪点与紫边现象会显著降低，表现为更为细腻的图像画质和更为鲜明的图像色彩。此外，大尺寸的影像传感器可以获得更大的动态范围，保留图像更多的暗部细节。

▣ 全画幅的概念

全画幅是指数码单反相机感光元件的实际尺寸和传统的35mm相机胶片面积基本相同，约为36mm×24mm。使用全画

Canon EOS 5D Mark II 使用的具有2 270万有效像素的约为36mm×24mm尺寸全画幅CMOS图像传感器

幅数码单反相机，由于镜头焦距标称值与实际相同，不必再乘以特定的转换系数，超广角镜头的功能可以得到完全的发挥，对于表现风光和建筑题材，以及近距离的抓拍，都会更加方便自如。

佳能的APS-C画幅和APS-H画幅

入门级数码单反相机感光元件(CCD/CMOS)的尺寸要比全画幅的面积小，佳能生产的这类数码单反相机的APS-C画幅，在换算成35mm相机的等效焦距时，需要乘以1.6的系数。

APS这个概念原本是几家摄影器材厂商制定的没有付诸实施的一种新胶片规格的标准。APS胶卷有3种尺寸——C、H、P。H型是全画幅(30.3mm×16.6mm)，C型则是在全画幅的左右两端各挡去一部分，长宽比仍为3∶2。后来数码单反相机开发时借用了APS尺寸的概念，将配备了接近C型尺寸的22.5mm×15.0mm或23.6mm×15.8mm感光元件的数码单反相机称作APS-C画幅数码单反相机。

佳能公司生产的几款CMOS芯片采用了APS-H的幅面，应用在EOS 1D、1D Mark Ⅱ、1D Mark Ⅲ等单反相机上。APS-H的面积在APS-C与全画幅之间。到目前为止，只有其感光元件的尺寸为28.7mm×19.1mm，等同于普通35mm镜头的焦距转换需要乘以1.3的系数

尼康的FX画幅和DX画幅

尼康公司数码单反相机的全画幅芯片称为FX幅面，与佳能APS-C芯片面积近似的称为DX幅面，但比佳能的APS-C面积要稍大一些，等同于普通35mm镜头的焦距转换需要乘以1.5的系数。

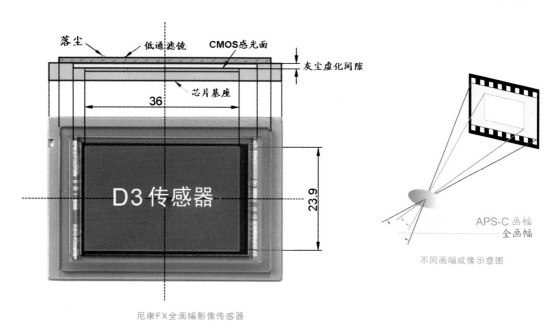

尼康FX全画幅影像传感器

不同画幅成像示意图

奥林巴斯和松下的4/3画幅

传统35mm单反相机和APS-C画幅的数码单反相机，其画面比例都是3∶2，而4/3画幅的数码单反的画面比例为4∶3。4/3系统的主要推广厂家为奥林巴斯和松下公司，4/3数码单反相机产品采用了比APS-C面积更小的感光元件。

全画幅
36x24(mm)

APS-H画幅
28.7x19.1(mm)
焦距系数1.3X

APS-C画幅
22.5x15.0(mm)
焦距系数1.6X

佳能不同画幅影像传感器实物比较

镜头质量

前面已经讲过，镜头对于数码单反相机来说，相当于人的眼球。更精确一点的比喻是，镜头相当于人眼球的角膜和玻璃体。如果这个环节出现了雾、玻璃体混浊等问题，人的视力就不能算是正常的。同理，如果镜头质量不好，色散、像差严重，就像人的眼球存在缺陷一样，得到的影像或模糊或变形，会严重影响成像质量。

■ 多层镀膜和镜片组

安装在单反相机上的镜头一般要做防反射膜处理，称为"镀膜"。这种防反射膜也称为"增透膜"，其作用是抑制透镜玻璃表面的反射，减少光量损失，使入射光线尽量多地通过镜头到达相机的感光面。同时可以在逆光摄影时减少可能产生的光晕和幻影。而为了进一步提高镜头的透光效果、改善成像质量，在透镜表面按不同要求镀上多层透光膜的镜头被称为"多层镀膜镜头"。多层镀膜因生产厂家的不同，工艺和标识都有所不同。

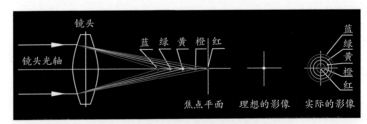

普通玻璃镜头纵向色差现象示意图

不同颜色的镜头镀膜

另外，现在的数码单反相机中，任何一支镜头的功能都不是由单一的镜片完成的。镜头通常是由多片、多组镜片组合而成，起到取长补短、提高成像质量的作用。由于上述原因，制造商常使用"几组几片"的方式描述镜头的内部结构。

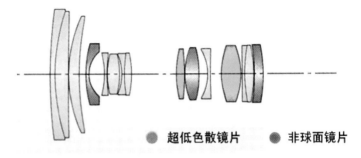

● 超低色散镜片　　● 非球面镜片

单反相机镜头的多片多组结构（含超低色散镜片和非球面镜片）

萤石镜片

萤石材料能够有效消除由普通镜片的色散造成的色差现象，而且性能优异。但由于天然萤石材料稀缺，价格昂贵，而且其加工难度很高，所以，萤石镜片现在只是应用在佳能公司的豪华镜头上。

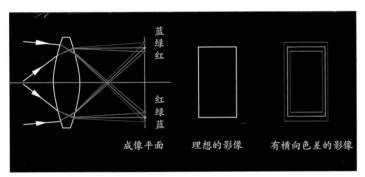

横向色差示意图

珍贵的萤石材料与豪华镜头

超低色散镜片

近年来，一种超低色散玻璃开始应用到镜头产品中，它具有折射系数低和色散系数低的特性，同样能够有效解决色差问题，提高镜头成像的清晰度。它在佳能产品中称为UD镜片，在尼康产品中称为ED镜片。一支镜头中有一两片萤石或者超低色散镜片，就可以显著提高成像质量和色彩还原能力。

非球面镜片

在镜头中使用非球面镜片可以纠正球面镜片形成的像差和几何畸变，如桶形畸变和枕形畸变等。

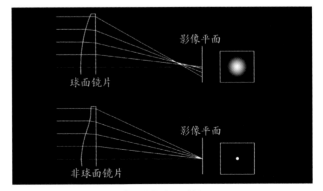

非球面镜片对像差的矫正

防抖功能

尼康和佳能两家相机制造商，把防抖功能做在了镜头上。尼康生产的防抖镜头，其上有VR标志；佳能生产的防抖镜头，其上有IS标志。其他厂商生产的防抖功能镜头，标志也不尽相同。而索尼等厂家则把防抖系统做在了相机的机身上，称之为"机身防抖"。

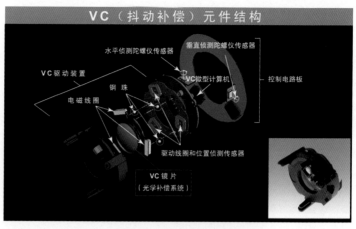

某副厂镜头上的VC防抖示意图

尼康镜头上的VR防抖标志

最大光圈和恒定光圈

最大光圈是镜头质量的一个重要标志。因为镜头的最佳成像光圈一般在最大光圈缩小1～2级的挡上，所以对于艺术摄影来说，它绝对是衡量镜头品质和成像效果的重要指标。

在变焦镜头中，恒定光圈几乎就是高档镜头的代名词。恒定光圈代表着镜头设计和制造的高水准。有恒定光圈功能的变焦镜头一般也会有更好的影像品质。

光圈叶片数

光圈叶片数可以决定镜头可能达到的虚化效果。一般是光圈叶片数越多，则背景虚化效果越好。一般镜头的光圈叶片数在6～8片，而顶级镜头的光圈叶片数多在10～12片甚至更多。

环形超声波马达

不要一见有"超声波马达"字样就认为是高品质镜头。因为超声波马达（按规定，马达应为"电机"，考虑到行业习惯，本书未做改动）也分两种：微型超声波马达和环形超声波马达。只有应用了环形超声波马达的镜头才能感觉到对焦迅速，静音效果出色。

环形超声波马达安装在内对焦镜头里，由一片底部环形定子和一片环形转子组成，通过两者之间的超声波共振移动镜头内部的镜片实现自动对焦。与普通微型电机相比，超声波马

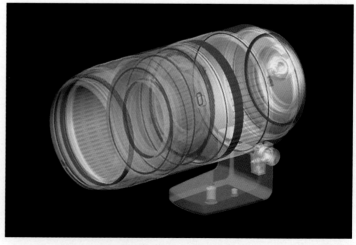

环形超声波马达镜头示意图

达的优势在于可以实现自动对焦时的"全时手动"调节，并且自动对焦与手动对焦可以同时进行。

以上这些新材料和新技术的应用，大大提高了镜头的成像质量。但是，由于萤石的稀缺和超低色散镜片、非球面镜片制作的工艺复杂，其生产成本也是很高的，因此，豪华镜头的昂贵价格是工薪阶层很少问津的主要原因。

一些中高档的镜头新品或多或少采用了以上材料与技术，影友们在选择镜头时，可在性价比上多加关注。

摄影圈中有一种"经典"的说法：三流的摄影人比设备，二流的摄影人拼技术，一流的摄影人看思想。就是说，只有下功夫钻研技术、多想勤问，才能提高。不要把精力放在设备的攀比上，把比相机的精力放到对摄影技术的钻研上，才有希望不断提高摄影水平，获得艺术上的成功。

影像处理器设计水平

数码照片的图像质量还与影像处理器的设计水平有关。最明显的例子就是，CCD/CMOS在世界上只有几个厂家能够生产，而数码相机的品牌型号却很多，这些不同品牌型号相机的影像传感器有不少使用的是同一生产线的同一产品，但是被多数人认可、图像质量很好的相机品牌和型号却不多。

这就涉及影像处理器的设计水平。同一品牌的数码单反相机的影像处理器往往已经有了几代产品。采用新一代影像处理器的数码单反相机的画质往往会有显著的提升。但是有些品牌的相机，其画质提升就不很明显，这表明其影像处理器的设计水平相对落后。

观察有关资料可以发现，著名厂商往往会把新一代影像处理器应用于它的全线产品。例如佳能公司的第四代影像处理器，已经应用到了从顶级相机到中高档相机，乃至入门级相机的全部数码单反新产品中。因此，使得其产品的画质得以实现全线的提升。

应用于佳能全线数码单反新产品的第四代影像处理器及电路板

应用于尼康D3全画幅数码单反相机的影像处理器

数码影像的存储格式

　　选择数码影像的存储格式，其实就是在选择存储文件的压缩比例。TIFF是无损保存格式，占用存储空间最大；JPEG格式占用空间最小，但会损失一些影像细节；RAW格式是图像原始数据的保存格式，占用存储空间在TIFF和JPEG格式之间，如果存储空间不紧张，对影像画质要求又高，建议将存储格式设置为RAW格式。

　　有关设置请看后面"设置存储格式"的内容，详细应用内容请查阅本书第六部分的相关章节。

数码单反相机两大关键部件：机身和镜头

　　数码单反相机的机身是摄影创作的核心与主体，而不同的镜头可以满足不同场合拍摄不同题材作品的需要，它们共同构成摄影创意的基础。

数码单反相机的机身

　　数码单反相机的机身是机械、电子、光学等高科技的高密度集合体。机身框架一般由坚固的材料铸造完成，内部包括取景系统、测光和对焦系统、曝光系统。

数码单反相机和镜头的内部结构

　　数码单反相机的取景系统主要包括反光板及其动力系统、五棱（面）镜、取景器等；测光和对焦系统主要包括副反光镜、自动对焦传感器、测光单元和镜头驱动系统；曝光系统主要包括快门、影像传感器、影像处理器和镜头内调控光通量的光圈等。

　　以上提到的部件大多是我们看不到的。我们需要记住并且熟练使用的是机身外部的那些用来调控相机功能的旋钮、按键、拨轮等。下面以佳能EOS 500D为例，通过图示加以介绍。

▣ 数码单反相机的正面

1. 手柄。相机的右手握持部分。当安装镜头后，相机整体重量会略有增加。牢固握持手柄，可保持稳定的姿势。
2. 镜头安装释放按钮。在拆卸镜头时按下此按钮后，镜头固定销将下降，即可旋转镜头将其卸下。
3. 主拨盘。用于在拍摄过程中变更各种设置或在回放图像时进行多张跳转等操作。
4. 快门按钮。按下此按钮即释放快门拍摄照片。按按钮的过程分为两个阶段，半按时自动对焦功能启动，完全按下时快门被释放。
5. 减轻红眼/自拍指示灯。
6. EF镜头安装标志。在装卸镜头时，将镜头一侧的红色标记对准此位置。
7. EF-S镜头安装标志。在装卸镜头时，将镜头一侧的白色标记对准此位置。
8. 麦克风。用于录制声音。
9. 反光镜。能够将从镜头入射的光线反射至取景器。反光镜可上下运动，在按下快门后的一瞬间会升起。
10. 遥控感应器。

数码单反相机的背面

1. LCD显示屏。用来观察拍摄的图像以及菜单等文字信息。可将所拍摄的图像放大后对细节部分进行仔细确认。

2. 十字按键。十字键，包括它们中间的"SET"设置按钮，用来移动选择菜单项目或在回放图像时进行移动放大显示位置等操作。在进行拍摄时，可实现按钮旁图标所代表的功能。如白平衡选择、照片风格选择、驱动模式选择和自动对焦模式选择等。
3. 存储卡插槽盖。
4. 取景器目镜和眼罩。取景器目镜是用于确认被摄体状态的装置。在确认图像的同时，取景器内还会显示相机的各种设置信息。眼罩可以在利用取景器进行观察时防止外界光线的影响。它采用柔软材料制成，以免碰伤眼睛和额头。
5. 屈光度调节旋钮。可以使取景器内的图像与使用者的视力相适应，在旋转旋钮进行调节的同时，注意观察取景器内的景物以选择最清晰的位置。
6. 设置菜单显示按钮。可显示相机各种功能的菜单，选定各项目后可用来进行详细设置。
7. 拍摄数据显示按钮。
8. 自动曝光锁/闪光曝光锁/照片索引/浏览照片缩小按钮。
9. 自动对焦点选择/浏览照片放大按钮。用于选择在采用自动对焦模式进行拍摄时所指定的对焦位置(自动对焦点)，可选择任意位置的对焦点。
10. 照片即时回放按钮。按下按钮后，液晶显示器上会显示最后一张拍摄的图像或者之前所回放的图像。
11. 删除照片按钮。用于删除拍摄后不需要的图像。
12. 光圈/曝光补偿设置按钮。在手动曝光状态，与拨盘相结合改变光圈大小；在拍摄中进行曝光补偿设置。
13. 实时显示拍摄/短片拍摄/打印按钮。
14. 扬声器（喇叭）。用于播放短片时发声。

数码单反相机顶部

1. 电源开关。
2. 拍摄模式转盘。旋转转盘以选择与所拍摄场景或拍摄意图相匹配的拍摄模式。主要可分为两大类：创意拍摄区，可根据使用者的拍摄意图选择采用不同的功能；基本拍摄区，相机可根据选择的场景模式自动进行恰当的设置。
3. 快门释放按钮。
4. ISO感光度设置按钮。
5. 相机内置闪光灯/自动对焦辅助灯。
6. 外置闪光灯热靴和闪光同步触点。

数码单反相机的底面

1. 电池仓。
2. 三脚架连接螺孔。

数码单反相机侧面

1. 闪光灯弹起按钮。
2. 景深预测按钮。
3. 遥控/音视频输出/数码/HDMImini OUT端子盖。数码单反相机的右侧只有一个存储卡插槽。

　　数码单反相机各部位的名称和功能应熟悉并掌握，这样在摄影创作中才能够做到技术上收发自如，实现创意时随心所欲。

数码单反相机的镜头

镜头各部位的名称

①对焦环：旋转对焦环时，镜头内部的镜片（组）移动，实现聚焦。自动对焦时，对焦环由电机驱动旋转。对焦环的位置因镜头种类的不同而不同，可能位于镜头前部也可能位于镜头后部。右图所示镜头为内对焦镜头，对焦环在镜头前部。

②变焦环：变焦镜头有用于改变镜头焦距的变焦环，调整变焦环可以改变镜头的焦距和视角。定焦镜头由于焦距固定，无法进行变焦，因此没有变焦环。

③透镜镜片（组）：镜头内部包括组合结构复杂的多枚透镜。由于透镜材质及加工方法的不同，透镜可分为各种不同的种类。透镜的组合形式对画质也有影响。但是，镜头的性能高低并不是简单地由透镜的数量决定的。

镜头主要部位名称

④光圈叶片：光圈叶片在镜头内部，用于调整光通量。光圈叶片的位置因镜头种类不同而略有差异，叶片数也各有差异。

镜头上还有一些特殊的控制开关和标志，例如不同品牌的镜头会打上自家制造的标记，甚至连防抖功能的不同标志也会打在镜头上。

有关镜头上对焦控制开关的内容，请参见本书第二部分的内容。

防抖镜头标志

佳能、尼康两家18～200mm镜头上的不同防抖标志

镜头的种类与功用

镜头的种类很多，但不存在哪一种为最好的问题。各类镜头都有不同的适用范围和独特的优点，把它们的优势在最适合的环境中发挥出来，需要摄影者经验的积累，也是对摄影者摄影水平的检验。

常见镜头的种类有：标准镜头、广角镜头、长焦镜头、变焦镜头、鱼眼镜头、反射式镜头和特殊镜头等。

标准镜头

标准镜头的焦距长度等于或近于数码单反相机所用影像传感器画幅的对角线，如果是全画幅相机，其焦距在50mm左右，视角与人眼的视角近似。因此，标准镜头的摄取景物范围、前后景物大小比例带来的透视感等，都与人眼观看的效果相似，画面影像显得真切自然，成像质量相对也比较高，因此在各种摄影中得到广泛应用。标准镜头是使用最为广泛的一种镜头。

不同档次的标准镜头

广角镜头

广角镜头的特点是焦距短、视角宽、景深大，这些指标都大于标准镜头，其视角超过人的正常视野范围。

一般广角镜头的视角为70°~90°；视角在100°左右的广角镜头称为超广角镜头。广角镜头的优点是在较近距离内可以拍摄较大的场景，在狭窄的环境中可以拍摄较大的场面。但是，使用广角镜头近距离摄影时，要特别注意镜头畸变引起的变形失真问题。

中焦镜头

焦距在80mm左右的镜头称为中焦镜头，一般认为中焦镜头最适合于拍摄人像特写。

广角镜头拍摄的大场景

28 mm广角镜头拍摄

50 mm标准镜头拍摄

70 mm中焦镜头拍摄

不同焦距镜头拍摄同一场景的不同视角

长焦镜头

有人把焦距大于标准镜头的镜头都称之为长焦镜头，实际上，中焦距和长焦距之间并没有一个确切的界限。一部分人认为，焦距长于标准镜头，而视角小于标准镜头的就可以称为"长焦镜头"。

超长焦镜头

一般认为，焦距在200mm左右、视角在12°左右的镜头称为远摄镜头，焦距在300mm以上、视角在8°以下的镜头称为超远摄镜头。

长焦镜头的特点是：景深小，有利于营造虚实结合的画面；视角小，能像望远镜一样把远处的物体放大，有利于拍摄和表现不易接近的物体和人的自然神态。长焦镜头的影像畸变小，是拍摄人像的利器。但由于透视空间被大大压缩，画面上的前后景物会显得十分紧凑，从而失去部分画面的纵深感。

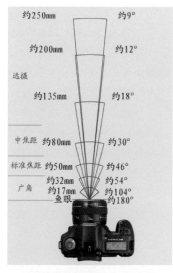

不同焦距镜头与视角关系示意图

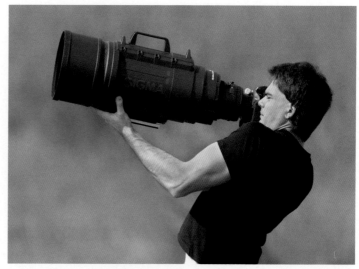

适马200～500mm变焦远摄镜头

变焦镜头

变焦镜头是可以改变焦距的镜头。所谓"焦距"，就是照相机与镜头的焦点间距离，即从理论上的镜头中心点到影像传感器处能够形成清晰影像的那一个平面的距离。有些人一直在争论这个平面是"焦平面"还是"像平面"，我们可以不去管它，只要知道"清晰成像的平面"这个意思就可以了。焦距决定着被摄体在成像面上所形成的影像的大小。焦点距离越大，所形成的影像越大。

变焦镜头对摄影爱好者来说，是性价比最高，而且极其实用的镜头。手中有两只焦距对接的变焦镜头，包括常用的广角、标准镜头和中长焦的焦段，几乎可以满足各种拍摄需要。有些变焦镜头的广角端现在已经扩展到10mm的超广角，长焦端焦距已经扩展到了500mm。

变焦镜头的焦距可在较大

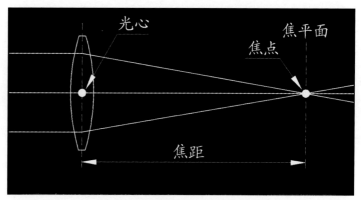

焦距、焦点和焦平面示意图

索尼 24～105mm变焦镜头

适马150～500mm变焦镜头

幅度内自由调节，这就意味着"变焦基本靠走"的时代已经终结了。摄影者完全可以在不改变与被摄物体距离的情况下，较大幅度地调节被摄物体的成像大小，这十分有利于构图。一支变焦镜头可以起到若干支不同焦距定焦镜头的作用。以前，变焦镜头的成像质量是一个被人诟病的问题，现在，变焦镜头不仅种类繁多，而且成像质量有大幅提升，虽然其成像质量与高档定焦镜头还有差距，但也日益受到众多职业摄影人的青睐。

现在，初学摄影者一般都会选择一两款变焦镜头作为数码单反相机的最基本的配置，高倍变焦、"一镜走天下"成为相当多摄影爱好者的首选。

鱼眼镜头

鱼眼镜头是一种特殊的超广角镜头，因其极其广阔的视角是模仿鱼眼在近水面位置观察空间景物所见到的视角范围而得名。对35mm数码单反相机来说，其焦距在16mm以下，视角一般为180°，最大可达220°。鱼眼镜头没有对镜头像差进行光学校正的设计，所以使景物的透视感有极大的夸张，尤其是像场周边会严重失真，其拍摄画面的桶形畸变甚至会成为"球形"，故鱼眼镜头一般用于需要特殊艺术效果的摄影创作。

鱼眼镜头

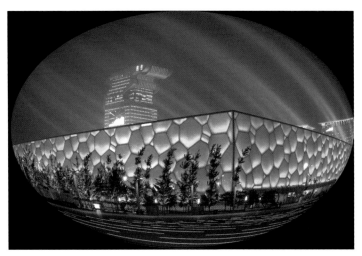

鱼眼镜头拍摄的影像效果

折反镜头

折反镜头，也叫做"反射式镜头"，是一种结构特殊的超远摄镜头。它外形短粗，比相同焦距的远摄镜头至少要短一半以上，而且重量轻，使用灵活方便。它的缺点是一般只有一挡光圈，所以无法有效地对景深进行控制。

折反镜头拍摄的景物光斑呈圆环状，对这一重要特点，众人是见仁见智、褒贬不一。

肯高500mm F6.3折反镜头外观

巨像（微距）镜头

"巨像（Macro）镜头"通常被我国内地摄影人称为"微距镜头"，是一种能产生巨像效果的特殊镜头。

专用型巨像镜头只能用于近摄，通常是结合近摄皮腔或近摄接筒使用的，能获取高倍率的放大影像。通用型巨像镜头既能用作巨像镜头近距离摄影，也能当作普通镜头使用。

在变焦镜头中，有些也带有巨像功能，这些镜头上面均有"Macro"标记，但其放大倍率与成像质量都不如定焦巨像镜头。

尼康防抖微距镜头 　　　　　　　　　　　用微距镜头拍摄的长喙天蛾

移轴（透视调整）镜头

　　使用一般镜头，在拍摄高大建筑物时，会产生一种会聚性变形（垂直线向上收缩）。移轴镜头具有在拍摄时校正这种变形的功能。移轴镜头光学系统的主光轴可以进行横向或纵向的移动调节，这种镜头主要用于建筑摄影。其制造工艺复杂，因此价格昂贵。

▣ 原厂镜头和副厂镜头

尼康PC-E移轴镜头

　　所谓"原厂镜头"，就是品牌照相机厂商自己生产的同品牌镜头；所谓"副厂镜头"，就是为品牌照相机生产兼容镜头的厂商生产的镜头。副厂产品与原厂产品相比，普遍具有价格低、性价比高的优势。

　　许多影友在购买副厂产品时很关注副厂镜头的成像质量问题。其实，对这一问题无需过分担心。因为在世界范围内能够生产自动对焦单反相机镜头产品的厂家屈指可数，而其中的一些代表性厂商，如腾龙、适马、图丽等，都具有强大的技术实力和长时间的镜头开发历史。实事求是地说，副厂镜头在综合性能方面与原厂镜头的差距其实并不是很大。

数码单反相机的配件和相关设备

电池和充电器

　　数码单反相机的相关配件，对于方便快捷并保证质量地进行摄影创作，具有独特的保障作用。因此，应该予以高度重视，尽可能备齐配足。

　　备用电池和充电器是保证相机连续正常工作的必需配件。数码单反相机多数使用可充电锂离子电池或者镍氢电池。新型的电池一般较少有记忆效应，所以一开始就正常充电使用也不会有什么问题。一些影友沿用老规矩，对新电池采取长时间充电并彻底放电3次的方法，这样做只是可以使使用者自己心中更踏实。

充电完成：充电时间因电池型号、种类等不同而长短各异，细节请参阅照相机或者充电器的使用说明书。充电完成的标志也有区别：有的是绿色指示灯点亮，有的是红灯停止闪烁，有的是充电灯熄灭。

▣ 为电池充电

将电池装入充电器：按正确方向将电池装入充电器内并确认插入到位，以保证充电器和电池的触点接触良好。

将插头插入电源插座：给装好电池的充电器连接上电源线，将电源线插头插入电源插座。充电即正式开始。

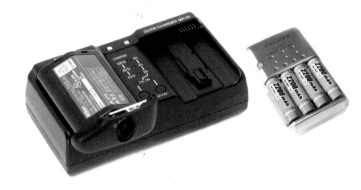

为电池充电

▣ 为相机安装电池

打开相机电池仓盖，插入已充满电的电池。插入时应使触点朝向相机内部，在确认方向正确后插入。

▣ 竖拍手柄和电池

竖拍手柄是中高档数码单反相机的可选配件，使用它可以同时安装两块原装锂离子电池或者镍氢电池，有的甚至可以使用AA电池，既可以成倍延长相机的工作时间，又可以改善竖拍时相机握持的舒适感。

为数码单反相机安装电池

安装在相机上的竖拍手柄

可以使用AA电池的竖拍手柄

▣ 使用电池的注意事项

有人说，电池是数码单反相机最重要的附件之一。其实电池在数码相机中已经不是附件，因为如果没有电池，数码单反相机根本就不可能工作。如果选配一块电池做备用，还勉强可以将其称之为"附件"。

电池的性能会随着温度变化而有所变化，它在温度过低时的环境下无法发挥出应有的性能。在冬季或低温地区进行拍摄时，要注意对相机和电池进行"保温"，避免让它直接接触低温环境。

购买备用电池时可以选购原厂的正确型号的产品，也可以到商业信誉好的商家选择市场口碑较好的副厂产品。

存储卡

数码单反相机的存储卡是保存数码照片的临时仓库。最常用的存储卡的类型有CF卡、SD卡。其中CF卡体积较大，一般多用于中高档以上的数码单反相机，入门级数码单反相机和便携式相机以使用SD卡的居多。

不同的存储卡外观比较

存储卡的安装非常简便，在相机的右侧找到存储卡仓，打开仓盖，根据提示方向插入存储卡，然后关上仓盖即可。

需要特别注意的是，如果插卡方向不对，存储卡将难以插入，此时切忌使用蛮力继续往里插，否则会损坏存储卡。另外，在数码单反相机开机的状态下不要打开存储卡仓盖，以免造成数据丢失。

安装存储卡

有双卡插槽的数码单反相机

三脚架

三脚架是艺术摄影必备的工具，利用它可以极大地提高拍摄时的稳定性，有助于获得满意的画质，保证拍摄的成功率。

三脚架品牌不少、种类也多。购买配置三脚架，应该选择质量可靠、口碑好的品牌和型号。国外的捷信、曼富图是老牌的三脚架制造商，信誉卓著，但价格较高；国产的百诺品牌近年来采用了不少新技术，不断进行工艺改进，由于性价比较高，因此也受到一些用户的欢迎。

专业三脚架需要另外配置可调整拍摄角度的云台和快速连接固定照相机和云台的快装板，做开支预算时不要忘记这两项必备的部件。

三脚架

云台

云台与配套的快装板

与云台合为一体的三脚架

木质三脚架

快门线和遥控器

◨ 机械快门线

快门线的作用是避免拍摄者在按动相机快门时引起曝光时的震动，有效保证照片的成像质量。

由于机械快门线的机械触发结构在工作时仍然会产生微小的震动，影响照片的画质，所以现在的数码单反相机大多已经改用电子快门线来控制快门的开启了。

机械快门线

◨ 电子快门线

电子快门线是通过电信号传递命令，其稳定性更好。但一些品牌相机生产厂家的原厂电子快门线不仅售价很高，而且同一品牌不同型号的数码单反相机上也很少能够通用。在这种情况下，可以选择副厂快门线。国内的副厂快门线多为内地厂家设计生产，现在已经能与对应的相机完美匹配。但是，与机械快门线相比，电子快门线售价还是偏高，因而影响了它的普及。

原厂电子快门线

◨ 无线快门遥控器

无线快门遥控器使用起来更加方便，但是价格还是有些偏高。在公众场合使用无线快门遥控器，需要注意防止别人的同一型号的遥控器误操作您的相机。

此外，要在无线遥控的有效操作距离内工作，具体参数可查看说明书。

无线电子遥控快门线

闪光灯

在摄影的人造光源中，闪光灯的利用率最高，是一种必备的相机附件。闪光灯主要有影室闪光灯和便携式闪光灯两大类，又以便携式闪光灯最为普及。便携式闪光灯具有携带方便、亮度高、色温稳定、寿命长等特点，是摄影中最常用和使用最简便的人造光源。

置备一支功能齐全、可以满足摄影基本需求的便携式闪光灯，可以为不同环境下的摄影创作带来很大便利。

如果有一支微距闪光灯，绝对能为您的作品增光添色。

和镜头一样，闪光灯也有原厂、副厂之分。副厂闪光灯一般性价比较高，如德国的美兹品牌，口碑还是相当好的，而且个别性能甚至超过了原厂的部分指标。

有关闪光灯使用的知识，请查阅本书第二部分的有关内容。

安装在相机上的佳能270EX普及型外置闪光灯

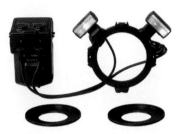

尼康普及型外置闪光灯　　索尼HVL-MT24AM环形闪光灯　　美兹品牌的副厂环形闪光灯

常用镜头滤镜和遮光罩

由于数码单反相机的镜头体系已经很成熟，所以在选购单反镜头时，应该根据镜头的口径选配相应的滤镜。注意优选口径相同的镜头组，不仅可以节约必备滤镜方面的投资，也可以简化摄影创作时相关的器材的携带。常见的镜头口径有52mm、58mm、62mm、67mm、72mm、77mm、82mm等。

因为本书第二部分会涉及偏振镜等减光类型滤镜的分类和使用，这里就不再介绍。由于数码单反相机已经有很好的白平衡功能，包括天光镜在内的色温校正滤镜已经不在多数用户的考虑范围；图像编辑软件的色彩功能日益强大，数码滤镜日益增多，使得黑白摄影滤镜也渐渐失去用武之地，因此这里也不再多讲。以下仅介绍几种仍在应用的其他几种滤镜。

■ UV镜

UV滤镜的"学名"是紫外线滤镜。UV镜片以往的作用表现在两个方面，一是过滤大气中紫外线形成的薄雾，二是保护贵重的相机镜头。由于数码相机采用的是CCD/CMOS感光元件，其原理与传统胶片有很大不同，以往的防紫外线功能基本已经无用。但是，保护镜头的功能却大大增强了。

现代镜头表面的镀膜非常"娇贵"，加装UV镜能够将镜头的外层镀膜镜片保护起来，可以使其免受灰尘和擦、碰伤。而且加装UV镜后，镜头的清理工作就会变得很简单。必要时只需擦拭UV镜的镜片，而不用倍加小心地直接去擦拭单反镜头昂贵而娇气的镜头玻璃了。

市场上的UV镜产品主要来自日本和德国。其中，德国B+W品牌的产品透光率最高，表面多层镀膜的技术最为出色，但其价格昂贵。而日本出品的UV镜物美价廉，很受国内用户的喜爱。

■ 星光镜

价格低廉的星光镜在夜景摄影中得到了广泛的应用。它通过玻璃材质表面的交叉纹路制造画面中的星芒效果，使灯光夜景"熠熠生辉"。

不同纹理的星光镜片在使用时产生的效果各不相同，十字形星光镜可以产生4条光芒，米字形星光镜可以产生8条光芒，还有的可以产生6条光芒的效果。

UV镜

星光镜

▣ 遮光罩

在逆光拍摄时避免杂光摄入镜头影响画质，为镜头配置遮光罩是很有必要的。

遮光罩可以在购买镜头时一并购置。遮光罩的重要指标有两个：一是与镜头口径相匹配，但是同一口径的镜头却未必可以使用同样的遮光罩。所以，如果是事后购买遮光罩，最好是带着镜头前往，以避免买到不适用的产品导致来回跑路；二是遮光罩要与镜头对焦方式相对应——外对焦镜头在对焦时镜筒会旋转，所以应该选配筒形遮光罩，而内对焦镜头在对焦时不会旋转，所以可以配置莲花瓣形的遮光罩。

安装了莲花瓣形遮光罩的适马单反相机

数码伴侣

在数码相机突然普及、存储技术似乎还相对落后的时期，出现了一种叫做"数码伴侣"的移动存储设备。那时一块容量为512MB的存储卡就要500多元，人们觉得花上一两千元购买几GB容量的数码伴侣还是划算的。

数码伴侣有较为简单便捷的自动转储功能，把不同类型的存储卡插进它的对应插槽，就可以实现数码照片的自动识别和转储。使用起来确实要比其他设备便捷一些。

但是，随着存储卡容量的不断扩大和价格的走低，数码伴侣的市场会越来越小，毕竟它现在已经不是便捷的象征，而且数码影像的二次转存，总是让人心里不踏实。

当然，即使是现在，如果是长期外出拍摄，准备一个数码伴侣还是必要的，因为存储卡质量再可靠，也不如存储两份来个"双保险"让人放心。

现在新版的数码伴侣开始向多功能化发展，有些增加了彩色大屏幕，可以比相机的LCD屏幕更加清晰，便于筛选照片，还有些增加了MP3/MP4功能，使数码伴侣开始向"娱乐伴侣"转化。

使用数码伴侣最重要的是，一定要在出游前把电充满，而且在外出时尽量减少其娱乐功能的使用，以减少耗电量。否则，一旦出现存储卡满而数码伴侣断电的情况，就会十分麻烦了。

传统数码伴侣

彩屏数码伴侣

摄影包

摄影包是摄影者携带并保护摄影器材的重要工具。一个好的摄影包可以恰到好处地携带所有常用的器材，符合人体功能的摄影包可以有效减轻人的疲劳感和不适感。

摄影包的便携性要求它携带方便、舒适；摄影包的保护摄影器材的功能要求它有较强的防震抗摔、防雨、防尘的功能。

　　摄影包是摄影的常备物品，但也不是全天候的万能物品。如果要去特殊场合摄影，也许对包的颜色、样式会有一些特殊的要求。

　　例如，在城市中采访人物，背个双肩背、携带"重兵器"就多少显得有些不伦不类。在这种场合以携带轻便形的单肩包为宜，如国家地理摄影包就比较适合这种场合。

　　如果到自然保护区去"拜访"野生动物，更是要入乡随俗，不能使用有着鲜艳色彩的摄影包。携带高档相机和镜头等装备去

　　旅游采风，最好使用舒适的双肩背摄影包，而且最好带有防雨罩。

　　另外，从美观考虑，摄影包与使用者的身高胖瘦大致要成比例。

不同款式的双肩背摄影包

电脑及相关软件

　　玩数码相机必须家有电脑，这一点已经成为新老摄影爱好者的共识。因为，如果没有电脑，我们拍的数码照片存储到哪里去？又将在哪里进行编辑？如果要把拍摄的数码照片一张张地扩印出来，数目巨大的照片加工费用就会把数码相机的优势部分抵消掉。

　　所以，如果家中还没有电脑，就没有必要急急忙忙地去买数码单反相机。刚刚接触数码单反相机的"菜鸟级"影友，应该先补上电脑操作这一课。

　　要使用电脑编辑数码照片，就离不开图像处理软件。

　　虽然Windows操作系统自带的图像编辑软件对数字图像也可以进行简单的调整，一些图像浏览软件如ACDSee的新版本也加强了图像编辑的一些功能，但是它们都无法与Photoshop相比。Photoshop是优秀的图像处理软件，它不断推出新的版本，其功能越来越强大，操作越来越简便，深受职业摄影师和摄影爱好者的欢迎，也因此赢得越来越多的用户。

　　妨碍Photoshop正版软件广泛普及的主要问题有两个：一是价格昂贵，二是对电脑配置要求较高——Photoshop CS3版本要求电脑的最低配置为1GB内存。

　　本书第六部分将以实例介绍使用Photoshop软件矫正拍摄失误等问题的具体方法，对图像处理感兴趣的摄影初学者，可以带着问题查阅这部分内容。

数码照片的输出设备

一般人总是把输出限定为洗印或者打印照片，其实，这种认识是片面的。输出分为两类：显示输出和打印输出。

关于显示输出设备

没有数码相机的LCD显示输出和电脑显示器，人们就看不到数码影像。就是因为它太常见了，所以人们竟往往把它的显示质量是否精确给忽略了。也是因为它太常见了，所以多数摄影爱好者就把一般的显示质量默认为数码照片的影像质量，而没有想到它们之间会有什么不同。事实上，一般显示器如果不经过色彩校正，就很难准确显示数码照片的色彩和其他细节，这也是许多人感到照片在显示器上与洗印/打印出的照片在色彩、亮度上有很大差别的重要原因。

正是因为上述原因，选择一台高质量的显示器是许多摄影发烧友现在的"追求"之一。因为这样的显示器往往会附赠调整显示器色彩与精度的软件，使用它可以真正实现对数码照片的显示与打印输出色彩的"所见即所得"。

当然，这样的显示器价格比一般的显示器高出不少。

如果使用普通显示器，最好也要请专业人士把显示器的色彩和亮度校正一下，以避免屏幕显示与打印输出的效果差别太大。

便携式照片打印机

关于打印输出设备

另外，如果想要高质量地输出照片，最好还是自己使用高精度的喷墨打印机来打印照片。

价格低廉的专用照片打印机只能输出6～8英寸的照片，而高精度的大幅面彩色喷墨打印机则可以输出A4～A3幅面甚至更大幅面的精美照片。现在，专用照片喷墨打印机的色彩、精度和照片耐保存度等各个指标都已经有了质的飞跃。一些喷墨打印机不仅可以直接与照相机连接输出照片，而且可以在打印机自带的液晶屏幕上观察并简单调整要输出的照片，无需经过电脑显示输出这个环节。这一切都为摄影者提供了前所未有的便利。

A3幅面照片打印机

数码单反相机的分类

入门级数码单反相机

在市场上，入门级数码单反相机品种最为丰富，性价比也很高。佳能、尼康、索尼、宾得、奥林巴斯、三星等品牌都有入门级产品可供用户选购。入门级的产品，其实功能很实用，一般在摄影创作中会用到的拍摄功能几乎都具备，在像素方面往往也不比更高端的产品低，如索尼α350单反相机在推出时其有效像素达到了1 400万，高出了佳能、尼康同级别产品400万像素。比较而言，这个级别的相机真正与中高档相机的差距是在操控手感、用料做工和连拍速度等方面。一般这个级别相机的最高快门速度往往只有1/4 000s，高速连拍的指标也要明显低一些。但是，对于一般摄影爱好者来说，它们已经能够应付绝大多数的拍摄场合。

入门级数码单反相机的体积小巧，外观时尚，售价便宜，不仅初学者钟情于其性价比，有些职业摄影师也将其作为专用机或备用机。

适用人群：一般个人用户、各个领域的初级摄影爱好者和消费级数码相机的升级用户。

入门级数码单反相机的售价现在一般为3 000～4 000元。

尼康最新入门级单反相机D5000　　　佳能最新入门级单反相机EOS 1000D　　　松下可换镜头相机G1

中高档数码单反相机

中高档数码单反相机是为有一定经验的摄影发烧友设计的，选购这个级别的数码单反相机的用户一般都有一定使用单反相机的经历。

中高档数码单反相机在功能上能够满足摄影发烧友和部分职业摄影师对相机的更高要求。这类产品在连拍速度、测光模式、对焦精度、电池续航能力方面，都比入门级数码单反相机提高了不少，有几款甚至使用了全画幅CMOS，如佳能的EOS 5D系列，尼康的D700，以适应这一人群对相机性能的更高要求。

佳能EOS 50D机身的金属骨架

在画质方面，佳能的EOS 50D和尼康的D90作为中档数码单反相机的最新代表，可以称为最高性价比的机型。而全画幅的高档数码单反相机的画质已经相当完美。

适用人群：有一定经济实力的摄影爱好者，部分职业摄影师。

售价：约8 000～18 000元。

性能优异的尼康D90

佳能EOS 5D MarkⅡ全画幅数码单反相机

尼康D700全画幅数码单反相机的扩充配置

顶级数码单反相机

许多人把顶级数码单反相机称为"专业级"数码单反相机，这容易造成误解，似乎不使用这种相机就不够专业。其实，摄影师专业不专业不在于使用的相机，而在于内在的素质。

而"顶级相机"只能从最新技术应用这个角度来解释，不会有什么歧义。

现在大家公认的顶级数码单反相机有佳能的1Ds Mark Ⅲ，尼康的D3X。

尼康数码单反旗舰D3X

顶级数码单反相机采用坚固耐用的全金属铝镁合金外壳，有高达15万次以上的快门寿命，进一步提升的画面质量，1/8 000s及以上的快门速度和高速连拍功能。达到防尘、防水标准的密闭性可以应对可以想象的任何严苛环境，100%的取景视野让每一个透过其取景器构图拍摄的摄影师过目不忘。同时，专业级数码单反相机还拥有更为精确的多点双十字对焦系统，可以实现高速对焦操作……这些强大而丰富的功能都是为职业摄影师的实际需求和可能的工作环境量身打造的。

售价：30 000元以上。

适用人群：超级摄影发烧友，职业艺术摄影工作者。

佳能数码单反旗舰1Ds Mark Ⅲ

影友们应该知道，如果不加"135单反"的限制，一些中大画幅单反相机无疑更是在顶级单反相机之列。不过它们的价格往往是数十万元，由于过于昂贵，绝大多数人目前还只有"望机兴叹"的份儿。

禄来HY6中画幅数码单反相机

徕卡中画幅数码单反相机

数码单反相机的选购原则

不少朋友确实很想购买一台数码单反相机，但却总是犹豫不决。究其原因，一是怕买了不合用，二是怕花了冤枉钱。这些顾虑当然都是有原因的。但是，既然决心要体会一下玩数码单反相机的乐趣，建议还是"该出手时就出手"，现在不同档次的数码单反相机的价格和性能已经为不同条件与要求的影友提供了选择的广阔空间。

一般来说，选购数码单反相机应该把握以下原则。

从经常拍摄的题材考虑

根据自己经常拍摄的题材进行选购定位，其核心就是"功能适用"。功能适用的出发点又是"量体裁衣"。在这个问题上，不同的人有不同的用途，自然也就没有完全相同的标准。

如果是职业摄影师或摄影记者，摄影就是自己的职业，相机就是手中的工具和武器。为了追求发稿时效和艺术效果，当然应该选择技术先进的专业数码相机，至少也应该选择准专业数码相机。

如果只是准备用相机来拍摄家庭生活照或者旅游纪念照，也就不必追求"一步到位"。只要购买一台经济实惠的入门级数码单反相机就完全可以达到适用的要求了。

入门级数码单反相机尼康D5000

原有的摄影器材

如果是一个"发烧级"的摄影爱好者，对照相机的要求就会比较高。除了因为价格因素可能不得不对顶级数码单反相机暂时"割爱"，其他的性能自然不愿低于原来所用单反相机的标准。

因为以前使用过的传统单反相机的镜头、滤镜等都可以转用在数码单反相机上，这样就会节省一笔可观的购置镜头的费用。众所周知，一支高品质的镜头，往往就与一台中高档数码单反相机机身的价格相当，因此，仅从原有摄影器材可以继续使用这一点来说，也足以决定有些人选购数码单反相机品牌的取向。

例如，您的手中如果有几支佳能或尼康相机的单反镜头，而且没有其他特殊的考虑，一般就会下决心购买与现有镜头相同品牌的数码单反相机机身了。

需要说明的是，原来的著名相机制造商美能达几年前已经被索尼并购。如果拥有美能达单反相机镜头，现在可以向索尼公司咨询其是否与现在的索尼品牌数码单反相机兼容。

另外，以前有些自动对焦镜头如果用于新的数码单反相机，会因为与机身不匹配的原因，如有的是因为对焦马达的原因，不能实现自动对焦，只能进行手动对焦等。对这些，应该事先咨询清楚，权衡利弊，再决定购买相机的品牌型号。

美能达–柯美传统单反镜头多数可以用于索尼数码单反相机

大多数传统单反相机镜头都可用于数码单反相机

从对画质的要求考虑

画质这个概念，其实包括很多内容。不过，人们一般还是把像素数作为最重要的指标，因为它决定了一幅数码照片能够高质量展示乃至印刷出版的画面大小。另外，我们前面已经讲过，相同像素数的传感器，面积大的画质一定会比面积小的高。

▨ 电脑上欣赏和网络展示

现在，计算机网络已经空前普及，在电脑屏幕上欣赏数码照片并在网络上互相交流已经成为人们生活中的重要内容。任何一款数码相机拍摄的照片都能够达到这个要求。因为即使是高分辨率的全屏幕显示，两三百万像素已经足够。

▨ 洗印照片参加比赛

参加各级各类的摄影比赛对摄影爱好者来说，是一种时尚，这类比赛一般要求提供8～12英寸的照片，如果入围，就需要提供原始的数码照片参展并送评委会审查。应付这种需求，800万像素已经绰绰有余。

一般书籍插图

一般书籍的插图绝对不会超过参赛照片的画质要求。如果转换为黑白图像刊载，由于印刷点数要求较低，照片有200万像素足矣。

彩色画报和高档时尚杂志

在专业刊物上登载的画质细腻的大幅照片，其中大多数也不过是800万～1 000万像素的照片。众所周知，佳能的最新入门级数码单反相机EOS 500D，已经有了一块1 500万像素的影像传感器。

当然，决定画质的硬件不仅仅是影像传感器的有效像素数、不断改进的图像处理器等机身内的部件，还包括较高光学品质的镜头等，这些在选购相机时应该一并予以考虑。

根据身体年龄条件考虑相机配置

摄影是一项比较消耗体力的艺术行为，尤其是进行风光摄影创作和纪实摄影创作，需要摄影者具有强壮的体魄。

中国也有俗话说，"年岁不饶人"，"好汉不提当年勇"。因此，配置数码单反相机也一定要量"力"而行——这个"力"不仅是财力，更是指体力。

高档以上的数码单反相机，体积大、质量重，是名副其实的"贵重"物品。身体一般的人员携带它们进行长途跋涉绝对会很艰辛。顶级相机及其附件会使绝大多数人不堪重负。

所以，建议没有特殊需求的影友，即使财力允许，也还是以配置一台中档数码单反相机为宜。如果主要目的就是一般的游玩留影，一台新型的入门级相机配上一两支中高档镜头或许会是您的最佳选择。

中老年人适宜携带中档以下数码单反相机

女士一般更加钟爱小巧时尚色彩鲜艳的入门级数码单反相机，包括其他可更换镜头的照相机

根据可支出资金考虑

　　人们常说，做事要"量入为出"。说的就是资金的有计划使用。

　　少花钱多办事、办好事当然是最理想的，但是，高技术产品也存在物有所值的说法。

　　假如资金不存在任何问题，最新的技术含量、最高级的数码单反相机当然是可以优先考虑的。但是，对大多数影友来说，这种情况是极少出现的。因此，充分利用可支出资金，购买物有所值的照相机，就是最佳的选择。

　　可支出资金在五六千元，可以购买入门级数码单反套机，如尼康D40x/D60，佳能EOS 1000D/500D，索尼α300系列。

　　可支出资金在万元左右，可以购买中档数码单反套机，如

尼康D80/D90，佳能EOS 40D/50D，索尼α700系列，也可自行配置常用的中档镜头。

　　可支出资金在2万元左右，可以购买高档数码单反相机，如尼康D300/D700，佳能EOS 5D/5D Mark II，索尼α900系列，配置一两支中高档镜头。

　　可支出资金在3万~6万元，可以考虑购买顶级数码单反相机，如尼康D2X/D3/D3X，佳能EOS 1D/1Ds系列，同时配置适用的高档镜头。

　　如果手中已有镜头，使用以上数额的资金购买相机可以相应提升一个档次。如果资金有余，可以配置外置便携式闪光灯和质量较好的三脚架。

　　中档数码单反相机和高档数码单反相机的图像质量请查看本章有关"数码单反相机的分类"部分的有关内容。

入门级数码单反套机

数码单反相机的功能和设置

数码单反相机的基本操作

　　必须熟悉数码单反相机的各项功能及其设置方法，才能够轻松驾驭这个高科技工具进行摄影艺术创作。本节将对摄影中最常见的功能设置进行讲述。

▣ 数码单反相机的初始设置

开机

　　开机就是接通相机的电源。装好电池和镜头后，即可接通相机电源。数码单反相机因品牌型号不同，电源开关的位置和形状会有所不同，应根据自己相机机型确认。

设置日期和时间

启动相机后，应首先设置当前日期和时间。按下"MENU"按钮，显示设置菜单，选定日期时间设置，正确输入当前日期、时间，有利于后期的照片整理和应用。以后也可以使用此方法调整日期和时间。

完成日期和时间设置后，可再次按下"MENU"按钮，显示设置菜单。相机的所有设置操作均通过设置菜单进行。

设置语言

相机初次开机时的默认语言设置为英语，一般用户应该从"Language（语言）"设置菜单项目中选择"中文（简体）"，以方便日后应用。设置完成后，相机菜单的文字将改为简体中文显示。

选择拍摄模式

初学摄影者可以先尝试一下全自动模式，设置方法为，将模式转盘旋转至全自动模式处。

数码单反相机的时间和日期的设置菜单

设置显示语言

选择全自动拍摄模式

📷 正确握持相机

正确握持相机的姿态不仅有利于顺利完成拍摄，而且有助于保障拍摄照片的质量。错误的握持姿态则会导致相反的结果。为了防止出现手抖和机震，初学者有必要首先掌握正确的握持相机的方法。

立姿拍摄

立姿拍摄是最常见的拍摄姿态。总的要求是，拍摄时人要站稳，相机要端稳，按下快门时要轻而稳。

立姿横向持机摄影的要领是：两臂回收，缩短人机距离；双腕端稳，左手托住镜头对焦。如果是使用长焦镜头拍摄，有时还要借助依托，增强支撑。

不正确的持机方法是：双臂张开过大，使上半身处于不稳定的状态。

立姿纵向持机摄影的要领是：时刻注意握持手柄的手在位于上方时的稳定性，身体重心应在腰部以下，保持身、腿、腰、手臂的整体稳定和协调一致。

跪姿拍摄

以单腿跪的姿态拍摄也是常见的摄影方式。摄影者可以单腿跪下，把握住相机的手臂之一的肘部放在膝上，以膝盖作为支点，这样拍摄会感觉更加稳定。

右手正确握持相机

立姿横向持机摄影的正确姿态　　　　　　立姿纵向持机摄影的正确姿态　　　跪姿拍摄的姿态：手膝肘三点支撑增强稳定性

半按快门的作用和要领

使用数码单反相机进行摄影，有一个关于操作要领的常用术语——半按快门。掌握它对于拍好数码照片是非常重要的。半按快门的操作要点是：食指按住相机快门稍微下按，但不按下去——这时，取景器中会有一个绿色亮点（或者其他标志）开始闪烁，这表明相机在自动聚焦和测光——亮点停止闪烁后，表明聚焦和测光结束，这时可以按下快门进行拍摄。如果不等这个标志停止闪烁就按下快门，就会由于焦点还没有调实，把影像拍虚；同时，也会由于测光还没有最后完成，导致曝光不准确。

场景模式和创意模式

入门级和中档数码单反相机，在其拍摄模式转盘上，以全自动模式为分界点，将拍摄模式分为两个区域：一个是以全自动曝光及各种场景模式（程序影像控制区）为内容的基本拍摄区，有人像、风光、运动的拍摄模式，初学者应用这些模式可以轻松拍照，俗称"傻瓜模式"；另一个是可以发挥摄影者主观能动性、调控相机部分或全部功能进行艺术创作的创意拍摄区。

针对高端职业摄影师的高档数码单反相机一般不再设置场景模式，但是其他的可调控功能则更加齐全。

场景模式和创意模式的分类，实质上就是针对相机自动曝光和手动曝光进行的。不同品牌和型号的数码单反相机的模式转盘及其拍摄模式符号也略有差别。如尼康相机与佳能相机就有几个符号不同。

创意拍摄区

这些模式使您能更好地拍摄各种主体。

P ：程序自动曝光
Tv ：快门优先自动曝光
Av ：光圈优先自动曝光
M ：手动曝光
A-DEP ：自动景深自动曝光

基本拍摄区

只需按下快门按钮。
适于拍摄主体的 全自动拍摄。

□ ：全自动
ⒶA ：创意自动

程序影像控制区

❀ ：人像
▲ ：风光
✿ ：微距
🏃 ：运动
☆ ：夜景人像
🚫 ：闪光灯关闭

🎬 ：短片拍摄

佳能EOS 500D的模式转盘
及功能说明

本书第二部分中对各种模式的应用有详细的介绍，需要了解这方面设置和应用知识的读者，可以阅读相关内容，此处不做详细讲解，以避免重复。

尼康D5000的模式转盘与佳能略有差异

设置画质和个人偏好

数码照片的画质，首先表现在图像的分辨率上；其次表现为文件格式及压缩率。二者是密不可分的。充分利用数码单反相机的最高分辨率，选择高精度影像存储，就能够保留最多的影像细节，为图像的后期编辑和应用打下良好的基础。

◼ 影像品质的设置

在数码单反相机的开机状态，按下"MENU"按钮，LCD显示屏上出现设置菜单，在其中的"拍摄菜单"中选择"影像品质"。

在随后出现的"影像品质"菜单中，根据自己的拍摄需要，选择一种影像存储格式和影像画质的组合。其中的"精细"、"一般"、"基本"代表的是压缩比，压缩比越大，图像占用存储空间就越小，但画质就会相对较差。选定后，按下"OK"按钮。

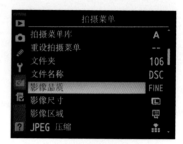

尼康相机影像品质设置1

◼ 影像尺寸的设置

返回"拍摄菜单"，选择"影像品质"下面的"影像尺寸"。

在随后出现的"影像尺寸"菜单中，选择"大"、"中"、"小"其中的一挡。例如，尼康D700相机的"大"尺寸，就是1 200万像素，"中"尺寸是670万像素，"小"尺寸是300万像素，并有分辨率数值。

提示：

照片分辨率（影像尺寸）设置原则是根据照片的用途。在用途不确定的情况下，或难得的场面拍摄机会，宁可设置高分辨率和RAW格式，以免日后有重要用途时，因没有高品质照片而后悔莫及。

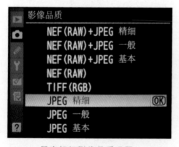

尼康相机影像品质设置2

选择尼康相机影像尺寸设置

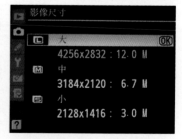

将影像设置为"大"尺寸

◼ 佳能数码单反相机的画质设置

佳能数码单反相机的新产品EOS 50D和500D不仅都达到了1 500万像素，而且其RAW 格式也不再只是最高分辨率一挡，为用户保存中小尺寸的高品质图像提供了很好的解决方案。

个人偏好的设置

对于入门级和中档数码单反相机，影友还可以根据个人的欣赏习惯，通过菜单对色彩饱和度、锐度进行小范围的设置与调整。新型佳能相机将许多类似的调整叫做图像风格设置。类似的设置在不同品牌和型号的相机中，细节互有增减，其名称和设置方法也不尽相同。

此外，多数数码单反相机都可以进行黑白风格设置，直接拍摄出黑白照片。其效果与彩色照片风格迥异。

低饱和度设置拍出的色彩偏淡

高饱和度设置拍出的色彩偏浓

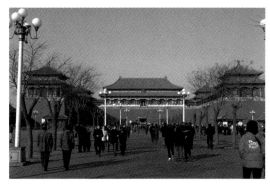

黑白设置拍出的怀旧风格

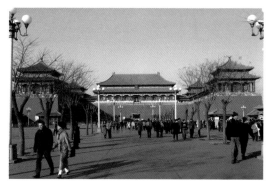

一般设置拍出的彩色照片

设置存储格式

不同存储格式的比较

数码单反相机常见的数码照片存储格式有两种：RAW格式和JPEG格式。另外，有少数数码单反相机可以保存TIFF格式的文件。

以上3种文件存储格式各有优势和不足。

摄影爱好者最常用的是JPEG格式，这种数字照片格式的优点是，文件较小，适用范围广。

艺术摄影工作者现在喜欢把照片存储为RAW格式。其理由是，RAW格式可以保留更多的影像细节，可调整范围更大。但其文件较大，而且不能直接应用，需要转换输出为可用格式。

佳能数码单反相机的画质设置菜单中，RAW格式分为3挡，JPEG格式分为6挡

摄影记者一般偏爱JPEG格式，因为使用这种格式能够更加充分地发挥相机的高速连拍功能，能够在有限的存储卡上存储更多的照片。但这种压缩格式会使照片细节有所损失，后期加工余地较小。

而TIFF格式无压缩，可以直接用于排版印刷，但文件容量远远大于其他格式的文件，会大量占用宝贵的存储空间。

综上所述，文件格式本身也是决定数码照片画质的重要因素，所以，希望得到高画质的场合，要慎重决定设置何种图像格式。

设置存储格式的方法

设置图像的存储格式要通过相机的设置菜单。各品牌相机的设置步骤会有所不同，可以查阅本书关于"影像品质设置"的内容，不同品牌和型号的相机的具体设置细节请查阅相机说明书。

记录画质模式	记录像素数	用　途
JPEG大/优	4272×2848（像素）	A3+打印
JPEG大/普通	4272×2848（像素）	A3+打印
JPEG大/优	3088×2056（像素）	A4打印
JPEG大/普通	3088×2056（像素）	A4打印
JPEG大/优	2256×1504（像素）	L尺寸打印
JPEG大/普通	2256×1504（像素）	L尺寸打印
RAW	4272×2848（像素）	后期处理
RAW+JPEG大/优	4272×2848（像素）	后期处理

※（图像画质记录模式的种类以及记录像素数因机型不同而异）

存储格式与画质的像素数及其用途

选定测光模式

现在的数码单反相机都有了先进而完备的测光系统，可用来测量拍摄场景的光照条件，帮助我们测定现场照度，以确定曝光值。根据不同光照条件的拍摄环境，数码单反相机的测光系统也大多有点测光、中央重点平均测光和分区测光（评价测光）3种测光模式可供选择。

对于一般摄影爱好者来说，点测光有助于对逆光下人物的皮肤以及舞台人物进行正确测光与曝光；而分区测光可以应用于多数拍摄风光和大场景的场合；中央重点平均测光有利于表现画面中心为主体的景物。

不同品牌的数码单反相机对于以上3种测光方式的称谓略有出入，设置方法也有一定差异，所以操作步骤应该以照相机说明书为准。本书图例只是某品牌某型号相机的设置画面，仅供读者参考。

关于不同测光模式的具体应用，请读者查阅本书第二部分的有关内容。

进入测光模式设置菜单

设置多区分割测光模式

设置中央重点平均测光模式

设置点测光模式

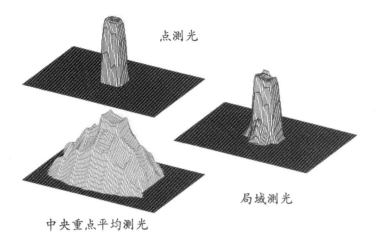

点测光

局域测光

中央重点平均测光

选取曝光模式

◪ 基本拍摄区和创意拍摄区

曝光是摄影的核心技术，数码单反相机基本拍摄区的场景模式和全自动、程序模式均属于全自动曝光的拍摄模式，相机内部的CPU根据自动测光、测距、对焦的数据，结合拍摄者指定的特定拍摄对象，调用储存在机内的相应程序，有针对性地操控相机的曝光，包括光圈快门的组合。

创意拍摄区的光圈优先、快门优先模式、景深优先等则属于半自动曝光的拍摄模式。由拍摄者决定一个曝光参数，其余由相机内部的系统进行自动调整。与基本拍摄区的场景模式下摄影者完全被"剥夺"控制权不同，在这几种拍摄模式下，摄影者可以进行曝光补偿、白平衡等功能的调整。

有关曝光方式的具体应用和设置，本书第二部分有详细讲述，请查阅相关内容。

◪ 包围曝光的设置和应用

拍摄重要场景，或者在光照环境复杂的场所摄影时，为了确保得到一张曝光正确的照片，可以在大致正确的测光基础上，设置数码单反相机的"包围曝光"功能，然后进行拍摄。

如果是佳能数码单反相机，通过菜单启用包围曝光功能后，相机就会进行连续3张、曝光量略有差异的拍摄，3张照片曝光量差异的数值是0.3EV，还是0.7EV，可以由摄影者对环境光线的基本判断而设定。

在个人设置菜单中选择"e包围/闪光"

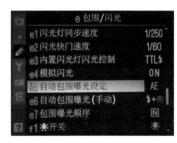

在"e包围/闪光"下设置"e5自动包围曝光设定"

在"e5自动包围曝光设定"下确认
"AE 仅适用自动曝光"

如果是尼康数码单反相机，在菜单设置完成后，还不能立即实现包围曝光的操作。应该按住机身镜头右侧下方的包围曝光调整按钮，同时转动快门按钮下的拨轮，进行包围曝光曝光量差异值的设置，可调整范围是0.3～1.0EV。按住包围曝光调整按钮，同时转动机身后侧上方的设置拨轮，可以进行包围曝光拍摄照片张数的设置，可调整范围是3～9张照片。

以尼康D700相机为例，包围曝光的具体设置步骤见前页右侧屏幕设置图。

包围曝光，有些摄影书籍又将其称为"括弧曝光"，意思是它可以把欠曝和过曝的情况一并包括在内，以保证在测光略有偏差的情况下，能够有一张曝光正确的照片。

以下是使用包围曝光功能在同一场景下拍摄的3张曝光量略有差异的照片。

曝光不足

曝光稍过

曝光正确

对焦模式变换和驱动模式设定

对焦，也称"聚焦"，就是通过调整焦点把画面上的关键点表现得最清晰。

对焦模式选择

尼康数码单反相机机身上的对焦模式选择开关

■ 自动对焦/手动对焦模式的变换

对于尼康数码单反相机来说，自动对焦和手动对焦的变换，是将机身上的对焦方式转换开关进行拨动，M挡为手动对焦，S挡为单次自动对焦，C挡为连续自动对焦。

新型的使用了超声波马达进行自动对焦的镜头，在镜头上也有一个对焦方式转换开关。这种镜头应用在D40/D60等入门级数码单反相机上，可以通过这个开关转换相机的对焦方式。但是，使用普通自动对焦马达驱动的镜头，在上述入门级机型上可能会失去自动对焦功能。

索尼数码单反相机的相关功能变换方式与尼康相机近似。

驱动模式的设置菜单

对于多数佳能数码单反相机来说，自动对焦和手动对焦的变换，是需要拨动镜头上的一个"AF/MF"(自动对焦/手动对焦)转换开关。

关于自动对焦/手动对焦的具体操作和应用，请参阅本书第二部分对有关内容的具体讲述。

对焦模式转换开关

尼康数码单反相机数码镜头上的对焦模式选择开关

▦ 驱动模式的设置

数码单反相机有三种拍摄驱动模式可供选择。在创意拍摄区的几种模式下默认的拍摄驱动模式是单张拍摄，就是按一次快门拍摄一张照片。这在绝大多数情况下都是能够满足需求的。此外，数码单反相机还可以根据特殊需求，设置连续拍摄和定时拍摄。定时拍摄一般应用于自拍，所以许多人将其称为"自拍模式"。连拍可以用来进行运动摄影，定时拍摄可以应用在需要自拍的场合以及需要超稳定状态的拍摄环境。

通过菜单或者功能键的操作可以对此进行设置。各品牌型号的照相机的设置方法可能会有差异，具体设置步骤请查阅相机说明书。

在人工智能对焦状态下可以同时选择驱动模式

使用连续拍摄模式拍摄的长喙天蛾

白平衡的概念及设置

色温与白平衡的概念

色温（color temperature）

色温是用热力学温度表述光源所发出光的颜色的一种方法，其单位用K(Kelvin)表示。任何物体当温度上升时均会发光。理想黑体不会反射来自其他光源的色光而影响自身辐射光的色度，随着黑体温度的升高，最初辐射的是暗红色光，渐渐转红，然后转橙、转黄、转白，最终变为蓝白色。正是由于理想黑体的色度与温度之间存在着唯一对应的关系，因此可以用热力学温度T来表示色度，从而引出了色温的概念。例如，日光的色度可以简单地用色温5500K表示，另如标准日光(中午)色温为6500K，闪光灯为5500K，钨丝灯为2865K等。

自然界和人类生活中还有许多种光存在，如月光、灯光、火光等。灯光又可以分为白炽灯、荧光灯、水银灯等。即使是太阳光，也还有早中晚的不同、晴天和阴天的不同，其附加于景物的色调都是不同的。人的眼睛能够对这些光的颜色进行判别，是因为人有大脑的积累和矫正。可是，要使数码相机真实地再现不同种类光线的微妙差异，拍摄出与人的眼睛看到的景物色彩相似的照片，就需要通过技术手段的校正。这种技术手段就是白平衡。

白平衡

所谓"白平衡"，又称为"照片白色平衡"。其原理就是通过基于对白颜色的正确识别，修正相机对不同光照类型的识别与适应能力，正确地再现人眼中自然界的真实色彩。它实质上是使用技术手段对色彩指标做的一种量化处理，其基础就是"色温"这个对色彩进行量化的标准。人们以前应用这个标准研制出了"灯光型"和"日光型"的彩色胶卷，部分解决了不同光照环境的偏色问题。现在，数码单反相机又提供了更加完善的解决方案。

使用灯光型白平衡会使日出日落的色彩偏蓝

使用日光型白平衡会使日出日落的色彩偏红

使用自定义型白平衡有时会营造出奇异的色彩

数码单反相机白平衡设置

知难行易。理解白平衡比较困难，但应用和设置白平衡却比较简单。下面分别予以介绍。

自动白平衡设置

自动白平衡是数码单反相机的默认设置模式，也是应用最多的白平衡模式。现在的自动白平衡功能的强大识别能力，与几年前已经不可同日而语。可以说，如果不是特意营造某种色彩效果，不是遇到混合光源很严重的环境，新型数码单反相机的自动白平衡可以轻松地识别现场光源的性质并作出相应的调整。

设置特定光源白平衡之钨丝灯

特定光源白平衡设置

  所谓特定光源白平衡设置，其实相对简单，方法有些类似于选择拍摄场景模式。摄影者只要正确识别不同的拍摄环境光源的大类，如现场光源是日光灯还是白炽灯，是晴天或是阴天，就可以根据这个判断对号入座，在相机的白平衡类别中选择相对应的光源类型即可以纠正偏色。

设置特定光源白平衡之日光白平衡

自定义（手动）白平衡设置

  数码单反相机自定义（手动）白平衡的设置方法与便携式数码相机相比，要复杂一些，而且不常用。但是，索尼数码单反相机是个例外，它秉承了简便易行的原则，为用户提供了方便。其余各个品牌的数码单反相机的自定义白平衡设置比较繁琐，而且步骤先后顺序也不能有误，否则就不能设置成功。

  建议严格按照说明书要求进行设置和应用，以期达到实用的程度。

自定义白平衡设置界面之一

▣ 包围白平衡的设置

  为使在光照环境复杂的重要场合拍摄照片的色彩能够正确还原，也可以利用设置菜单，像设置包围曝光那样设置"包围白平衡"（见下图）。

  尼康数码相机的色彩偏移量和拍摄张数的设定，与包围曝光的设置相似。其设置步骤请参阅本书"包围曝光"的有关内容。

▣ 白平衡的特殊效用

  使用与光照不符的白平衡设置，有时能得到色调特殊的好照片。利用白平衡的"错误"，可以使本来颜色平淡的画面产生动人的效果。风光摄影中日出日落的迷人色彩往往就是摄影师主动利用白平衡的这种"错误"营造出来的。

包围白平衡设置界面

包围白平衡设置界面之选定

PART
02 数码摄影的曝光与对焦

摄影是光影的艺术，相机是摄影家的画笔，光线是摄影艺术创作的基础。因此，认识、掌控和利用光线在摄影成像中的作用和规律，是摄影者必备的知识和技能。而摄影最核心的技术就是实现创作时对影像明暗的正确曝光。

1.如果曝光不足，拍摄出的画面就会失去暗部细节，显得暗淡无光，没有生气

2.如果曝光过度，画面就会失去高光部分的细节，整体偏白

3.只有曝光正确的照片，才会色彩还原正常，层次分明，画面细腻

李英杰 摄

决定影像正确曝光的三大因素

摄影的核心技术——曝光

▣ 什么是曝光

对传统胶片相机而言，曝光就是让所选取景物的光线通过镜头进入相机内部，在感光胶片上形成结像光，通过瞬间的光化学反应在胶片上形成潜影。

对于数码单反相机来说，曝光就是让相机内的感光芯片在摄影者设置的时间片段内，使通过镜头到达感光芯片表面形成的结像光瞬时实现光电信号的转换，然后通过机内的模拟/数字转换电路，将CCD/CMOS接收的光影转换为由千百万个像素点组成的数字图像文件。

▣ 什么是准确曝光

摄影作为一门艺术，对于曝光的要求不仅是"正确"，而且是"准确"，甚至"精确"。

如果曝光时照射到感光芯片上的光量过大，表现为照片中的景物过亮，而且亮的部分失去了层次和细节，这就是曝光过度；如果曝光时照射到感光芯片上的光量过小，表现为照片较为黑暗，失去了暗部的层次和细节，这就是曝光不足。"过犹不及"，有效控制曝光过度和曝光不足这两个极端，才能实现准确的曝光。

而正确曝光也是相对的，在同样的光照条件下，物体的浅色部分和深色部分的反光度不同，要用胶片（或CCD等电子感光器件）正确地表现被摄物体，针对浅色和深色部分的曝光量也是不一致的。也就是说，在同一个取景范围内，只要物体反光度不同，必然会有局部曝光不足或曝光过度的情况。在这种情况下，只要我们想要表现的主体曝光正确，这张照片就可以说是曝光正确。

▣ 决定影像正确曝光的三大因素

实际上，相机最基本部件的功能都与控制光通量有关。以前，人们常说，决定影像正确曝光的关键就是掌握相机的两个重要机械部件光圈和快门的调节。随着科技的发展，相机的感光度也变成了可以大幅度调控的影响控制曝光的重要因素。现在人们一般认为，光圈、快门和感光度的正确调节是决定准确曝光的三大因素。

下面就对这三大因素分别加以介绍。

光圈的收放

▣ 光圈和它的主要作用

光圈（Aperture）是在相机镜头中一种可以通过机械机构控制而改变大小的孔洞，它的主要功能是通过调整这个孔洞的大小控制进入镜头中的光量。另外一个重要功能就是，改变它的大小可以使被摄主体前后的清晰范围也随着有所改变。而调整镜头的进光量是实现准确曝光的主要技术手段，改变画面的虚实效果则是摄影师实现艺术创意的主要技术支撑。

透过镜头可以看到其内部的叶片式光圈

调整相机的光圈是通过调节一组圈弧形金属叶片的开闭，形成大小不同的光孔来控制通过镜头的光量。快门则是通过控制这个光孔的开闭时间，对光线投射到影像感应器或者胶片上的时间长短进行调节的装置。

数码相机的自动感光测控系统和人的眼睛一样，也要对通过镜头的光量进行调节，才能够接收适当的光以形成高质量的影像。通过镜头的光量过多或过少，都会导致照相机不能正确地反映物体的影像细节和层次。而数码相机对摄影环境光线的自动调节、适应和控制的过程，是通过相机内部的电子系统调整光圈大小与快门速度的不同组合，达到对影像合适的曝光度。

◼ 光圈的技术指标

光圈大小可以用F2.0（有些摄影书把光圈系数表示为f/2.0，这是厂家的表达方式）、F5.6、F8、F11、F16等系列数值来表示。这些数值称为"光圈系数"。光圈系数值越小，表示光圈开启得越大，通过镜头进入照相机的光量就越多；光圈系数值越大，则表示光圈越小，进入镜头的光量也就越少。

◼ 光圈调节的作用

通过缩放光圈可以起到改变镜头光通量、调节曝光度和提高镜头表现力的作用。

不仅如此，通过调整光圈的大小，还可以有效控制聚焦范围（清晰度范围）大小。光圈每开大一级，则聚焦范围会

相应缩小一些。如果使用相机的最大光圈，也许只有聚焦点前后极小的范围才可以被清晰地收入镜头。缩小光圈，影像的清晰范围就会变大，就可以把更大范围的景物清晰地拍摄下来。

拍摄现场环境的很多外部因素会影响镜头接收影像的效果，根据不同情况适当调节相机的光圈大小可以尽量减少这些因素的影响和干扰，从而提高照片的质量。

一般把光圈光通量加大称为"开大光圈"，光圈光通量变小称为"缩小光圈"。镜头的最大光圈称为"开放光圈"，最小光圈称为"最小关闭状态"。开放光圈的参数与具体的镜头有关，普通数码相机一般可分为F2.8、F4、F5.6、F8、F11等几级，数值越小的表示光圈可以开得越大，数值越大表示光圈收缩得越小。

把光圈开到最大，聚焦后的背景就会变得模糊。所以，拍摄特写的效果和相机镜头的最大光圈值有关。如果您的相机最大光圈仅为F5.6的话，在距离较远的情况下，即使把光圈开到最大，背景也不会变得模糊。这意味着在某种情况下，用它不能创作理想的特写作品。如果您的相机镜头最大光圈可以达到F2.8或者更大，适当地调节光圈，则聚焦后的背景可以灵活选择模糊或清晰状态进行拍摄，这就给创作带来更大的便利。

相机光圈收放示意图

开大光圈可以增加镜头光通量，在室内摄影也可以不用闪光灯

快门速度的选用

快门的功能和作用

数码单反相机快门的主要功能是控制曝光时间。快门开启的时间长，相机通过镜头的光量就多，感光芯片的曝光量就大；快门开启的时间短，则其曝光量就小。

快门是以时间长短调控曝光量的。

快门速度越慢，曝光时间越长，感光元件接收的光量就越多；快门速度越快，曝光时间越短，感光元件接收的光量就越少。

摄影师常常利用较高的快门速度捕捉瞬间形象和动态物体，不仅在新闻纪实类摄影中很实用，而且常常成为生态摄影的常用"秘密武器"。

利用慢速快门可以营造一种动感很强的氛围，是艺术摄影的有效方法。

快门速度的表示方式

快门速度可以用1/30s、1/60s或1/250s等来表示，这个时间数值越小，表示允许光线进入相机内的时间越短、进入的光量越少，时间越长则表示进入相机形成影像的光量越多。

快门速度用数字在相机显示屏上显现时，在"秒"以上的设置和显示时，数字后面显示单位符号""（秒），其数字越大，曝光时间越长；而当快门速度低于1s时，数字后面不再显示单位符号，其数字越大，曝光时间越短——因为这个数字表示的是多少分之一秒的分母数值。这一点请初学者务必在进行夜景摄影和静物、动态摄影调整快门速度时予以注意。

数码单反相机常见的快门速度范围为30~1/8000s，由慢到快分别为30s、15s、8s、4s、2s、1s、1/2s、1/4s、1/8s、1/15s、1/30s、1/60s、1/125s、1/250s、1/500s、1/1000s、1/2000s、1/4000s、1/8000s等。其相邻两挡的快门速度大致相差一倍，因此，在其他条件相同的情况下，使用相邻的两挡快门分别进行拍摄，相机的进光量和曝光量也会相差一倍。

数码单反相机多是机械电子混合快门，而使用电子快门曝光时，实际上可以不是整数。例如在光圈优先的设置下，有时快门速度甚至会出现如"1/8 192s"这样的数值。但是，使用快门优先自动曝光模式进行速度设置时，还是必须要遵循以上固定挡级进行设置。

快门调节的作用

通过快门设置，可以把相机的进光量切割成一个个曝光时间的片段。因此，通过增减快门速度可以达到调节曝光、表现被拍摄物体的动态和防止相机晃动的目的。

利用较高快门速度（1/500s）追随抓拍的滑雪者

一般快门速度（1/250s）追随拍摄的高台跳水

通过对快门速度的调节，可以适当地表现被摄物体的动态或静态影像。但是，如果快门速度过慢，就会使手的抖动反映到拍摄的画面上，造成影像模糊不清。

一般情况下，防止手抖动的快门速度设定为"1/镜头焦距（秒）"，这是一个经验值，称为"安全快门速度"。如在安装了50mm标准镜头的情况下，可以有效防止抖动的快门速度就是 1/50s。所以，快门速度在1/50s以上，就可以达到防止抖动的目的。依此类推，使用200mm焦距的镜头，快门速度就应该设置为1/200s以上；使用变焦镜头300mm焦距的长焦端摄影，快门速度就不要低于1/300s。除此以外，非全画幅的数码单反相机的安全快门还要乘上一个等效焦距的系数。尼康、索尼系列的这类数码单反相机的这个系数为1.5，佳能系列的这类数码单反相机的这个系数为1.6。

ISO感光度及其设置

▣ 什么是ISO感光度

ISO 感光度，原本是一个有关胶卷的技术名词。现在在数码摄影领域也经常会听到。通常摄影胶卷的感光度用"ISO+数字"表示，常见的感光度有50、100、200、400、800、1600、3200等，数值一般以倍数递增。数值越大，表示它对光线的灵敏度越高。

但是对于ISO，人们现在却有了不同的解释。实际上，ISO是国际标准化组织的英文缩写，以它冠名的感光度是国际通用的感光材料计量标准。现行的ISO感光度标准实际是以原美国标准为蓝本制定的。德国作为一个光学和摄影器材大国，它的标准也曾经在历史上极有影响。不过，它的标准计量单位在中国称为"定"，其21定（也做21°）的胶卷与ISO100胶卷的感光度相当，ISO200的就相当于24定，等等。

具体来说，感光度原本是胶片行业衡量感光胶卷对光线感光敏锐度的标准量化参数。现在是数码相机行业套用了原本属于胶卷的感光度值，就如

同数码相机在镜头方面套用了35mm相机的等效焦距一样。

▣ 数码单反相机的ISO感光度

数码相机的感光芯片一般使用的是CCD或者CMOS光电传感器，在光/电转换和模/数转换时对光线的灵敏度也有相应的要求。数码相机厂家为了方便一般使用者的理解，就将数码相机的CCD/CMOS对光线的灵敏度向传统胶卷的标准靠拢，并将其转换为与传统胶卷等效的感光度值，因此，数码相机的ISO感光度实际上不过是"相当于胶卷感光度"的一种说法。

在感光度增加一挡时，数码单反相机的感光芯片对光线的敏锐程度也会增加一倍——但这是通过相机的相关电路对信号做强行放大而提升的——这个量值的挡级与不同感光度的胶卷相当：在光圈相同的情况下，感光度增加一挡，曝光所需的时间就会缩减一半，也相当于快门速度加快了一挡。

感光度根据其数值的高低，可以分为高、中、低三挡。ISO 100以下的称为低感光度，ISO 100至ISO 200的称为中感光度，ISO 400至ISO 800的称为高感光度，ISO 1600以上的称为超高感光度。

现在的数码单反相机的可用感光度已经普遍突破了中感光度的门槛。新品数码单反相机在感光度方面的提升更快，如尼康的D3相机，其感光度竟然达到了ISO 25 600的超高值。一些品牌的数码单反相机新品在ISO 400甚至ISO 800的高感光度设置下拍摄，可以达到画面上几乎看不到噪点的程度。

▣ 快门速度与感光度的关系

在光圈大小相同、同一时间拍摄同一场景的情况下，快门速度与ISO感光度的设置成正比。就是说，快门速度可以随着感光度的提高而相对提高，会随着ISO感光度设置的降低而相应降低。

感光度设置会影响数码单反相机拍摄时的快门速度。在光

线不充足的情况下，相机如果设置了低感光度，快门速度就会过慢，手持拍摄会导致照片模糊，这是因为相机的抖动影响了成像质量。这时，调高数码单反相机的感光度设置是解决问题的重要方法之一。感光度设置每提高一挡，快门速度就可以随之调快一挡，这对于在没有三脚架情况下的手持拍摄十分有利。

 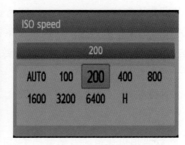

不同数码单反相机ISO参数设置界面

◼ 不要盲目提高感光度

数码单反相机通过设置高感光度可以相应提高相机的快门速度，在暗光下得到相对清晰的照片。但这种方法是以损失画质作为代价的，随着相机感光度的提升，照片的成像质量会逐步下降。这就是专业摄影师在光照不足时宁愿放弃相机"自动感光度"调节的主要原因——画面质量的下降程度很难控制。

在目前的技术水平下，设置相机的高感光度或多或少会影响照片画面质量。在高感光度情况下拍出的照片噪点太多会导致画面粗糙。数码单反相机出现大量噪点的主要原因是，它的感光元件在通过信号放大电路将各个像素点信号放大的同时，也将工作过程中产生的干扰信号一起放大了。

感光度设置	低感光度	高感光度
细节和锐度	高	低
饱和度	色彩准确	色彩失真
噪点现象	轻微	严重
偏色情况	不偏色	偏色
画面层次	过渡均匀	过渡生硬
画面反差	大	小

感光度与照片画面质量的对应关系

必须谨记，设置过高的感光度不仅会使照片噪点增多，而且画面的细节、锐度、色彩饱和度、色彩偏差、暗部层次和画面反差等都会受到很大影响。因此，为了照片的画质，千万不要盲目设置高感光度。熟悉自己手中的相机在各级感光度上的画质表现，才能扬长避短。

◼ 根据拍摄环境调整感光度

综上所述可以得知，高感光度是一把双刃剑，绝不是有利无弊的。因此，在不同场景下，特别是在光照不足的环境下要想得到高画质，必须主动放弃感光度的自动调节，根据拍摄目的进行适当调整。

例如，在进行纪实类摄影创作时，首先要考虑留下影、拍清楚，其次再考虑利用高感光度拍摄可能会带来的画质损失。因为对于许多纪实性的场合来说，总是"有胜于无"，画面清晰是首要的，有些噪点的照片还可以改作他用。但如果照片的画面模糊不清，则就没有补救余地了。因此，新闻记者应用高感光度的概率远远高于其他摄影师。

但是，如果是进行艺术摄影创作，就应该更多考虑照片的艺术效果，画面质量就是一个极为重要的指标。在这种情况下，应该在中低感光度值的设置下拍摄。如果还不能解决问题，则建议使用现场布光等其他方法来解决。

虽然在高感光度下，数码单反相机的成像质量不可避免地会有所下降，但这种画质的损失比起消费级数码相机还是小得多的。这首先是因为数码单反相机感光芯片的面积大，电路噪声干扰相对小；此外，最新的降噪技术也首先应用在数码单反相机上。现在，有些型号的数码单反相机的高感光度降噪已经做得很好，大部分数码单反相机在低于ISO 400的情况下，各级感光度的画质差别不大，有些相机甚至在ISO 800的设置下拍出的照片，也几乎看不到什么噪点。

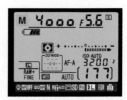

在现场光不足的情况下，如果不做特别设置，相机会自动选择高感光度设置

在光照偏低的情况下，为避免高感光度带来画质下降，应设置低感光度

尼康D700相机在光照条件较好的情况下使用感光度ISO 1600设置下拍摄的花卉

灵活进行光圈、快门和感光度的配合调整

光圈与快门的关系

光圈与快门相互制约

光圈与快门存在一种相互制约的关系。就一个正确的曝光组合而言，当光圈开得较大时，就需要把快门速度相应调快一点，使进入相机的光量减少，使它适合拍摄的光量；反之亦然，当需要缩小光圈时，就需要把快门速度调慢一些。根据同样的道理，当需要把快门速度调低或调高时，也应该适当收放光圈。只有这两者处于平衡状态时，才是正确曝光的平衡点，才能够取得最佳的拍摄效果。

当曝光不正确时，如果CCD影像感应器或普通相机的胶片接收的光量过多时，拍摄的影像就会偏白，即产生了"曝光过度"

《童趣》　光圈F2.8，ISO 200，快门速度1/60s

的现象。相反，如果CCD影像感应器或普通相机的胶片接收的光量过少时，拍摄的影像就会"曝光不足"。

光圈与快门的自动平衡

所有的数码单反相机，都能够自动检测被拍摄对象的明亮度，并根据光照环境自动调节光圈与快门速度，实现整体曝光的平衡。所以，在光照环境还可以的情况下，只要照相机在正常的自动（非手动调节）工作状态，即使我们不太注意光圈与快门速度的具体参数，也可以实现基本正确的曝光。

为了使摄影者能够更好地实现摄影创意，各品牌的数码单反相机无一例外地提供了光圈优先自动曝光和快门优先自动曝光，为摄影者针对不同拍摄对象的摄影提供了很好的"半自动"手段。

快门速度与感光度的关系

在光圈相同、拍摄场景相

同的情况下，快门速度(曝光时间)与感光度的高低存在一种成比例的约束关系。使用ISO高感光度设置，实现正确曝光时就可以使用较高的快门速度。而使用ISO低感光度设置，实现正确曝光就需要更长的曝光时间（较慢的快门速度）。具体就是：提高一挡感光度，就可以相对调快一挡快门速度；降低一挡感光度，就要相对调慢一挡快门速度。如果相机处于自动或半自动工作状态，这种调整是由相机系统自动完成的。

根据以上分析可以得知，利用提高数码单反相机的感光度，能够部分解决在没有三脚架情况下手持拍摄的稳定性问题，即可相对提高安全快门的范围。

▨ 光圈大小与感光度的关系

由于高感光度是针对暗部摄影的需求开发的，所以多数人把它的用途局限在光照条件不好的环境下。其实，这属于认识的偏颇。

许多人可能从来没有试验过，在高感光度下，并不是在任何情况下都会使画质大降、出现很多噪点。例如，在光照条件很好的情况下，即使设置了ISO 800以上的感光度，画面质量也不会明显下降。利用这个特点，入门级数码单反相机在白天拍摄时，就可以使用相对小一些的光圈，这对在需要时用于增加景深范围是很有帮助的。

光圈和感光度的关系也可以这样表示：感光度增加一级，光

圈可以相应缩小一挡，不会影响准确曝光。

需要说明的是，利用高感光度拍摄照片时，要记住把相机的"降噪"功能打开，它可以帮助我们消除一些噪点。虽然准确曝光的关键因素主要是依靠光圈与快门的配合，感光度的调整只是一个备选的补充，但是，只要我们开动脑筋，就可以从相机"人所共知"的功能中，寻找到更多的提高照片质量的方法。

《感知科学》 ISO 400，快门速度 1/60s，光圈F4.5

曝光补偿的应用

为了使非职业摄影师和广大摄影爱好者也能在各种光源、亮度下拍摄出好的照片，所有的数码单反相机都已经具有自动曝光功能 (Automatic Exposure，即AE)，它可以根据不同的环境及光源强度，自动调节快门的速度及光圈的大小至合适的曝光量。数码相机一般都内置有一个精密的曝光测量仪，在一般情况下，如果摄影者能应用自动曝光功能，再学会选择适合的自动曝光模式，就可以在任何时间和场所，拍摄出好照片。

但是，因为摄影的光照环境是千变万化的，人们也不是在任何时候都能依靠数码相机的自动曝光功能就可以得到正确的曝光，因此，要学习掌握特殊光照环境下的曝光补偿操作，做到善于利用与控制光源。

▨ "EV"曝光值

曝光补偿的单位叫做"EV"，它是Exposure Value（曝光值）的英文缩写。通俗地说，1EV就相当于一挡快门或一级光圈。

我们知道，同一曝光量可以有许多曝光组合，所以，用快门及光圈控制的曝光量也可以用EV值来表示。只要快门及光圈同时做出相应的变化，就能保持一定的EV值，维持在适合的曝光水平。例如，1/125s的快门速度配合F8光圈，与1/60s的快门速度配合F11的光圈，及1/250s的快门速度配合F5.6的光圈，它们的曝光量都是相同的。因此，可以看出，无论开大一级光圈还是放慢一挡快门速度，在增加曝光度上都是一样的。所以，在修正曝

+1EV	快门速度	1/125s	1/60s	1/30s
	光圈	F5.6	F8	F11
标准	快门速度	1/250s	1/125s	1/60s
	光圈	F5.6	F8	F11
–1EV	快门速度	1/500s	1/250s	1/125s
	光圈	F5.6	F8	F11

光圈、快门速度与曝光值EV的关系（相同的ISO数值时）

光时使用EV值来衡量，就会更容易理解。

　　1 EV = 1挡快门速度 = 1挡光圈。即：+1EV 相当于快门速度降低一挡或光圈开大一级；–1EV 相当于快门速度增加一挡或光圈缩小一级。上表所列就是用增减数码相机的快门速度实现曝光值调整的关系列表。

　　在以前没有采用EV值调节，只有手动控制相机曝光的年代，这些关系需要摄影者记得滚瓜烂熟。另外，什么天气拍什么照片也都有一定的曝光组合估算值。后来随着相机科技含量的增加而逐渐"傻瓜化"，许多人的摄影经验已经变成了程序存储在相机中，人们应付复杂条件下的摄影就越来越方便了。EV值概念的提出，进一步简化了光圈、快门组合影响曝光量的繁琐估算，而把它作为一种自动测光下的曝光补偿方法，更是降低了普通人成功拍出"专业级作品"的门槛。

曝光补偿修正的对象

　　实际上，曝光补偿修正的对象就是数码相机的内置曝光表对特殊环境光照的测量误差。在一般情况下，数码相机内置的曝光表可以在它感应到的范围内进行光的测量。不过，因为它是只对物体的反射光进行测量，所以就出现了一个问题——当拍摄的对象是纯白或接近纯白，是纯黑或接近纯黑色时，它就会简单地把这个物体判断为"非常明亮"或"非常暗淡"，从而使相机的自动曝光系统做出错误的曝光自动组合。在这个问题上，曝光自动控制系统比起我们人类的眼睛，还是大为逊色的。如果在这时听任它"自动"曝光，必然会拍出令人"不忍卒读"的照片。

　　要解决这个问题，就需要掌握曝光补偿功能的应用。

针对不同环境的曝光补偿

　　曝光补偿的方法有很多种，一个经验丰富的摄影发烧友，自然会左右逢源——增减快门速度，缩放光圈，增减补光，一切都会有条不紊地完成。但对于初学摄影的朋友来说，最方便的还是使用数码相机内置的曝光补偿功能。数码相机通过曝光补偿对曝光量的修正分为"正修正"和"负修正"两种，结合不同的环境条件，可以具体应用到很多场合。

　　通过曝光补偿增加曝光量的方法，称为曝光的"正补偿"，它允许比数码相机自动测光系统显示的曝光值多一

利用曝光补偿拍摄的逆光白玉兰（+0.3EV）

测光正常无需曝光补偿的波斯菊

些的光照射到CCD/CMOS上；而通过设置，让比数码相机所显示的曝光值更少的光照射到CCD/CMOS上的修正方法，即减少曝光量的方法，称为曝光的"负补偿"，也可以叫做"负修正"。简单地说，曝光的"正补偿"就是提高曝光量，使照片上的影像变亮；曝光的"负补偿"就是减少曝光量，使照片上的影像变暗。

在拍摄发白、发亮的物体时，因为数码相机的曝光测量仪会接收到极强的反射光，而把它判断为极亮，就会指令控制系统减少可能照到CCD/CMOS的光量，方法是增加快门速度或缩小光圈。这样就会导致拍摄的照片显得光照不足，白色往往就变成了灰色。另外，当使用相机进行逆光拍摄时，因画面整体的光线过强，也会使曝光测量仪判断为光线过亮而控制它，所以使用全自动曝光也会使拍摄出来的逆光景物的主体（尤其是人的面部）发暗。在这种情况下，就可以选用"正补偿"功能：在前一种情况下，增加曝光量，使照片接近于自然；在后一种情况下，采用闪光灯补光的方式，使物体局部增加曝光量，让它不至于过于暗淡。

为了能够留下云层外太阳的微红色，营造暮归的气氛，《返航之后》设置曝光补偿为-2.0EV

曝光补偿设置按钮

尼康相机的曝光补偿设置按钮

如果拍摄的对象发黑、发暗的话，数码相机的曝光测量仪就会因为只能接收到极弱的反射光而判断被摄物体为极暗，就会自动增加CCD/CMOS可以接收的光量（加大光圈或降低快门速度），这样就会导致拍摄的照片过度曝光，出现画面发白、层次不清的情况。这时，就应该选用曝光"负补偿"的功能，使拍摄的照片画面接近正常。

但是，仅仅知道选用"正补偿"或"负补偿"的方法是远远不够的，问题的关键是：究竟补偿或减少多少曝光量才算合适？这就需要具体问题具体分析，因为拍摄一幅摄影作品时会涉及许多方面的因素，例如，您的创作意图，被摄物体的环境、材质等。所以很难"一方治百病"。在一般情况下，拍摄白色物体或逆光拍摄时曝光补偿可以在+1EV ~ +2EV；而拍摄黑色物体时，补偿在-1.3 ~ -1.5EV。多数数码相机都具备这种曝光补偿功能，但是，它需要手动设置。

不同品牌与型号的相机控制曝光补偿的按钮位置与操控方法是不一样的，因此，在熟悉曝光修正操控的同时，还需要熟悉自己的数码相机，看懂说明书。熟悉各按钮的位置和用法，以便在需要调整时，可以一边进行取景，一边进行曝光补偿的调整。

掌握曝光补偿技巧的关键在于多实践，只有多拍片，多比较，勤思考，不断实践，才能将这种功能运用得得心应手，收放自如。

数码摄影的曝光模式

基本场景曝光模式的应用

对于摄影初学者，尤其是对刚刚接触数码单反相机的人来说，最想了解的相机操作内容，莫过于曝光模式的设置了。如果能够根据不同的拍摄对象正确选择适当的曝光模式，对因地制宜拍摄出好的摄影作品，有时是具有决定意义的。

除了顶级数码单反相机以外，单反相机一般都以"P"或者"□"为界，把曝光模式在功能选择旋钮上分为两个区域：基本场景模式拍摄区和创意功能拍摄区。

■ 曝光模式功能选择旋钮和分区示意图

其中，基本场景模式依相机品牌型号的不同有所增减，但是如全自动（AUTO）、人像、风景、微距、夜景人像等场景还是都有的。这些基本的场景曝光模式有利于对摄影常识知之不多的人拿起相机就能拍出像模像样的照片——只要按场景对号入座即可。

下面介绍几种基本场景曝光模式的特点。

人像模式

这个模式的特点是以半身人像摄影特点安排光圈、快门的组合，自动设定大光圈，以突出被摄人物、虚化背景。根据人像主体喜动多变、拍摄成功率低的特点，几大品牌的数码单反相机都将人像场景下的驱动模式自动设置为连拍。在人像模式下，摄影者只要按住快门，连续拍摄的多张照片可以为后期选片提供更多的选择余地。

风景模式

风景模式适合拍摄自然风光和城市景观等。数码单反相机将根据风景摄影的一般特点自动缩小光圈以追求大景深的效果。这是把许多风光摄影师的一般经验凝聚到了相机内部软件中的结果。如果没有特殊的创作要求，此模式能够满足一般风光摄影场合的需要。

夜景人像模式

在此模式下，相机会自动开启慢速闪光同步功能，使被摄人物和背景都得到比较充分的、接近自然效果的曝光。但在拍摄过程中，人物应该保持不动。

闪光灯关闭模式

由于闪光灯的效果有时不能令人满意，而相机防抖功能和高感光度设置已经可以部分弥补现场光照不足物体的拍摄，因此，许多人在光照稍暗的场合也不希望使用闪光灯拍摄。而在使用基本拍摄区模式时，闪光灯却经常会在这种情况下令人心烦地自动开启。

选择闪光灯关闭模式可以人为禁用闪光灯。但需要说明的是，有些品牌的相机要实现强制关闭闪光灯，还需要到设置菜单中去设置。

微距模式

此模式的特点是可以近距离拍摄花、草、虫等细小物体，影像在画面中可以表现得很大。在使用这个模式时，要尽可能以镜头的最近对焦距离对被摄物体进行精确对焦。如果使用的是普通变焦镜头，建议尽可能使用镜头的长焦端在一定距离处把被摄物体"拉近"进行拍摄。

微距模式下拍摄的昆虫

 **运动模式**

设置运动模式可以用来拍摄运动物体，如人类的竞技体育等题材。在这个模式下，数码单反相机会对被摄主体进行"定点＋跟踪"的连续对焦，它可以用相机所能达到的最短曝光时间捕捉被摄主体的瞬间动作。在使用运动模式拍摄运动物体时，建议使用长焦镜头。这个模式同样可以应用于动物摄影，以尽可能高的快门速度拍摄运动中的飞禽走兽。

运动模式下拍摄的快艇

程序自动曝光与全自动曝光的区别

全自动曝光模式在数码单反相机上一般常用"AUTO"或者绿色方框来表示，在其他一些相机上，也可能是一个小的绿色相机图标。

全自动曝光模式

全自动曝光模式是一种"全傻瓜"的曝光模式。它以相机的多区域自动测光为基础，自动设定合适的光圈与快门值，并将快门速度与握持相机的稳定性考虑在内。当快门速度过慢时，相机会自动弹起闪光灯，或者提示使用闪光灯，对拍摄对象予以补光，以确保获得曝光准确的清晰照片。这种曝光模式的曝光完全由相机内的系统自动控制，比较适合摄影初学者使用。在光照条件比较理想的场合，利用它可以拍出画面清晰、色彩丰富的照片。但是，对于有一定实践经验的摄影爱好者来说，使用这种模式往往无法得到更为理想的艺术效果。

程序自动曝光

这种曝光模式虽然从表面上看，与全自动曝光模式非常近似，但它可以通过自主设定测光方式，如中央重点测光或者点测光方式，以及通过设定自动对焦点，获得更加准确的测光与曝光。另外，在程序自动曝光模式下，摄影者可以对光圈大小、快门速度进行调整，有利于得到更好的拍摄效果。

还有一种情况就是，在程序自动曝光模式下，闪光灯自行启动的情况要比在全自动曝光模式下少得多。

程序自动曝光模式的选择

不同数码单反相机全自动曝光模式的选择

在很多场合，全自动曝光和程序自动曝光也可以拍出画质优秀的照片

不同测光方式的选用

数码单反相机内部有专门的部件，会对拍摄每张照片时的光照情况即时进行测量，以得到正确的曝光值，然后再据此曝光值为摄影者设定相应的光圈大小和快门速度。这个测定曝光值的过程我们称之为"测光"。现在的数码单反相机都配备有先进而完备的测光系统，用以测量被摄场景的光照条件，这有利于摄影者设定曝光值，使照片获得正确的曝光。

根据不同光照条件的拍摄环境，数码单反相机的测光系统一般都有以下3种测光模式供用户选择。

中央重点平均测光

多数相机（包括普通相机和数码相机）的自动测光方式都是属于"中央重点平均测光"的。所谓"中央重点平均测光"，是指把相机取景器显示的景物中心部分区域作为重点测光对象，同时兼顾其余部分光照平均值的测光模式。它的优点是顾及整个画面的光线强弱，适合于多数摄影环境，特别适合于拍摄顺光的风景。其缺点是，如果拍摄的景物中有过于明亮或者过于暗淡的部分时，它对被摄主体的测量就会有误差。

分区测光(评价测光)

分区测光也称为"评价测光"，它是一种把要拍摄的景物画面按照多个焦点分成几份并对其分别进行测光，然后比较各部分的测光值，计算出平均曝光值的曝光模式。有些相机有9区、12区乃至更多区域的测光模式，都属于这种分区（分割）测光的范围。当被摄对象处于逆光等复杂光线的环境下时，使用分区（分割）测光模式，可以测量并给出适当的曝光值。这种测光模式在大多数情况下都是有效的。在拍摄对象与背景之间的明暗度对比很强的强逆光环境下，相机默认的中央重点自动测光模式无法直接算出适当的曝光值时，可以用分区测光来试一试。

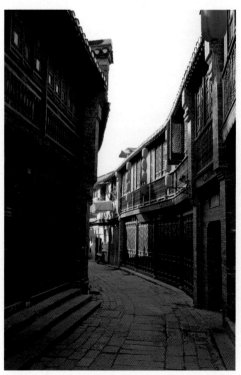

利用"中央重点平均测光"拍摄

利用"分区测光"拍摄的风景

点测光

点测光方式又称"点式测光"，它只测量拍摄物体上极小部分特定区域的光亮度，用以确认拍摄所需的曝光值。点测光的优点是：能够准确测量出拍摄主体的亮度，有利于被摄主体的正确曝光，特别是可以有效避免平均测光带来的逆光影像主体发黑的问题。

在以前，普通相机一般是不具备点式测光功能的——它曾经被认为是一种"很高级"的测光模式，被专业摄影工作者"垄断"着。然而，在今天，不仅数码单反相机，包括大多数普及型数码相机也都具备了这项功能，这不能不说是电子技术的进步给普通摄影爱好者带来的好处。

使用点测光的方法

依据不同的相机，按下测光模式变换按钮或者功能选择按钮，启动测光方式选择功能。

在功能选择屏幕上找到测光方式选择模块，确认后，在其中选定"点测光"或者点测光的图标。

把取景器或液晶显示屏显示的被摄景物画面上要测光的重点部分与数码相机取景器中心部位的3%～5%的测光点相重合，即可测量到该部分的正确曝光值。

采用点测光方法不会受到大背景范围明暗度的影响。拍摄逆光下的花卉、人物都可以使用这种"点测光"的方式。另外，在灯火通明、照射灯满场的舞台上，相当于有强烈逆

光的情况下，要把舞台人物拍摄得明亮、清晰一些，也可以选用点测光模式对人物面部测光进行拍摄。

索尼数码单反相机测光模式设定菜单

尼康数码单反相机的测光模式选择环

选择测光模式的操作

必须指出的是，各种数码单反相机设置测光模式的机构位置和步骤是不一样的。例如，有的尼康单反相机把它做成一个围绕着AE-L/AF-L按钮的选择环放在机身后面，操作很简单。而索尼单反相机则把它放到了功能选择屏幕菜单中。佳能单反相机则是"按钮＋屏幕显示＋旋钮调整"的设置方式，只要按住测光方式选择按钮，同时转动选择拨盘，就可以实现不同测光模式的转变。测光模式的具体转换方法往往因数码相机的品牌、型号而有所不同。

所以，如果您想熟练掌握这些方法，首先应该根据自己的数码相机的品牌型号，仔细阅读特定品牌型号相机的使用说明书。

有些普通数码相机如果选择使用了点式测光模式，会在液晶显示屏幕的中心部位看到一个十字形的标志，相机测光的范围基本就只在这一点周围。而有的数码单反相机没有这种标志，只是在光学取景器内的取景框下方有一个显示当前测光方式的图标。所以，只有熟悉自己相机的测光设置方式，才能高效快捷地用好不同的测光功能。

在光线复杂的场合，当然也可以使用专用测光表。有关专用测光表的知识，请读者查阅相关资料。

在逆光情况下，用普通测光模式拍摄的照片，往往会因为拍摄主体曝光不足而发暗发黑，偶尔也会出现"奇迹"——撞出一张佳作

光圈优先自动曝光模式的应用

光圈(Aperture)是相机镜头中可以改变大小的孔洞，它的主要功能是控制进入镜头中的光量。光圈优先自动曝光模式，就是在拍摄前摄影者首先设定光圈系数，由相机自动选择适当的快门速度。

光圈与景深

光圈优先模式的设定除了决定通光面积大小，达到正确曝光的目的以外，更重要的是通过它，可以调整被摄主体前后景物的清晰范围。这个清晰范围，就是前面讲到过的"景深"。

许多职业摄影师之所以都对光圈优先情有独钟，就是因为光圈优先的最大优势就是可以灵活方便地控制景深。例如，使用大光圈可以虚化背景、突出被摄主体，这是摄影的基本创意手段之一。在光圈优先模式下，相机会根据已确定的光圈F值，自动调整快门速度到正常曝光水平。

总之，光圈到底要设置多大，应当根据拍摄题材和摄影者的创作意图来决定。如果说使用大光圈形成小景深效果可以突出主体，那么，使用小光圈得到大景深同样有重要的实用价值。例如，在风光摄影、景观摄影时，就需要较清晰地表现背景环境，以衬托被摄主体，表现更加丰富的细节。

光圈优先设置的步骤

把相机拍摄模式旋钮上的"A"（Av）标记旋转至与电源指示灯相对的位置，相机即进入光圈优先拍摄模式。此时转动功能选择拨盘即可调整光圈大小。光圈F值的变化在LCD屏幕上有直观的显示。

佳能系列相机：把模式旋钮上的"Av"标记旋转至与电源指示灯相对的位置，即处于光圈优先的拍摄状态。此后转动相机的选择功能盘，即可改变光圈F值。

光圈优先模式与F值设置的具体操作因相机品牌型号的不同会稍有差异，设置时请注意参阅相机说明书相关内容的细节。

数码单反相机设置光圈优先模式后的屏幕显示

利用光圈优先模式拍摄人物特写

在人像摄影尤其是拍摄特写时，突出主体是非常重要的原则。突出主体的摄影手法很多，但应用虚实对比是突出主体的最有效方法。而光圈优先模式则为这种表现手法提供了一种最常用的有效技术手段。例如在环境及光线都比较杂乱的公共场所，如在餐厅为宝宝过生日时，孩子吃蛋糕吃得一嘴一鼻子的模样很有趣，要抓住这个有趣的局部，就需要拍摄特写。在这种情况下，只有使用光圈优先，而且尽量使用大光圈，才能够净化背景，突出主体。当然，开大光圈时需要精确对焦，否则很容易产生主体模糊的现象。

相机光圈收放示意图

使用光圈优先精确对焦拍摄的《豆豆的生日》

◼ 利用光圈优先拍摄花卉特写

在花卉摄影中，绝不是所有景物都是越清晰越好，要有选择地突出主体。而利用光圈优先模式应用虚实对比的表现手法对花卉摄影突出主体最为有效。

在自然环境拍摄花卉时，常会有其他景物被收进镜头。利用光圈优先的模式，就能虚化背景，突出拍摄主体。方法是，应用光圈优先模式，把光圈开到最大，然后，利用近摄功能贴近被摄主体，或者使用长焦镜头拉近远处的被摄主体，使被摄主体充满画面。这时选用大光圈的作用是减小景深，使主体以外的陪衬虚化，达到突出主体、简洁画面的目的。荷花就是以这种方式拍摄的。

用长焦镜头拉近被摄主体拍摄的荷花　　　　　　　　　　用大光圈贴近被摄主体拍摄的碧桃

◼ 利用光圈优先拍摄动物特写

与拍摄花卉、人物的原理相同，利用光圈优先的设置，也可以在拍摄动物时对动物生活的背景进行"删繁就简"，以突出动物独有的神态。例如，在动物园拍摄动物时，设置大光圈，不但可以使杂乱的背景得以虚化，营造清爽的效果，也便于捕捉动物的神态，表现它们独有的毛色和质感。

摄影创作的过程就是一个经验积累与触类旁通的过程，要用心去观察，用心去实践，认真对待每一次拍摄，就会不断取得新的收获。

《狮子》光圈F5.6，镜头焦距300mm

使用大光圈"撤掉"鸟笼的围栏

在大自然中，由于地域环境或生活习性的原因，平时许多鸟在野外是不容易看到的。这无疑会增大拍摄它们的难度。因此，有时拍摄鸟类，摄影者往往需要到动物园一类的场所。

动物园中的许多鸟，如犀鸟、猫头鹰等大鸟，都是关在笼子里的，而隔着笼子拍摄出来的照片，常常有相当一部分被鸟笼的铁丝围栏遮挡住了，不能见到鸟的全貌。如果遮住的部分恰恰是关键部位，照片的效果必然会大打折扣。

那么，怎样才能较好地克服这种不利条件，尽可能地把这些鸟的形象拍摄得完美一些呢？采用"长焦距+相对较大的光圈+精确对焦"的方式是一个可行的方法。

透过粗粗的围栏拍摄的清晰犀鸟。镜头焦距200mm，光圈F5，快门速度1/100s

《树螽》

快门优先曝光模式的应用

前面我们重点介绍了怎样利用光圈优先模式突出拍摄主体，这里说一说快门速度优先模式的适用场合与注意事项。

镜间快门、帘幕快门与电子快门

快门是用于控制感光元件或胶片曝光时间的机械装置。设定好快门速度后，只要按下相机的快门释放钮，相机就会在快门开启与闭合的时间内，让通过镜头的光线使相机内的感光元件或胶片获得正确的曝光。

快门使用金属、织物或其他合成材料制成，由机械或电子机构控制快门的开启时间，用机械能或电能进行驱动。

大多数照相机的快门分属于镜间快门或焦平面快门，它们都属于机械快门。两种快门的最大区别就是其位置不同：镜间快门放置在镜头单元之间；而焦平面快门位于相机内部，正好在胶片或感光元件的前面，由于它紧邻焦点平面，因此而得名。现在的35mm数码单反相机大多使用的是焦平面金属帘幕快门。

　　而便携式数码相机应用的电子快门，其工作原理与上述的机械快门完全不同，它并没有限制光线进入的"门"这个装置，而是直接靠控制CCD/CMOS电路的通电时间来控制曝光时间的长短。实际上，电子快门就是一种通过控制感光元件通电过程而控制CCD/CMOS感光时间的数码相机内独有的特殊电路。

　　照相机的快门速度本来只是控制曝光量的技术手段，但如果运用得当，也可以成为特技摄影不可替代的"秘密武器"。所以，相机的"快门优先"的设置与应用也是摄影的基本技能之一。

焦平面金属帘幕快门

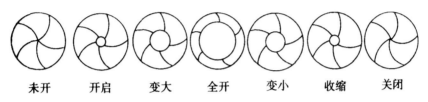

| 未开 | 开启 | 变大 | 全开 | 变小 | 收缩 | 关闭 |

镜间快门工作示意图

快门的调节作用

　　通过对快门速度的调节，可以适当地表现被摄物体的动态或静态影像。但是，如果快门速度过慢，就会使拍摄时的手抖（也称"机震"）反映到拍摄的画面上，造成影像模糊不清。

　　在一般情况下，防止手抖的快门速度设定为"1/镜头焦距（秒）"，这是一个经验值，就是人们常说的"安全快门"。例如，在镜头焦距为85mm的情况下，把被摄主体拍摄清楚的有效快门速度应该不低于1/85s。如果快门速度低于1/85s，在一般情况下就可以达到防抖的效果。

　　设置相对较慢的快门速度，通过追随拍摄的方法，可以使画面产生很强的动感效果。另外，在日常题材的摄影中，通过设置较高的快门速度可以有效避免拍虚照片。

　　总而言之，调整快门速度的主要作用就是调节曝光量、表现被摄物体的动态和防止手抖。

快门优先模式的设定

　　快门优先模式通常多用于"抓拍"运动着的物体，表现物体的动态影像。利用快门优先模式设置高速快门，其优点是能够以快制快，克服相机震动与物体运动的干扰，把运动速度较高的被摄主体定格在一瞬间。在快门优先的模式下，相机根据拍摄者确定的快门速度值，自动调整光圈F值到正常曝光水平。

　　对索尼α数码单反相机来说，快门优先模式设置步骤是：先把数码相机"模式旋钮"上的"S"字母旋转至与电源指示灯相对的位置，相机

《疾飞的绿头鸭》　镜头焦距300mm，快门速度1/200s（镜头防抖功能打开），光圈F10

即处于快门优先的拍摄状态；轻触快门，LCD屏幕上就会出现当前快门速度的显示，通过转动快门前的"推钮"就可以调整快门速度。快门速度的变化在屏幕上有直观的显示。

对佳能系列单反相机来说，是把"模式旋钮"上的"Tv"字母旋转至与电源指示灯相对的位置，相机即处于快门优先的拍摄状态。转动快门后侧的拨盘，即可改变快门速度的设定。

尼康数码单反相机的设置方法与其他相机大致相同。

快门优先与快门速度设置的具体操作，因数码相机品牌和型号的不同而稍有差异，屏幕显示也是如此，请注意阅读自己相机说明书中的相关内容。

在快门优先模式下，如果我们要拍摄运动的场景，是要选择快一些的快门速度，还是选择慢一些的快门速度呢？这并不是绝对的，关键是看你要表现什么创意。

如果被拍摄的对象正在进行一连串快速的动作，我们要表现其动感，就可以选择降低快门速度的方法进行拍摄。因为太快的快门速度只能拍摄下一瞬间静止的动作，就像电影、电视中的定格，反映不出那种动态的感觉。

但是，定格也是一种美。如果我们把连续运动的物体定格为一幅幅优美的画面，也不失为好的照片。

在快门优先模式下，如果

遇到光圈开到最大或缩到最小而曝光仍然不合适的情况，可以通过选用曝光补偿方式增减曝光量。

《互中瞬间》 感光度ISO 800，快门1/160s，光圈F5，曝光补偿＋0.7EV

利用快门优先模式的另类趣味

拍摄飞舞的昆虫和空中的飞鸟属于"运动摄影"的范畴，应该首选"快门优先"的模式，快门速度一般设置在1/500s至1/1000s之间。这时选用相机镜头的长焦端或者使用近摄镜头，以拍摄出较大的影像。同时，也要注意光圈不能开得太大。根据经验和相机、镜头的性能，确定选择手动对焦或者自动对焦。在确认相机可以持稳、对焦正确时，可以设置连拍功能，以提高成功概率。

一般来说，体积小的昆虫振翅频率高，体积大的昆虫振翅频率低——此规律可以沿用到鸟类的拍摄中。飞舞在梅花丛中的蜜蜂是用1/1 000s的快门速度拍摄的，而飞翔的野鸭用1/500s的快门速度就可以将其清晰地定格在画面上。

《蜂梅》 快门1/1 000s，光圈F5.6，镜头焦距300mm

通过快门速度的设定和拍摄清晰度的对比，我们可以猜测到这些自然界精灵翅膀振动频率的大致数据——同时也可以加深对昆虫和鸟类飞行能力及具体细节的认识。通过快门速度的设置与试拍照片的观察对比，也可以直观地看到，像蜜蜂一样的体形较小的昆虫，其翅膀的振动频率每秒钟在500次以上，甚至达到千次。虽然这种数据在书本上也可能查看到，但总不如自己亲手验证、亲眼所见记忆深刻。

全手动曝光的应用

▣ 全手动曝光模式

全手动曝光是一种可以由摄影者对相机的光圈大小、快门速度，甚至感光度、曝光补偿值进行任意组合的曝光模式。实际上，早期的机械快门相机都是手动曝光的。现在的光圈优先、快门速度优先乃至全自动曝光模式，在那时还属于"高新技术"。现今，它们已经成为操控相机的主导方式，掌握手动曝光反倒成为"高技能"的资本了。

全手动曝光功能在相机上的标识为"M"，所有的数码单反相机都具备这种模式。

全手动曝光模式的设置

▣ 全手动曝光模式的设置

将数码单反相机"模式旋钮"上的"M"字母旋转至与电源指示灯相对的位置，相机即处于全手动曝光模式的拍摄状态。不同品牌的相机的手动曝光设置图标会略有差异。

《春暮》（全手动曝光）

《春暮》（自动曝光）

手动曝光模式的操作虽然比各种自动曝光模式复杂一些，但它却可以更加自由地实现光圈、快门的组合，在光线较为复杂的场景下，它有着不可替代的作用。对于已经有了一定经验的摄影爱好者而言，手动曝光是值得花些精力去摸索、掌握的一种适合摄影个性化表现的有效方式。只要勤思多练，全手动曝光操作也是很容易上手的。

《春暮》（全手动曝光）这幅逆光照片就是采用全手动曝光模式拍摄的，其快门速度为1/50s，光圈为F8。为了把前景中表现春天气息的丁香花从黄昏的暗影中表现出来，拍摄这幅照片时采用了闪光灯补光，使人造光与自然光和谐地服务于作品的主题。如果采用标准的自动曝光模式，相机测光/曝光系统就会根据现场较暗的情况，自动提升光圈、快门组合的曝光量，这样拍摄的照片，很难表现出夕阳西下的那种特殊的美感。

全手动曝光的特点

采用全手动曝光模式后，相机的光圈大小、快门速度

设置都需要进行手动调整，相机内的自动适应程序会完全"放假"。如果再采用部分相机提供的手动对焦功能，数码相机的所有自动调整功能就真的全部"罢工"了。因此，使用这种全手动模式需要有丰富的摄影经验的积累。在每拍摄一幅照片时，相机的光圈、快门都要根据现场光照情况一一认真设置。有时还需要试拍几张，利用相机的回放功能查看一下效果，再做进一步的修正。否则，稍有不慎就会导致照片曝光错误、影像模糊。

有些室内拍摄场所不仅灯光很暗，甚至不允许使用闪光灯，或者闪光灯的光量不足以照亮被摄景物，抑或使用闪光灯会造成画面明暗不一，例如在使用大广角镜头在室内拍摄时就容易出现这种问题。在这时，使用手动曝光模式是一种很好的选择。

《穹顶》拍摄的是哈尔滨著名的圣索菲亚教堂的穹顶，由于它内部灯光比较暗，为了把穹顶上的图案拍清楚，采用了全手动曝光模式，将光圈设为F5.6以增加景深、获得清晰的画面；将快门速度设置为1/3s以保证照片获得足够的曝光量；为了在游客较多的拍摄点减少停留时间，拍摄时设置了ISO 400的感光度。

《穹顶》

拍摄都市车流夜景

拍摄夜景是使用全手动曝光模式最常见的应用。上面已经讲过，因为相机的自动测光/曝光功能往往会使照片画面偏亮而失去夜景的应有效果，这时可以尝试采用全手动曝光模式拍摄，试着一步步地加快快门速度或者一步步地缩小光圈，直到拍出我们想要的效果。

使用全手动曝光模式拍摄夜景需要经过一个摸索、调试的过程，不能指望一次就能够成功，更不要想张张照片都能拍好。但是认真对待每一次拍摄是必要的，而且需要不断总结经验，发现不足，找出原因。如果我们真的能够做到孔子说的"不二过"，即不重复同样的错误，那么我们的摄影技术的提高就会很快。

夜景的最佳效果也许不能一次拍摄成功，因此，在每一次调整快门速度后，可以试一试它的拍摄效果。根据效果再进行快门速度的增减。如果夜间摄影的经验不足，就更需要通过试验、观察与思考，不断积累经验、摸索技巧。

例如，《运动中的静态》是用F2.2光圈、1/30s的快门速度拍摄的夜间车流，较高的快门速度使夜间行驶中的车辆呈现一种静态，但曝光略显不足。如果出现这种情况，需要试着进一步调慢快门速度或者

动态的车流灯光

开大光圈。

在光圈保持不变，快门速度调整到1/15s拍摄时，曝光就比较满意了，画面明暗对比和色彩表现得也比较合理，然而缓慢行驶的车流依然没有在照片中显示出动感。但是在这样的快门速度下，拍摄出清晰的影像已经很不容易了。需要提醒影友的是，在采用1/30s以及更慢的快门速度拍摄时，要尽可能使用三脚架固定相机。

在快门速度进一步降低到1/8s时，画面的车流开始有了动感效果。见《动态的车流灯光》。

如果把快门速度继续调慢为1/2s，这时就不仅是单纯的手持不稳了，还因为拍摄地点——过街天桥在高速车流经过时传导的震动已经严重影响到相机的稳定，所以照片已经模糊得比较厉害，车流的灯光已经不是线状，而是开始"画龙"，而且整体曝光也已经超过了正常范围。见图《光影扭曲并过曝》。

以上试验说明，使用手动曝光方式拍摄夜景时，应该根据拍摄意图把握光圈与快门速度的设定。如果快门速度设置得太低就会因震动（包括环境、相机和人体本身）造成影像模糊或者光影扭曲；而快门速度设置过高则会导致曝光不足，体现不出车流的流动感。而设置光圈的大或小，主要是考虑照片景深的需求。

运动中的静态

▣ 手动曝光模式的简易参照物

初学摄影者开始时可能感到判断拍摄环境的光照与特点，进行全手动曝光不易掌握。这时我们可以利用相机的其他自动曝光模式，如全自动曝光模式、光圈优先或者快门优先模式等对拍摄主体进行试测光，从中得到大体正确的光圈快门组合，以此作为进行全手动曝光精确微调的参考。

光影扭曲并过曝

由于数码单反相机的曝光模式转换很方便，这种方法操作起来简便易行。在读取相关的参考数值后，即可返回全手动曝光模式，再针对被摄主体的光照特点及创作构思，或增减快门速度，或缩放光圈。

不同环境下补光与减光的方法

进行摄影创作经常会遇到一些不利的光照环境，这时就需要开动脑筋，采取有效的方法加以纠正，补光和减光是常用的技术手段。下面就常用的补光、减光工具的使用方法和适用范围作一介绍。

■ 反光板的使用

反光板是人像摄影中一种常用的补光工具。常用的反光板有白色、银色、金色和黑色4种类型。但其中的黑色反光板实际的作用不是补光，而是"吸光"，它与其他颜色的反光板外观相同，作用相反。

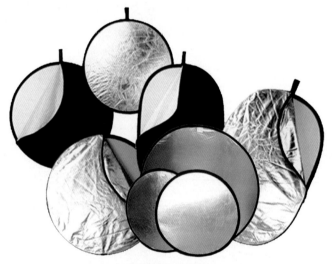

不同颜色的反光板

白色反光板

白色反光板的反光性能不是很强，但其效果柔和而自然。使用这种反光板对人像阴影部位进行补光，可以保留更多的暗部细节。

银色反光板

银色反光板光亮如镜，比白色反光板的反光效果更强。影楼外拍摄师最常用的就是银色反光板。使用银色反光板还有一个优点，就是可以在被摄者眼睛里形成大而明亮的眼神光。当阴天或者光线主要从被摄者头上方射过来（逆光、侧逆光）时，就可以使用这种反光板作为补光工具，以消除被摄主体由于逆光形成的阴影。

金色反光板

在日光条件下也可以使用金色反光板补光。与冷调的银色反光板相反，金色反光板产生的光线色调较为温暖。

使用金色或银色反光板需要注意，因为反光光线非常明亮，会使多数被摄者眯起眼睛。因此，补光拍摄时要注意光线的反射角度和被摄者眼睛观看的方向，还要注意在拍摄时一定要保持反光板的稳定。

黑色反光板

黑色反光板从技术上说并不是反光板，而是减光板。因为其他反光板是通过反射为被摄物体添加光量，而黑色反光板则是通过部分遮蔽来减少照射到被摄物体上的光量。使用反光板补光，在不妨碍取景构图的情况下，应该尽可能使它接近被摄人物，这样光线效果会更加柔和。另外，反光板的大小要和拍摄对象成比例。例如，为人物全身照补光，应该使用两米左右的反光板；而拍摄花卉，反光板只需比花朵大些即可。

故宫留影——反光板的使用方法

使用反光板前后的不同效果

金色反光板的效果

使用数码单反相机的内置闪光灯补光

数码单反相机的内置闪光灯又称"机顶灯"，属于入门级和中档数码单反相机与机身连为一体的内部构件。它不仅可以在光线较暗的地方作为照明光源使用，而且也可以在明亮的阳光下为逆光人像摄影进行"补光"。

"强制闪光"是在各种创意拍摄模式下使用闪光灯补光时必须进行设置的。这个"强制闪光"弹起按钮一般是在数码单反相机镜头左侧的机身上。

在室外晴天的逆光或者侧逆光条件下，如果利用相机的自动测光值来进行曝光，数码单反相机会误认为场景已经足够亮了，即使是在场景模式下，它也不会自动弹起闪光灯。因此，如果

闪光灯弹起按钮

内置闪光灯强制弹起按钮和弹起的闪光灯

要强制补光，必须首先按一下闪光灯弹起按钮，手动将其弹起。闪光灯弹起后，相机的液晶显示屏上会出现一个闪光符号图标，这意味着闪光灯会在摄影者按下快门时发出闪光。在不同品牌的数码单反相机上，这种设置闪光灯工作方式的方法和图标都是一致的。

使用内置闪光灯的优点是简单方便，如果使用得当，效果很不错。但是，由于它无法改变光线投射的角度，容易产生光线生硬、画面平淡的问题。

内置闪光灯的3种状态

自动闪光——它根据数码相机的测光系统测出的被摄景物的明暗程度，决定是否启用闪光灯。自动闪光是数码单反相机闪光灯在场景模式下使用的默认状态。

强制闪光——无论拍摄环境的明暗程度如何，都启用闪光灯。这种方式一般用于逆光人物拍摄时的补光。

强制不闪光——无论拍摄环境的明暗程度如何，都不允许闪光灯工作。在营造一些特殊气氛时，可以设置为这种方式。

在阳光照射的环境中使用闪光灯的目的，是利用闪光灯的闪光减弱阳光所产生的阴影部分的反差。我们一般把被拍摄对象从明亮部分到黑暗部分的层次过渡再现的范围叫做"曝光的宽容度"。如果周围环境或拍摄的主体的光线明暗度超出了数码相机 CCD/CMOS对物体明暗度表现的能

力（极亮或极暗），就会拍摄出没有层次感的失败照片，它们的某些部分甚至会近似于纯白或纯黑。

如果这时使用闪光灯的话，就会使过暗的阴影部分变亮，从而减弱影像明暗的对比，能够接近或达到CCD/CMOS的宽容度，产生与我们眼睛所见景物接近的自然明暗过渡。

采用了闪光灯补光的方式，即使是在明暗对比强烈，阴影部分显得一片黑暗的时候，也可以使阴影部分不会太过黑暗。另外，在逆光拍摄人物时，如果使用闪光灯做补光进行拍摄，就可以使人物及明亮的背景全部清晰地展现出来，甚至可以达到使人物纤毫毕现的效果。

另外，有时在树林内或者水边拍摄人物时，因阳光的照射，经常会遇到所谓的"花荫凉"，即人脸上不规则的树枝阴影显得极为浓重。在这时，如果适当使用闪光灯进行补光拍摄的话，就会大大降低树枝等阴影的浓度。

多数数码单反相机的内置闪光灯可以在拍摄时根据相机的综合设置和测光参数即时调整输出光量。但是，在使用闪光灯进行近距离的补光拍摄时，有时会因为闪光灯的光太强而导致光线不自然。这时，如果采取用半透明物遮挡闪光灯等柔光措施，可以减轻这种不自然的程度。

总体看来，内置闪光灯可调控性不强。如果有条件，应

该使用外置闪光灯进行补光拍摄。

使用外置闪光灯

外置闪光灯也称外接闪光灯，我们这里所介绍的仅是其中的一种便携式外置闪光灯。在没有其他可以借用的光源时，外置闪光灯是一种较好的选择。但是，如何扬长避短发挥其优势呢？里面还是有些技巧的。

"跳灯"的技巧

用闪光灯补光应该尽量避免直射打光，因为直射打光会产生浓重的阴影。有经验的摄影者一般会把闪光灯打到浅色的表面，如天花板或墙壁上，利用其反射的光线为被摄对象补光，这种方式可以把直射光变为漫射光，从而更好地表现被摄对象的质感和空间感，这种技巧叫做"跳灯"。

"跳灯"时要注意闪光灯灯头的方向和角度，利用反射定律大致估算出反射光线的落光位置，使光线通过反射后能够正好落在被摄对象上。

注意选择浅色、最好为白色的反射面，因为其他颜色的反射面会改变色温，容易造成白平衡误差，而深色的表面会吸收大量的光线，不利于反射补光。另外，还要注意不能正面对着玻璃、镜面等表面光洁的物体进行闪光拍摄，在这种情况下，稍微改变一下角度就可以避免反光。

需要说明的是，利用"跳灯"补光时，相机是无法准确测算曝光量的，所以要先根据经验调整光圈与快门拍摄一张，拍摄完成后立即回放，再根据这次实拍效果对曝光参数做相应的调整，直至获得曝光准确的照片。

离机遥控闪光

有些数码单反相机配合具有无线遥控功能的闪光灯，可以进行离机遥控同步闪光。这样，闪光灯可以从任意角度闪光，可以是侧光，也可以是逆光，从而为摄影创作带来更大的灵活性。

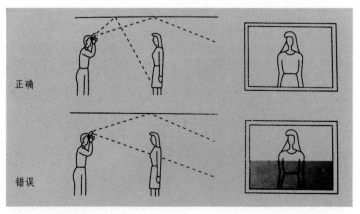

正确

错误

"跳灯"补光示意图

无线遥控闪光拍出微距花卉的通透效果

闪光灯组无线群控

如果条件允许，在仅使用一只闪光灯无法获得好的补光效果时，还可以通过使用同步器，使用多个闪光灯，从不同的角度进行多方位补光，以取得更好的拍摄效果。

控制闪光灯光量的手段只有收缩光圈。因为从理论上说，闪光灯的闪光时间大约为几千分之一秒，所以调整快门速度对闪光灯的光量起不到限制作用。而且，多数相机和闪光灯有一个最高同步速度，一般为1/125 ~ 1/250s。

◼ 选用减光镜

在环境光整体很强的情况下，也可以使用几种减光滤镜对进入相机的光线进行控制。常见的减光镜有以下几种。

中密度镜(ND—Neutral Density)

中密度镜是一种最常见的减光镜，又叫做"中灰镜"，其作用

是均匀地阻挡一部分光线进入镜头，但不改变光线的其他构成。如果数码单反相机的ISO值已经到了底限，不能再更改了，却需要在阳光强烈的室外拍摄；或者需要在正常光线条件下用较长的曝光时间，这时中密度镜绝对是一个最佳选择。使用中密度镜甚至可以使照相机在室外的强烈阳光下，使用慢速快门拍摄运动物体的动态效果。

渐变镜

渐变镜是风光摄影中最常用的滤镜。渐变镜大多是从深到浅地由一种颜色过渡到无色透明的滤镜。其中也有过渡到另一种颜色的。常见的有中灰渐变、橙色渐变、茶色渐变、蓝色渐变、淡紫色渐变、绿色渐变等品种。

其中的中灰渐变镜具有可以改变照片的反差，但不会改变画面色彩平衡的特点，摄影师常常用它来解决强光环境下天空过亮、暗部细节曝光不足的问题。有螺纹可以直接拧在镜头上的渐变镜价格较高，插片式的价格较低。

偏振镜

偏振镜又称"偏光镜"、"偏振光镜"。偏振镜能够有效减弱或消除非金属表面的反光，在黑白和彩色摄影中均能使用。正确使用偏振镜，可以压暗白色的逆光晴空，使其色彩由偏白还原为蓝色，同时保持其他景物的原有色彩。经常用到偏振镜的场合有风光摄影、花卉摄影等反光和逆光较强烈的创作环境。

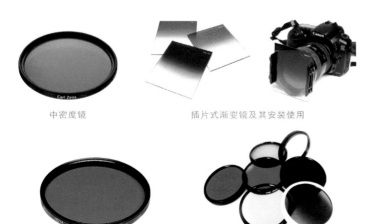

中密度镜	插片式渐变镜及其安装使用	
偏振镜	不同颜色的滤镜	

选择偏振镜时，建议数码单反相机的用户使用标记有CPL字样的"圆形偏振镜"，因为这种类型的镜片更加适合CCD/CMOS的感光特点。

滤色镜

颜色滤镜，原本是用于平衡色温或者制造特殊氛围的，与减光效果无关，现在人们一般已经不再使用了。这在很大程度上可归因于Photoshop提供了强大的色彩滤镜功能。而且颜色滤镜在没有拍摄经验的情况下较难掌握，因此不建议摄影初学者在拍摄中使用此类滤镜。

未使用偏振镜的拍摄效果　　　　　　　　　　使用了偏振镜的拍摄效果

数码摄影的曝光技法

室内摄影的曝光

本节所说的室内摄影主要是室内日常生活摄影和人像摄影，基本不涉及静物和影楼等专门的内容。所谈经验，仅供读者参考。

现场光是室内摄影首选光源

利用现场光是许多摄影家极力推崇的，现场光的最大优点就是

利用现场光拍摄动静结合的影像——击剑训练

可以原汁原味地反映特定场合的特殊氛围。当然，能不能使它原汁原味地反映在照片上，是对每一个摄影师的眼光、经验和艺术表现能力的考验。室内生活或艺术摄影应该首选现场光则是毫无疑问的，因此，尽可能利用已有的有效现场光是室内摄影的一个原则。

布置人工光要从简

在室内进行摄影创作时，往往会遇到光线不够理想的情况，就是说，在大部分情况下，室内光线都会偏暗。

这时，首先要调动一切既有条件，如开大相机的光圈，设置较慢的快门速度，提高ISO感光度，争取在既有环境下创造正常曝光的条件。

如果必须使用人工布光，

应该本着从简的原则，加一两盏灯能够解决问题就绝不加第三盏。而且灯的色温应该尽量与现场环境一致。

即使是实验性地拍摄艺术照，有时使用一两盏灯的效果也未必一定比多盏灯差。

无论是现场光，还是人工布光，正确设置白平衡是十分重要的，影像的色调与情趣往往与之密切相关。

在摄影棚利用两盏照明灯拍摄的高调人像　在两盏灯的基础上，加一盏灯投向模特的头发拍摄的暗调特写

使用闪光灯的利与弊

除了现场光和人工布光，闪光灯无疑是最便捷的人造光源。现在的闪光灯不仅功能强大，而且功能日益趋于多样化，可以满足多种艺术创作的用光需求。这就是所谓的闪光灯的优势。

但是，在进行室内摄影时，内置闪光灯的发光往往显得偏弱偏冷，拍摄的影像常常反映不出环境的特定氛围，而且要想对3m以外的物体进行正常曝光，就必须有一只曝光指数在36以上的外接闪光灯。而外接闪光灯恰恰是许多初学摄影的影友还没有置备的。

关于闪光灯的使用，本书下面还有较详细的说明。

闪光指数与曝光控制

闪光指数

闪光指数(Guide Number)是在使用闪光灯进行拍摄时，为得到适当的曝光，可调节的闪光亮度等级，也称为GN。其数值越大，闪光灯亮度越高。

GN值(闪光指数)是通过这样的计算公式得来的：

灯位到被摄体的距离（M）× 正确曝光的光圈值（F）＝该灯的闪光指数（GN）

闪光灯的曝光量控制

能够控制闪光灯曝光的主要因素是光圈的收放，快门速度基本不会对闪光造成影响。因此摄影者一般更加关心利用闪光灯拍摄时，怎样计算出正确的光圈值。用光源到被摄体的距离除GN值，就能得到相机正确曝光的光圈值。

GN值(闪光指数) ÷ M(拍摄距离) = F(光圈值)

不同型号闪光灯的闪光强度不同，所涵盖的有效范围也不同，这就涉及许多摄影者最关心的闪光有效距离问题。因此，拍摄者需要对闪光灯发光强度的量值有所了解，这个量值就是闪光指数。

闪光有效距离还与感光度及所用镜头焦距有关，

佳能中档闪光灯430EX II

通常所说的闪光指数一般都是以感光度ISO100、50mm焦距为标准（实际计算方法以厂家说明书为准），如GN24指数的闪光灯配合50mm镜头拍摄设定3m处的物体，光圈则应设为F8（24÷3＝8）。一般来说，闪光指数越大，闪光灯的功率就越大，闪光有效距离也就越远。使用同一盏闪光灯，镜头焦距越长、所用光圈越大（F值越小），闪光有效距离也就越远。

调节闪光光量防止过曝

在狭小的空间内和很近的拍摄距离使用闪光灯，需要防止闪光过度。虽然近年来生产的数码单反相机已经完善了闪光灯光量与光圈大小的补偿机制，但它们在不同型号的相机上的表现还不是很一致。熟悉自己的相机和闪光灯，摸透它的"脾气秉性"，在拍摄现场才能得心应手。

例如，自己的闪光灯在多近的距离最可能产生过曝，使用什么简易方法可以解决，都应该了然于胸。

内置闪光灯如果是可调节光量的，可以把它设置为"减弱"挡，同时将相机设置为低感光度ISO100至ISO200。若是在全手动曝光模式"M"挡或光圈优先曝光模式"A"挡进行拍摄，可以将光圈进一步缩小，也可以有效限制过多的光线进入镜头，避免曝光过

度。采用上述方法仍不见效，可以"土法上马"，利用塑料袋、纱巾等半透明介质蒙在闪光灯前，也可以达到减弱闪光强度的效果。需要注意的是，用不同介质遮挡闪光会有不同效果，需要预先试验一下，避免拍摄失误。

关于使用内置闪光灯进行补光的内容，前面一章已有详细介绍，此处不再赘述。

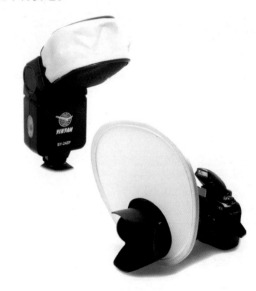

内置闪光灯也可以参考使用类似的柔光罩

前帘同步和后帘同步

一般数码单反相机的快门都是焦平面金属帘幕快门，从结构上它们都有两个快门帘幕，称为第一快门帘幕和第二快门帘幕，也分别被称为"前帘"和"后帘"。快门打开相机曝光的基本的动作过程是：按下快门→前帘开放→CCD/CMOS感光→后帘关闭。

现在数码单反相机的正常快门曝光的时间是从30s到1/2 000s或1/4 000s，顶级数码单反机身一般都可以达到1/8 000s的最高快门速度。这个数值是由两个帘幕能够达到的开闭速度决定的。闪光灯要参与对被摄物体进行曝光或者补光，就必须在前帘打开之后、后帘闭合之前发光。

什么是前帘同步和后帘同步

前帘同步和后帘同步是摄影中慢速同步闪光的两种拍摄方法。

慢速同步闪光是指在拍摄夜景或者其他光线暗弱环境中的人物肖像时，使用闪光灯保证被摄主体的正确曝光，同时又能用慢速快门保证背景夜色的正确曝光的拍摄方式。

慢速同步闪光拍摄又分为前帘同步和后帘同步两种方法。这是由于数码单反相机的焦平面快门是由前帘和后帘两部分构成的。在一般情况下，在摄影者按动快门的瞬间前帘移动打开快门，影像传感器曝光；然后，后帘移动遮光，完成曝光。

数码单反相机的后帘同步闪光设置菜单

在通常情况下，是在前帘打开的瞬间，闪光灯闪光照射被摄体，然后后帘关闭完成曝光，这称之为"前帘同步"。使用后帘同步闪光时，前帘打开时闪光灯不闪光，而在后帘关闭前的一瞬间，闪光灯闪光并完成曝光。

前帘同步的特点

在拍摄静物时，这两种方式的使用区别不明显，但是在拍摄运动物体时分别使用这两种方式，就会展现截然不同的效果。

因为前帘闪光同步是先闪光，主要用在光线较暗的环境下用闪光照亮主体。但如果在闪光后被摄主体前面又出现了其他活动的物体，就会造成干扰和遮挡。

前帘同步示意图

后帘同步示意图

后帘同步的特点

后帘同步闪光主要用于运动物体的动态表现。其过程是：快门开启，摄入一串运动的模糊影像，最后闪光灯闪光将主体的运动轨迹定格在一个清晰的瞬间。

现在的数码单反相机都可以使用后帘同步进行闪光拍摄，进行相关设置后即可用于创作。但是各品牌相机的设置步骤和方法略有不同，具体细节请读者查阅自己所用相机的说明书。

需要说明的是，几乎所有的数码单反相机，在所谓的"场景模式"下都不能实现后帘同步拍摄，只有在"创意模式"下设置为P（程序）、Av（光圈优先）、Tv(快门优先)或M（全手动）挡才可以进行后帘同步闪光拍摄。

闪光曝光锁

数码单反相机的FEL（闪光曝光锁）功能，可以用来锁定闪光灯闪光的输出强度，让画面在闪光照射曝光量不变的条件下重新构图拍摄，也允许被摄主体偏离画面中央。例如，它可以针对在舞台上的演员或者T型台上的模特这些背景不断发生变化的活动着的被摄对象，用点测光获得其某个特定部位的闪光灯曝光量并将其锁定，防止由于明亮的背景或深色的衣物造成的欠曝或过曝等问题。

FEL是佳能EOS系列相机使用的词汇，在尼康相机的功能说明中，与FEL基本等效的功能是AE-L(自动曝光锁)。

如果使用的是佳能580EX闪光灯，在设置FEL时取景器内的闪电符号闪烁，就表明闪光灯的光量输出不足以正确地照亮主体，我们可以把它作为试闪曝光确认功能来使用。

在相机的自动曝光模式下，相机内部的闪光控制系统也会对ISO感光度、光圈、焦距等的变动作出自动调整。

闪光灯频闪摄影知识

一般人使用闪光灯大多只是为了补充光照不足。实际上，在专业摄影领域，闪光灯有着更为广泛的应用。一些平时尚未了解的闪光功能可以为我们提供更多的创作手段。"频闪"就是其中的一种。

专门的频闪灯是一种新型的摄影照明灯具，它像闪光灯一样，属于相机的一种配件。频闪灯可以像机关枪一样，一次接一次地闪光。电子频闪灯的闪光频率可以根据需要调节、选用，根据产品资料，最高的可达1 000次/秒，一般多在百次左右。频闪摄影就是借助这种频闪灯的连续脉冲闪光，在一个画面上记录物体的连续运动过程。

专门的频闪灯

由于频闪灯发光时的持续时间很短（1/3 000～1/5 000s），这时的相机使用慢门，由于多次闪光，也就实现了多次曝光，在一张照片中出现多个连续的图像。一般的电子频闪灯每秒钟的闪光次数从几次到几百次不等。用电子频闪灯拍摄一个动体时，画面上可以留下许多个连续的影像。这些以一定规律间隔产生的影像，给人一种节奏及动感强烈的视觉感受。这种视觉效果，平时仅凭肉眼是无法看到的，令人感觉新奇，新鲜。

有些闪光灯也具有这种功能，但是频闪次数要少一些。在拍摄移动物体时，这种闪光灯也可以在单一的曝光过程中发生多次闪光，使一张照片出现多个连续运动的影像。闪光灯的频闪次数多在199次/秒以下，但这样的闪光频次也足以捕捉很多黑暗中的奇幻影像。

有频闪功能的闪光灯

利用频闪拍摄运动物体的基本要领如下。

1. 要有较暗的背景和拍摄环境，使用稳固的三脚架；

2. 事先要计划好被摄主体的运动速度和单张底片所需影像的数目，并以此为根据来设定适合的频闪次数与间隔；

3. 主体与背景要远，以防止在画面中出现灯影；

4. 相机与被摄对象的距离相对较近，这是因为设定频闪后闪光指数会下降很多。

如果您的闪光灯有频闪功能，就不妨试一试这种可以创造特技效果的功能。

利用有频闪功能的闪光灯拍摄的连续运动影像

关于长时间曝光的问题

▣ 互易律失效问题

数码单反相机都有很灵敏的TTL测光表，在较为暗弱的光照条件下也可以为摄影者提供测光读数。但是，随着光线减弱到一定的限度和所需曝光时间的增加，光圈和快门之间可以互易的正比关系就会失效。这就是所谓的"互易律失效"现象。

在正常的工作条件下，摄影胶片和数码相机的CCD/CMOS的感光是有规律的，光圈与快门的组合是基本固定的。所谓"正常的工作条件"，是指感光材料和感光元件能够正常感光的光照强度范围。

在这个范围之外，如在只有星光的野外，或在几乎没有灯光的暗室内进行摄影时，就必须根据特殊的条件和摄影者自身的经验修正曝光参数。这些都是"互易律失效"的环境，摄影者面对的往往是在极低光照条件下进行长时间曝光的问题。

▣ 长时间曝光的基本操作步骤

现在的数码单反相机都具备长达30s的慢速快门，其中多数

星空——长时间户外曝光摄影作品

具有B快门，而且正常情况下相机的测光表也会按照环境的照度给出正常曝光下最慢快门速度的数值。然而，如果相机在低光照环境下不能给出正确的测光读数，究竟应该怎么办呢？

在一般情况下，当相机的快门速度大于1s时，就应该考虑CCD/CMOS在互易律失效时的特性。如果在暗弱的光照下摄影时，依然使用测光表给出的曝光值进行拍摄，就会发现拍出的照片已经暗得不可救药了。这是因为在低光照条件下，感光元件的反应速度不仅会变慢，而且其规律也不是很清楚，所以最好的解决办法是试着增加光照或曝光时间。

同样的问题也会伴随着曝光时间的增加而出现，这时建议通过试着一步步开大光圈或者渐次增加一点光照，因为仅仅依靠放慢快门速度已经不能解决正确曝光问题了。

事实上，绝大多数摄影爱好者极少会遇到使用超长时间曝光的情形。如果确实要使用几秒钟以上的曝光时间拍摄照片，应该首先进行一些实验性拍摄并进行精确的记录，以此取得特殊的经验性设置。

户外摄影的长时间曝光是个经验性课题，需要积累各方面的经验，数码相机的降噪性能、暗夜中的对焦……都需要通过摸索逐步加深了解和掌握。

当我们看到摄影家拍摄的美丽星空时，就会更加体会到"成如容易却艰辛"这句话的深刻含义。

B快门的应用

▣ B快门的内涵

前面讲到长时间曝光摄影的基本情况，这里介绍一下进行长时间曝光的主要技术手段——B快门。

B快门又称"B门"，其中的"B"在英文字典上的原意是Bulb，是指一种用手操作的球状气动快门释放器，或是在闪光曝光中利用的闪光灯泡。然而，后来的许多摄影家认为这个"B"实际上是Boundless(无限制)的代称。

试一试就可以知道"B门"与其他快门速度的不同之处了。摄影者可以使用它在1s以上的任意长的时间内控制快门的开关，例如，在没有灯光的暗夜中捕捉星星的轨迹，在极其微弱的光线下留下奇异的光影……

▣ 使用B门的必要装备

由于使用B门往往是超长时间曝光，所以，一架具有B门的数码单反相机、一个稳固的三脚架和一个使用方便的机械或电子的快门线是必须的。另外，有一个超灵敏度的手持测光表会起到锦上添花的作用，因为它可以减少我们在黑暗中摸索的时间和次数。

数码单反相机上的B门设置显示　　　　　　　　　　可以用于B门摄影的电子快门线

B门摄影的开山之作：毕加索在马杜拉陶艺工坊

拍摄对象和使用方法

使用B门拍摄微光夜景和闪电都是值得尝试的，它们比拍摄星空难度要小，但可以帮助我们收获一种别样的美丽。

使用B门进行长时间曝光，必须打开数码单反相机的降噪功能，否则照片的噪点绝对会令人无法容忍。另外，更加重要的是，必须通过多次实践取得宝贵的经验，才能掌握这项实践性极强的技能，只看不练是永远掌握不了这项简单而又深奥的技能的。

例如，使用B门作长时间曝光时，应该用各种曝光指数进行试拍，坚持对每张照片所用的曝光时间和使用的光圈作记录，事后对这些照片加以比较，不断总结、丰富自己的经验，以尽快拍出成功的B门照片。

各品牌和型号的数码单反相机设置B门的方式大同小异，多数数码单反相机把B门放在全手动曝光设置中快门速度的最慢一挡30s之后，设置完毕即刻生效。

使用多重曝光拍摄特技效果

尼康D700的多重曝光的设置菜单

多重曝光的作用

多重曝光本是应用在传统相机中的一种摄影技术，其特点是可以在不换胶片的情况下，在同一底片上曝光多次，形成一种类似今天图像合成的效果。而在数码时代，多重曝光功能更类似机内合成图像，通过后期制作也可完成，只是使用该功能取得的效果更加优秀，同时免去了后期处理的麻烦。

尼康各型号的数码单反相机大多具有这项功能，奥林巴斯新款数码单反相机E-620也增加了此项功能。

尼康数码单反相机的多重曝光设置是在拍摄菜单的页面里，可选择拍摄张数，即多重曝光的次数，有2张到10张可选，可以根据需要进行选择。

通过使用数码单反相机的多重曝光功能，能够实现初学者认为不可能在照相机上实现的创意，如一人多影、移花接木等。其实，这已经是胶片时代既有的有些"古老"的玩儿法，到现在也只是一种家庭娱乐，谈不上多少技术和艺术含量。这里先就此作一简单介绍。

多重曝光拍摄的深色背景冷色调花卉

多重曝光拍摄的冷暖调结合的画面

◩ 多重曝光要靠三脚架"支撑"

进行一人多像的多重曝光，关键技巧就是有效而不着痕迹的遮挡，实现明暗景物和虚实影像的巧妙融合。进入数码时代后，这种方法依然适用。

拍摄花卉的多重曝光，重要的是记住画面各部分的基本色调和分别需要进行虚化的点和重点保证的趣味点，在分次曝光时有一个通盘考虑。

要达到上述要求，必须借助稳固的三脚架保持多次曝光的位置严格统一，这样才能保证多次曝光时的画面位置不变，达到画面和色彩的自然过渡，否则就会出现生硬的重影，完全失去了这种创作的意义。

◩ 多重曝光拍摄人物的步骤与要求

多重曝光拍摄人物的一般操作步骤是：

1.用黑色遮挡物在镜头前遮住准备第二次曝光时才需要拍摄的部分场景，按下第一次快门；

2.使用同一方法遮挡住上一次已曝光的部分场景进行第二次曝光。如果多次曝光成功，一个物体可以在同一照片画面中出现两次以上。

拍摄时需要注意的是，遮盖物必须保证两次遮盖位置的无缝连接，否则就会出现两次曝光的画面衔接生硬的问题；在拍摄时

必须使用三脚架固定相机，一旦拍摄中出现震动，就会发生重影和影像模糊等问题。

在使用三脚架固定相机进行多重曝光摄影时，建议将相机的防抖功能关闭。

◩ 多重曝光拍摄花卉的注意事项

上面介绍的多重曝光拍摄人物，类似使用传统相机分身镜的效果。现在，更多的人开始尝试利用多重曝光拍摄花卉，营造一种神秘虚幻的色彩与氛围。

拍摄多重曝光的花卉，最重要的就是：

1.选择背景的色彩、色调和画面中心趣味点的形状和位置；

2.把握背景的虚化程度，

即相当于画面晕染的色调和范围。

如果在设定多重曝光的同时设置了"自动增益"选项（默认），相机会依据环境的照度和设定的曝光次数安排每一次的曝光量。这项功能比较适合初学者，因为这种增益安排不会有更多的艺术创意在内。要想拍出优秀的作品，还是需要摄影者自己摸索和积累经验。

如果没有设置"自动增益"选项，每次拍摄的曝光量要根据拍摄张数和经验计算来进行适量的欠曝处理，以使照片在设定的曝光次数完成后达到正确的曝光值。这种经验的积累靠的是多拍片，及时总结经验教训，多观赏成功的作品。

数码摄影的景深控制

景深在摄影创作中的意义

什么是景深

当镜头聚焦于拍摄对象时，它会在焦点前后的一定范围内形成较为清晰的影像，这个较为清晰的范围就是"景深"。

依据景深的参照物不同，有人又从概念上把景深分为以下两类。

焦点景深：如果影像处于相机焦平面前后的一定范围内，就会存在肉眼能看得比较清楚的部分，这个范围被称为"焦点景深"。

被摄物体景深：在被摄物体上对焦后，其前后清晰的影像范围被称作"被摄物体景深"。

其实，以上的区分说的本是一回事，只不过是摄影者观察的重点不同而已。

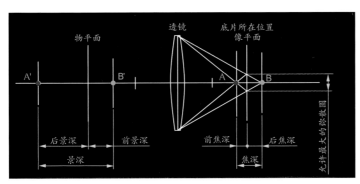

景深示意图

决定景深的因素

决定景深的主要因素有3个，他们分别是：光圈的大小、镜头的焦距和相机与被摄物体之间的距离。

在实际应用中，由于拍摄环境的千差万别，很难说一定是哪一个因素对景深的影响更大一些。除了前面介绍过的光圈对景深的影响外，当拍摄距离很近(小于0.3m)或镜头的焦距超过100mm时，拍摄画面纵深大的场景就很难得到大景深照片。如果能够因地制宜、合理运用以上的景深三要素，就可以拍摄出满意的作品。

简单说来，这三者对景深的影响如下。

光圈大小对景深的影响：光圈开启得越大，景深越小；光圈收得越小，景深越大。

镜头焦距对景深的影响：焦距越长，景深越小；焦距越短，景深越大。

拍摄距离对景深的影响：照相机与拍摄对象距离越近，景深越小；与拍摄对象距离越远，景深越大。

景深对于摄影创作的意义

利用景深这个技术手段，可以实现不少艺术创意。例如，开大光圈制造小景深可以使背景模糊，达到突出特定主体的效果。因为，对焦最准确的位置，即画面上最清晰的部分，最能引起人们的注意，吸引观赏者的视线。而模糊的部分显然是可以达到降低人们注意力的效果，与摄影构图的"减法"效应完全一致。

如果某幅照片的意义不在于突出某个特定的部分，而在于表现整体，用缩小光圈，让整个画面都清晰的大景深的表现手法就是很好的艺术手段。

用300mm长焦镜头拍摄的画面景深小、视角小

用10mm广角镜头拍摄的画面景深大、视角大

镜头光圈对景深的影响

光圈与景深的关系是，在镜头焦距及与被摄主体距离不变的情况下，光圈越大，景深越小；光圈越小，景深越大。应该说，相机所有部件中对景深影响最明显的就是镜头的光圈，因此，掌握收放光圈对景深影响的规律，是摄影创作中一项十分重要的基本功。

了解了这个规律，把它应用于摄影创作，有利于更好地发挥创意，通过收放光圈控制景深可以体现一些特定的创作意图，使观赏者直接面对摄影师有意突出表现的主体和内容。

镜头焦距对景深的影响

在距离与光圈不变的情况下，镜头的焦距越短，景深越大；焦距越长，景深越小。这种影响，我们可以通过日常选用的镜头直观地感受到：在使用同一光圈的情况下，广角镜头的景深最大——它的焦距最短；长焦镜头景深最小，它的焦距最长。

如果使用变焦镜头实时变焦，焦距的改变对景深的影响可

光圈大（F3.2）景深较小

光圈小（F11）景深较大

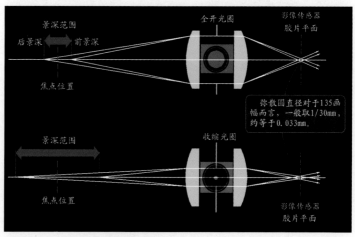

光圈大小导致不同的景深效果示意图

以在取景器中非常直观地看到。所谓"长焦可以虚化背景"的说法，指的就是这种规律。但是，我们认为"长焦可以虚化背景"的说法需要做一点小的更正，"长焦距镜头 + 大光圈"才是虚化背景的有效方法。

应该指出的是，我们这里所说的"虚化背景"在技术上就是缩小景深，所以，这个"背景"是广义的，包括一般意义上的背景和前景。

焦距75mm

焦距150mm

焦距300mm

不同的镜头焦距对景深的影响实例

被摄物体远近对景深的影响

被摄物体远近，也就是指相机和拍摄目标的距离，它对景深大小的影响也有其特定的规律。人们的感觉是：在镜头焦距和光圈不变的情况下，这个距离越近，景深就越小；这个距离越远，景深就越大。

对于以上结论，也有人通过实验论证，说这是一种理论上的误判。但是不管从理论上说以上结论正确与否，人们的视觉和感觉基本是这样认为的。作为摄影爱好者，从事的是一种大众艺术创作，或作为摄影这种应用技术的使用者，能够直观地把握一些易学易记的有助于创作的技巧，能够

同样是105mm焦距，光圈F5.6，距离较远，景深较大

同样是105mm焦距，光圈F5.6，距离很近，景深极小

为拍好照片服务就够了。至于精确的光学实验和理论推演，那是科学家和设计师的事情，我们理解更好，不理解对于拍照片也不会有什么大的影响。

另外，相机和被摄主体距离的远近变化往往造成了摄影景别的改变，在全景变成中景、近景乃至特写的情况下，被摄主体的大小在画面中已经发生了很大的改变，即使光圈、快门速度不变，对同一个被摄主体来说已经很少有可比性了。所以应该说，这一项内容对于控制景深的实际影响应该是比较小的。

如果是进行微距摄影，又该另当别论。距离对景深的影响又会变得很敏感，在设置放大比例1：1和1：2的情况下，

其他条件相同，距离引起的景深变化却极为明显。

但是在较远距离使用普通镜头拍摄时，大光圈的小景深效果就会大打折扣，即使使用F2.0的大光圈也会把坐在一起的几个人都表现得很清晰，甚至包括其背景。照片《鉴宝》就是这样一种情况。

《鉴宝》光圈F2.0，镜头焦距35mm，快门速度1/13s

景深在摄影创作中的应用

我们了解景深的特点和变化规律，是为了将它灵活地应用于摄影创作中，让它服务于我们的创作意图。

了解了影响景深的几个因素，在进行风光摄影的场合，我们就会主动利用缩小光圈、加大景深的方法来表现全幅清晰的大场景。

但是，光圈缩小后，镜头的通光量也会随之变小，必须同时降低快门速度才能实现准确曝光，所以拍摄风光常常使用低速快门。为了防止机震和手抖造成影像模糊，保证拍摄的高画质，这时就需要使用三脚架来固定照相机——这也是风光摄影创作必须置备稳固三脚架的主要原因。

在拍摄人像，特别是拍摄特写的时候，需要突出主体、虚化背景，我们会主动开大光圈，利用设置小景深的方式来淡化被摄主体前后的景物，以突出主体。同样的拍摄手法也可以用在其他题材的摄影上。要在照片中凸显主体，去除芜杂，表现创作者的意图，小景深是一个非常方便有效的艺术手段。所以，职业摄影师一般总是备有一两支大光圈镜头，除了考虑到在低照度的环境下能够正常拍摄的因素以外，利用它们能灵活方便地创造小景深效果应该也是一个非常重要的原因。

在使用微距镜头时，景深是需要优先考虑的因素。因为微距镜头往往景深很小，连一朵小花、一只小虫都不能全部收在景深范围内。因此，有的摄影师专门为此提出了关于对焦平面的经验见解，很值得大家参考（详见本书配套光盘）。

总而言之，在摄影创作中，要贯彻自己的创作意图，控制景深是必须要优先考虑的重要因素。

我们认为，仅就技术层面来说，从强迫自己在摄影中注意景深，到自觉地利用景深，进而达到可以面对任意环境、收发自如地控制景深，是一个摄影爱好者走向成熟的必由之路。

风光照一般都选择大景深　　　　　　人物照多选择小景深　　　　　　微距摄影的极小景深

▦ 实用的景深预测功能

摄影者有时在相机取景器中看到的影像很明亮，就以为身处的光照条件还好，殊不知，那往往是一种错觉。因为我们在取景的时候，数码单反相机的光圈是全开的——这本来是设计者为用户取景对焦时提供的一种便利，因为明亮的视野当然更加有利于工作，但是却给一些不知就里的摄影者造成了光照环境的错觉。事实上，人们实际拍照时，使用最大光圈的时候并不多。即使是在使用微距镜头进行摄影时，为了能够保证有大一点的景深，也经常使用小光圈。而取景器中对景物的最大光圈显示，总是令人不能事先看到被摄对象真实的景深效果，这个问题时常困扰着许多摄影爱好者。

为了让摄影者更好地把握画面真实的景深效果，部分中档以上的数码单反相机配备了很实用，也很受欢迎的景深预测功能。利用这项功能，可以在按下快门前实际预览到不同光圈设置带来的不同景深效果。

数码单反相机景深预测按钮的位置，依相机品牌的不同而有所不同。佳能相机的景深预测按钮一般在机身前面镜头左侧的机身上（按摄影者取景的方位，下同），而一些尼康数码单反相机的景深预测按钮却在镜头右侧的机身上。

景深预测按钮

不同数码单反相机的景深预测按钮

▦ 景深预测的具体方法

在构图取景时，摄影者按下数码单反相机机身上的景深预测功能按钮，伴随着轻轻的光圈收缩声，取景器中就会短暂地显示出在设定光圈值下所拍画面的景深效果。如果一次没有看清楚，可以一次次地重复操作进行观看。

但是，进行景深预测时，取景器内的画面在显示设定光圈的实际景深时，会明显变暗。这需要予以注意。

景深预测功能对人像摄影和微距摄影等需要小景深的摄影创作都有很大帮助。因为在取景时，相机是全开光圈，设置光圈后的景深变化在取景器中看不出来，必须通过可以短暂收缩光圈的景深预测功能来考量景深是否还需要加大或减小。

景深预测的屏幕反映是，画面随着预测按钮的按下，由于光圈收缩而短暂变暗

实际拍摄的画面

数码摄影的精确聚焦

关于聚焦的几个概念

■ 焦点、焦距和聚焦

焦点

无限远的景物通过镜头后在光轴上成像的位置称为焦点，数码照相机影像传感器的感光面或传统照相机的胶片平面应在焦点位置上。也有人把对焦的景物经镜头在影像传感器或胶片平面上的成像位置称为焦点，从理论上说，这个地方在光学术语中应称为"像点"，是一个与焦点很接近、但又有细微区别的位置。但对于摄影者来说，可以认为它就是"焦点"。而且在许多摄影专著中，对它们并没有进行严格的区分。

焦距

无限远的物体经镜头成像从焦平面到镜头后主点（光心）的距离称为镜头的焦距值。当成像画幅尺寸一定时，焦距值越大，视场角越小；当物距不变时，焦距越长，影像的尺寸也越大。

聚焦

聚焦，也称"对焦"，对拍摄成功的作品十分重要。通俗地说，对人而言，"聚焦"就是把目光集中在观察或者审视对象的最重要的点上；对摄影者而言，就是通过技术操作把画面上的关键点表现得最清晰。要实现这个目的，就必须熟练掌握相机（镜

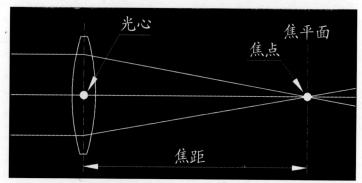

焦点、焦距、焦平面示意图

头）的常用聚焦功能。因为聚焦不准确，被拍摄的物体就不可能被清晰生动地表现出来。

自动对焦和手动对焦

自动对焦用AF（Automatic Focus）来表示，手动对焦在照相机上常用MF(Manual Focus)来表示。佳能单反相机的自动/手动对焦设置开关一般都在镜头上，其具体位置有所不同。尼康/索尼单反相机的这个装置通常在镜头后侧的机身上，那里离机身的自动对焦马达很近。将这个开关推向AF/MF的一侧，即设置为自动/手动的对焦模式。

如果设置相机为自动对焦模式，当"半按快门"时，相机就会进行自动测距、聚焦，合焦后，聚焦指示灯停止闪烁。而所谓"合焦"，就是指自动对焦成功。如果设置为手动对焦，通过旋转镜头上的对焦环，就可以根据观察取景器中被摄主体需要合焦点的清晰程度进行对焦。

而影友常说的"跑焦"，则是指相机在自动聚焦状态显示对焦成功，但是实际焦点和预定焦点有超出允许范围的偏差。它属于相机系统的误差，不是可以人为控制的因素。

自动对焦的功用

要想创作出高质量的摄影作品，就应该在对焦时力求"精确"，而不能满足于"过得去"。自动对焦，就是快速高精度找到被摄物体焦点的最便捷有效的方法。而要做到在不同环境下，面对不同拍摄对象都能精确对焦，就需要熟悉不同对焦方式的特点及其最佳应用场合。由于现在照相机的自动对焦功能已经相当成熟，足以满足绝大多数情况下的摄影需要。所以，只要了解并基本掌握自动对焦针对不同环境的几个不同方式的用法，能够适时选用我们所介绍的基本技巧，在正常光照条件下就能够得心应手地得到精确的焦点和高质量的画面。

佳能EOS 40D配套镜头的AF/MF选择开关

佳能相机镜头的手动/自动对焦设置开关

尼康D3的自动/手动对焦选择开关

尼康单反相机机身的手动/自动对焦设置开关

索尼α700的对焦模式选择装置

索尼单反相机机身的手动/自动对焦设置开关

机身马达驱动自动聚焦的尼康数码单反相机　　使用镜头内部马达驱动的佳能EF镜头

不同的自动对焦驱动系统

如何进行照相机的自动对焦，首先取决于所使用的照相机。因为不同的照相机有不同的对焦系统。例如，尼康单镜头反光相机，大多数都采取了机身马达驱动的自动对焦方式。而佳能单镜头反光相机，则大多采取的是镜头内部马达驱动的自动对焦方式。

一些入门级尼康单反相机，如D40/D40x/D60等，取消了机身驱动的自动对焦功能，降低了生产成本，也使相机更加小巧，但却使一些使用普通马达驱动的自动对焦镜头失去了自动对焦功能。但是，它们可以使用安装了超声波马达的镜头（AF-S系列镜头）实现自动对焦。

使用超声波马达镜头自动对焦的尼康D60相机

数码单反相机的自动测距和对焦机构

■ 测距和对焦机构的工作过程

现在的数码单反相机都具备自动对焦功能，其自动对焦系统大多是利用物体光反射的原理，将反射的光被相机上的AF（自动对焦）传感器的CCD接收，通过相机内部CPU的计算处理，发出指令驱动电动对焦装置进行对焦。据有关资料介绍，现在单反相机的自动对焦装置同时也是可以测出相机与被摄物体精确距离的测距装置，自动对焦的过程中已经包含了测距的进程。

数码单反相机的自动对焦模块位于相机主反光板下方，

通过从副反光板得到的反射光线进行自动对焦。自动对焦模块使用的多是一种叫做"透镜分离相位检测"的技术。这个技术经过几十年的改进已经非常成熟，自动对焦速度已经能够满足绝大多数场合的抓拍需求。

相机上的自动对焦系统大致可以分为主动式自动对焦和被动式自动对焦两类。

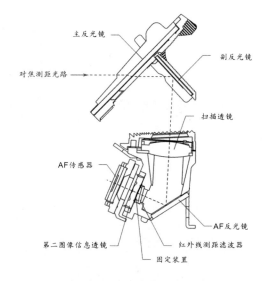

主反光镜
副反光镜
对焦测距光路
扫描透镜
AF传感器
AF反光镜
第二图像信息透镜
红外线测距滤波器
固定装置

数码单反相机自动测距和对焦示意图

数码单反相机的自动测距和对焦机构

佳能1000D的超声波自动对焦组件

■ 主动式自动对焦系统

这种系统由数码单反相机上的红外线发生器、超声波发生器发出红外光或超声波到被摄物体，相机上的AF感接收器将接收反射回来的红外线或超声波反馈给相机的CPU进行计算，实现测距并发出指令驱动对焦电机工作进行对焦。这个过程需要反复几次才能确认对焦点，在光照充分的环境下，摄影者对这个过程几乎感觉不到。但是，它对光滑物体表面和亮度大、远距离的被摄体对焦却很困难。这是由于它发出的光可能会被反射到其他方向或到达不了被摄体导致的。

被动式自动对焦系统

这种系统能够直接接收来自景物自身的光线，并依据它进行自动对焦。其优点是，对具有一定亮度的被摄体有很好的自动对焦功能，在逆光下也有良好的表现，透过玻璃的对焦效果也不错。其缺点是，对有竖纹细线条的被摄体不敏感，在低反差、弱光环境下的对焦迟钝，对动态物体的自动对焦较差。综上所述，即可明白为什么一些数码单反相机在某些特定环境下会出现对焦问题了。

两种系统的互补

由于主动、被动式自动对焦系统各有不同的优缺点，所以多数数码单反相机同时具备这两种自动对焦方式，通过在不同环境下的互补使用、自动切换，以扬长避短，为摄影者提供尽可能好的拍摄条件。

数码单反相机在光照条件尚好的时候，使用被动式自动对焦；在光照暗弱时，则自动切换为主动式自动对焦。在使用主动式自动对焦时，摄影者需要注意：一些数码单反相机主动式自动对焦辅助光的发射窗在相机的右侧，在握持相机的时候不要用手挡住它。这个发射窗如果被挡住，自动对焦在暗弱光照下就不可能进行。

顶级数码单反相机机身上没有发射对焦辅助光的发射窗，它是利用外置闪光灯发射对焦辅助光进行对焦的。

根据对象选择自动对焦点

多点自动对焦

早期的自动对焦相机只是以取景器中心很小的区域作为对焦点，拍摄时需要将相机的中心点对准被摄体，半按快门锁定焦点后再进行构图拍摄。这种方式虽然方便有效，但是在使用三脚架固定相机进行拍摄时却比较麻烦。

后来的相机自动对焦系统逐渐扩大了自动对焦的范围，并开始在对焦屏上增加更多的对焦点。

现在的不少相机按照黄金分割的构图需要，在取景范围内添加了5点、7点、9点，甚至45个对焦点。对焦点的增加可以在不移动相机的情况下，准确地对非画面中心区域的被摄物体进行自动对焦。一些相机还把聚焦系统与多区域测光系统组合在了一起，减少了环境光线对聚焦点处的干扰，从而在获得相对合适的曝光的同时，提高了对焦的精度。

在一般情况下，多点自动对焦既可以由相机自动选择控制，也可以进行手动控制。在自动控制时，它对反差明显的物体优先对焦。这种"傻瓜模式"可以应用于大部分摄影场合。

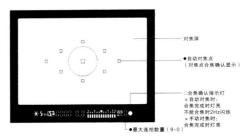

佳能9点自动对焦示意图

佳能自动对焦设置的屏幕显示示意图

多点自动对焦的取景显示

▣ 不同的自动对焦模式与适用环境

在照相机的对焦选择装置上，有"S"、"C"及"M"的字样。除了"M"表示手动对焦以外，其中"S"、"C"分别是单次自动对焦模式和连续自动对焦模式，在书面表达上通常写作"AF-S"和"AF-C"。了解其功用并在特定环境中发挥它们的作用，对成功创作摄影作品非常重要。摄影者可以根据具体情况选择最佳的对焦方法。

单次自动对焦拍摄蝉

▣ 单次伺服自动对焦模式（AF-S）

"S"（Single)表示"单次"。这种模式主要是在拍摄静止物体或拍摄人像时使用。使用这种对焦模式的要点是：

首先在相机机身上或者设置菜单中选择"S"或"单次自动对焦"；

在拍摄时半按快门，相机内部的自动控制系统就会启动单次伺服自动对焦模式的测距—对焦指令，并将相关数据传递给镜头的电子—机械传动装置进行对焦动作；

将被摄物体或人物置于对焦区域中，然后按下快门。

▣ 连续伺服自动对焦模式（AF-C）

"C"（Continuity)表示"连续"。这种模式是多数AF单反相机都具有的自动对焦方式，主要用于跟踪拍摄连续运动的物体或人物，比如快速运动的人或其他物体、飞翔的鸟、动态

> **说明：**
>
> 在一般的情况下，只要保持半按相机的快门，当其合焦后，镜头对焦动作就会停止，而且只要快门没有真正按下去，取景器中的合焦提示灯就会一直亮着，告诉摄影者画面焦点的具体位置。此外，AF相机大都可以设置对焦提示音。开启对焦提示音后，可以在对焦完成时给摄影者以提示。有些数码单反相机的单次/连续自动对焦的选择设置是通过菜单进行的，如尼康D50就是如此。

的昆虫等。当对焦方式设在这个挡位时，相机的对焦系统会自动保持连续运作，处于时刻寻找焦点的工作状态。摄影者可以在相机的自动对焦区域内追踪一个移动目标。只要摄影者保持半按快门状态，自动对焦系统便会始终根据目标距离的变化而改变对焦点，直至按下快门拍照才结束这种自动跟踪的对焦状态。

通过连续自动对焦模式拍摄丹顶鹤的取景器显示

指定区域对焦

拍摄主体不在构图中心位置时，还可以选择"指定区域自动对焦"的模式。其3种方法中的"自动"（选择最近对焦点）和"中央"（重点）的方法与我们上面讲过的方法近似，这里不再赘述。

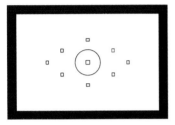

自动选择对焦点

相机的速控转盘与多功能控制钮

这里以佳能相机为例，重点说一说"手动（选择）"指定对焦区域的步骤。

1.按下相机背后右上方的"指定区域对焦设置"按钮，选定的自动对焦点（红色）就会出现在取景器中，如果取景器中全部自动对焦点亮起，则表示选择的是"自动选择自动对焦点"。

2.选择指定位置的自动对焦点。可以通过转动相机后面的速控转盘或者多功能控制按钮进行选择。转动转盘或者点按多功能控制钮的不同方向时，自动对焦点将在取景器中产生位置上的变化。

3.当自动对焦点位置符合构图要求时，就可以进行指定区域对焦与拍摄了。

"焦点锁定"的概念和应用

大多数单反相机的自动对焦（AF）系统都是通过对位于取景器中心的被摄主体进行自动对焦的。但是，如果在按下快门时，拍摄主体不在画面的中间，就会出现对焦不准的情况。因为在一般情况下，特别是在相机的自动拍照挡时，相机一般只针对画面中间的拍摄对象自动聚焦并曝光。要想正确地对不在画面中间的拍摄对象进行自动对焦和曝光，就需要进行"对焦锁定"的操作。多数数码单反相机进行对焦锁定的方式就是"半按快门"。

所谓"半按快门"，就是按下快门释放按钮的一半进行自动对焦的操作，此时保持该状态，可以用来锁定焦点。通过这种方法锁定焦点，即使拍摄主体不在取景器中间位置，也可以正确对焦。由于人们通常不会只拍摄主体在画面中央的图像，所以在没有指定区域对焦的功能时，掌握半按快门的技巧是必须的。即使在有了指定区域对焦的功能以后，半按快门对焦依然是一种灵活的对焦构图方式。

以佳能EOS数码单反相机为例，利用半按快门进行"对焦锁定"的具体操作步骤如下。

1.将拍摄对象置于取景器的中央。然后将快门释放按钮按下一半，在拍摄对象上锁定焦点。按下该按钮时，有些数码单反相机会发出合焦提示音或点亮取景器中的合焦指示灯（通常是一个绿点）。

2.这时保持半按快门可以对拍摄对象进行重新构图。重新构图时要注意不改变与拍摄对象的距离。

3.最后完全按下快门拍摄照片。

半按快门锁定焦点

使用焦点锁定应该注意的问题

在选择基本拍摄区的"运动"模式拍摄时，焦点锁定失效。

有些数码单反相机说明书把半按快门锁定焦点重新构图的操作称为"偏中心（焦点）平移"。

另外，对于佳能相机而言，取景器右侧的"*"按钮是曝光锁定的标记，不要把它误认为是焦点锁定按钮——因为尼康相机的聚焦锁定按钮在这个位置上。佳能单反相机焦点锁定的方式就是半按快门合焦后进行偏中心平移。但是，也有个别型号的单反相机采用此方法不能很好地锁定焦点。因此，影友一定要对手中的相机加深了解，这样使用起来才会减少失误。

尼康相机"焦点锁定"的步骤与应用

尼康相机（如D90/D60）的对焦锁定的操作与佳能相机有所不同，其操作步骤如下。

1. 把拍摄主体置于所选的对焦区域中，半按快门进行自动聚焦。

2. 确认合焦后，按下AE-L/AF-L按钮锁定对焦点和曝光值，取景器中此时会显示一个AF-L图标——如果此前设定了单次自动对焦模式，则焦点锁定至按下快门拍摄为止。如果此前设定为连续自动对焦模式，即使按下快门拍照也不会自动解除锁定的焦点。

3. 重新构图并拍照。

自动曝光AE-L
自动对焦AE-L
锁定按钮

尼康数码单反相机的"AE-L/AF-L"按钮

数码相机的手动对焦

手动对焦的优势

虽然自动对焦早已成为绝大多数数码单反相机的常规配置，但是仍有一些人在使用只有手动对焦方式的单反相机，一些相机制造商也特意为部分中档以上普通数码单反相机增加了手动对焦的功能。因为手动对焦仍然是一种非常实用而准确的对焦方式。多数具有AF功能的照相机主要采用被动式自动对焦方式，但它们在对反差过低的物体或者在光线不足的环境下进行自动对焦时，往往会出现镜头不停地"拉风

箱"，却无法找到焦点的情况。尽管一些相机在这种情况下采用了红外线辅助照明或者增加了一盏小小的辅助对焦灯来协助自动对焦，但在拍摄距离过远或过近的时候，这些辅助照明装置的作用却往往要打折扣。

另外，对于某些被摄主体，使用自动对焦方式可能无法合焦。例如，反差很小的物体、与前景距离很近的物体、逆光和反光强烈的物体、有重复的竖条图案的物体等。在以上情况下，相机的自动对焦装置往往会以反差较大的物体或相对较近的物体作为对焦点，使摄影者失去真正的被摄主体焦点或最佳拍摄瞬间。在这些情况下，手动对焦就是保证拍摄效果的最好方法。

手动对焦的操作步骤

1. 拨动手动对焦开关到MF位置。在照相机上，手动对焦用MF(Manual Focus)来表示。佳能单反相机的手动对焦开关一般设置在镜头上，而尼康、索尼数码单反相机的这个装置通常在卡

口旁的机身上。其他品牌与型号的相机，其手动对焦选择开关的位置也大同小异。

2.对焦。镜头手动对焦设置完成后，即可转动相机镜头的对焦环进行对焦，至取景器中的被摄主体达到最清晰后按下快门。

注意：数码单反相机镜头对焦环的位置有所不同。定焦镜头只有对焦环，没有变焦环；而变焦镜头除了对焦环以外，还有一个变焦环。如果是外对焦式变焦镜头，它的对焦环就在镜头的最前端，转动它就可以进行对焦操作，在转动对焦环时伸出去的镜筒也会随之转动。

如果是内对焦的变焦镜头，它的对焦环一般多在靠近机身的那一端，在进行对焦时镜筒不会伸出，也不会随着对焦环的转动而转动。

需要注意的还有，传统的胶片相机，手动对焦多采用裂像式或双影重合式对焦屏提示对焦的精确度，所以手动对焦更为精确。而现在数码单反相机的自动对焦，其对焦屏主要是为自动对焦方式设计的，所以在进行手动对焦时就不如传统相机那样精确——因为它主要依靠人眼观察对焦屏上图像的清晰度来保证手动对焦的精度。而在实际上，图像细节的精度即使是在3英寸的大屏上也是很难直接看清楚的。因此，进行手动对焦时务必要仔

细认真、精益求精。

另外，一些不可更换镜头的入门级数码单反相机虽然号称也具有手动对焦功能，但是这些非单反结构的数码相机多数只是利用数字技术来模拟手动对焦，所以操作感受完全不同于传统的手动对焦。用惯了数码单反相机的用户如果使用这种相机，也需要一个熟悉的过程。

外对焦镜头的变焦环与对焦环

内对焦镜头的变焦环与对焦环

使用手动对焦功能聚焦蚂蚁的眼睛

软焦点成像

■ 软焦点成像原理

镜头解析力高，成像锐利，本是摄影师的一种追求。但是，为了某种艺术表现，他们也会在某些场合有意制造柔和的效果。例如，有意识降低照片成像焦点的清晰度，使被摄体得到柔和的表现效果。这种表现方式称作"软焦点成像"。软焦点成像以柔和的焦点效果再现被摄体，使画面表现出一种稍显朦胧的绘画风格。这种方法在女性肖像摄影中应用较多，相对皱纹、粗糙皮肤描写清晰的硬调照片来说，大多数人喜欢这种软调照片。

为了影像的真实清晰，大多数镜头在制作时都被限制了所有像差，如果有意在镜头中留下一部分像差，就会使清晰的画面影像周围受其影响产生晕圈，从而得到软调描写效果，这样的镜头就是真正的"软焦点镜头"。我们姑且把这类本身具有软焦点性能的镜头称为"专用软焦点镜头"。现在的专用软焦点镜头是以光学原理改变其球面差程度的方式实现软焦点功能的。但是它性价比很低，且不易找到。

使用几种简单的方法，利用一般的摄影镜头，同样可以得到软调效果。例如，在镜头前放上软焦点效果滤镜，或蒙上薄纱等，使一部分入射光散射，被摄体成像就会出现软调效果。我们可以把使用这些方法得到的软焦点效果称为"模拟软焦点效果"。

经常被用来作为模拟软焦点效果工具的有软焦点效果滤光镜、UV镜+凡士林油、薄纱和黑、白色丝袜等。对于它们的使用方法，下面予以简单介绍。

佳能柔焦镜头　　　　　　　　美能达柔焦镜头　　　　　　　　索尼柔焦镜头

佳能柔焦镜头柔焦效果照片

模拟软焦点成像的简易方法

柔光滤镜法

柔光滤镜，简称"柔光镜"、"柔焦镜"。在表现柔光效果的简易工具中，柔光镜是使用较为普遍的专用摄影附件，常用于女性人物特写、广告和静物摄影等。柔光镜的原理是，在透明镜片表面或夹层中制造出微凹图纹的斑点，这些斑点会使射入镜头的光线产生漫射，从而产生柔光效果。在选择柔光镜时要注意它的序号，一般是序号数值越大，柔光效果越明显。

油脂柔光法

利用"UV镜 + 凡士林油"的方法是广告摄影中常用的柔光手段之一。在拍摄照片时，只要用手指或棉签将凡士林均匀涂布到UV镜上即可。这是利用了油脂的透明性，并可以使光线产生漫射的特点。这种柔光方法的效果主要由所涂油脂的厚度和分布而定，油脂越厚、密度越大的地方，柔光效果越好。把油脂涂在镜片的某一区域，可以实现局部区域柔化。

涂抹过凡士林的UV镜片应该用温水和棉布把油脂清洗干净，待干燥后再用干净的软布擦拭后方可正常使用。

纱网柔光法

纱网柔光法在各种制作柔光效果的方法中最为简便。将纱巾或丝袜等套在镜头前，用橡皮筋固定住即可进行拍摄。利用纱网的密度（层数）和松紧度可以控制柔光效果的强弱。纱网的颜色也能够影响被摄物体的色彩效果，例如，使用接近人的皮肤颜色的纱网与使用黑白色纱网拍摄人物肖像，其画面效果和风格会明显不同。

建议在使用这种纱网柔光方法时，不把相机设置为自动白平衡。因为自动白平衡会把纱网那点淡淡特殊色彩当作不同的光线平衡掉。根据光照特点指定相应的白平衡，如在室外阳光下拍摄就设定为日光白平衡，在室内白炽灯照明时就设定为钨丝灯光白平衡，这样相机就不会再影响我们制造特定效果了。

多重曝光柔光法

除了以上方法之外，利用本书前面介绍的多重曝光法，也可以实现软焦点效果。以3次曝光为例，其操作步骤和要点为：

首先将相机固定在三脚架上，在取景范围确定后，对被摄主体聚焦并进行第一次曝光；随后以背景或陪体为对象进行第二次曝光，对焦根据创作意图可虚可实；最后，再以虚焦的方式对整个画面进行第三次曝光。以上步骤也可以颠倒顺序进行拍摄，但效果会有所不同。

使用这种方法拍摄需要注意以下两点：一是尽量使用较大的光圈，以获得较小的景深；二是，选择相对静止的被摄主体，才能够保证拍摄效果。多次曝光的具体设置和注意事项，请参阅本书的有关章节。

普通柔焦滤镜

中空柔焦滤镜

利用涂抹凡士林油的UV镜拍摄的模拟中空柔焦效果

PART
03
数码摄影用光与影调控制

　　在英语中，摄影被写做Photography，其中"Photo"在拉丁文中是"光"的意思，而"Graphy"是"画法"的意思，连起来就是说"摄影"即指"用光来绘画"。

　　可见，光对摄影有多么重要，没有光线就不能摄影，过去胶片摄影时代是如此，而如今数码摄影时代亦是如此。摄影的技法从某种意义上讲就是研究如何科学与艺术地控制光线，使它为我们造型——取得满意的"影像"而服务。

　　因此，要掌握数码摄影技艺，首先要对光的基本知识做必要的了解，然后再进而研究一些有关色彩的知识，最后达到能熟练地控制使用光线与色彩，并通过数码单反相机拍摄出我们所需的内容丰富、形式多样、情节感人的数码摄影作品。

光线与色彩的运用

光的原理、光谱、可见光范围

光是一种能量，是电磁辐射的一部分。电磁辐射产生一种可以穿过空间的"光子"。光子有能量，但没有重量，大批的光子按一定方向穿过空间，形成光束。光子的能量在其周围产生电磁场，电磁场是看不到的，但通过一些仪器可以测量到。

光子的运动和产生的电磁场强弱是按正弦波方式变化不定的，这和光子的能量大小也有关系，能量大的光子产生的电磁波频率比能量小的光子产生的电磁波频率要高，光子的能量越大，波动的频率就越高。

光的频率一般以单位时间（每秒）振动的次数多少来计算，称为赫兹（Hz）。而实际上电磁波频率的范围很宽，我们人类眼睛可以看到的光线在电磁波的家族中只占很小一部分。电磁波每一次振动所传播的距离称为波长，这其中包括波长为数百米的无线电波至波长为10^{-13}m的γ射线。人眼只对波长为380~760nm这一狭窄的范围内的光线敏感，而这一部分光即为可见光范围，其频率从低向高依次按赤、橙、黄、绿、青、蓝、紫排列，其低端和红外线相邻，高端与紫外线相连。可见

按频率从低向高排列的可见光光谱

光的这种依次排列用色标表示即称为"光谱"。在可见光光谱范围中，不同波长的光所表现出不同的颜色，我们称之为不同颜色的色光，将全部不同颜色的色光均匀混合后，就形成人们常见的白光。相反，我们也可以用三棱镜将一束白光分解成如同彩虹一般的七色彩光。雨后出彩虹就是这一道理。

太阳白光通过带雨水的空气，类似经过三棱镜分解，在暗色云层中形成彩虹

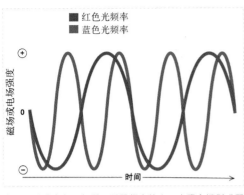

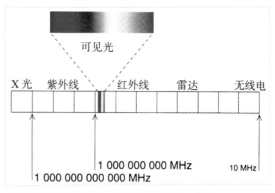

电磁场波动率各不相同，不同频率的光、肉眼会识别成不同颜色

该图显示的是电磁光谱，可见光只是很小的一部分

色彩的三属性——色别（相）、明度、饱和度

排列在光谱中的各种色光，在我们摄影的实践中常呈多种变化，为了能了解这些变化，并能科学地艺术地应用这些色彩，我们首先要归纳出决定色彩状况的三大属性，即色别、明度和饱和度。

■ 色别（色相）

色别是指各种颜色或色光的名称和属性。如红、橙、黄、绿、青、蓝、紫等。在色谱中，这些色彩之间是渐变过渡的，因而根据不同的需要，我们又可以分出不同色别的不同数量的色彩来。如橙黄、深蓝、浅蓝、紫红……多达无数种，在印刷工人与美术设计师手中，常见一种色谱查阅手册，其分类可达数百种色样。对色彩的这种分辨能力，艺术家与普通人是有很大差别的，每位精通西洋绘画的画家，其眼睛对色彩的识别能力是非常惊人的。而对于我们摄影人，要拍摄出不一般的高水准摄影作品，也需要练出一双高灵敏识别色彩变化的火眼金睛来。

在实际拍摄过程中，有时为了渲染某种气氛，我们往往有意改变被摄物体的固有色，如这幅桂林风光，经电脑调整后变为朝霞效果

这幅摄于金山岭的照片，为了强调长城历史辉煌的意境，加用了一枚红滤色镜

▣ 明度

　　明度是指色彩的明暗深浅程度。

　　按传统绘画理论，明度有两种含义：其一是指在不同色相的色彩中可以按人眼感觉到的明暗程度将其分出等级来，如黄色感觉最亮，橙和绿次之，而紫色显得最暗；其二是指在同一种色相的色彩中，在不同环境与光照下所呈现出明暗不同的差异。须注意的是，这种变化有时光照越强，明度越高，但色彩有时会感觉更淡，这提示我们在实际拍摄中正确曝光，以及在用电脑调整色彩明度时应注意实际效果。

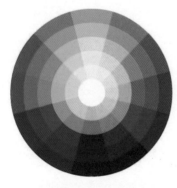

标有12种基本颜色、48种明暗色调的五环色轮图

提示：

在电脑上处理图片时，要注意：不同的显示器之间对色彩的表现有一定的差异，如明度、饱和度以及色平衡等各方面都有可能存在偏差，因而需要选择质量好些的显示器来调整图片，另外要请专业人员对显示器做必要的校正工作。

同一幅照片，不同色彩明度时的效果图。高明度效果、适中明度效果、低明度效果
F: 13mm f: 5.6 T:1/80 ISO: 260

▣ 饱和度

饱和度是指色彩的纯度，也有人理解为鲜艳程度。

饱和度高的色彩其固有色的特征越明显，鲜艳度也越高，但有时色彩层次会显得不足，明暗变化也会减弱。但饱和度与明度不能同等对待，明度高的色彩，饱和度不一定高。

在彩色摄影作品中，色彩饱和度过低会产生昏暗、色彩不明快的感觉，尤其是数码相机拍摄出的原始照片，色彩饱和度都不会太理想，需要我们在电脑中适当调整。但在调整过程中，也要注意不能将色彩饱和度调得过高，虽然色彩变得无比艳丽，反差也得到增强，但会感觉被摄物色彩严重失真，缺少层次，使画面变得俗不可耐。

同一幅照片，在不同色彩饱合度时的效果。低饱和度效果

适中效果

高饱和度效果
F:10mm f:11 T:1/300 ISO:400

色光的三原色

在对色谱中色光的识别中，人的眼睛生理特点起着重要作用，而人眼对色谱中红、绿、蓝三种色彩尤其敏感，故科学家认为人类视网膜上存在有感红细胞、感绿细胞与感蓝细胞。再通过这三种色光的比例不同混合而又生成其他各种色彩。于是理论上习惯把红、绿、蓝三种色彩称为色光的三原色。色光的三原色混合后呈现出白色感觉，失去这三种色光即感觉为黑色。数码相机中感光芯片（CCD或CMOS）即是根据人眼睛的这一生理特性设计出来的，只有这样拍出的彩色照片才能符合人类视觉的欣赏习惯。

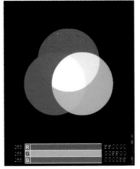

三原色光叠加效果图

颜料混合配制效果图

绘画颜料的三原色

值得注意的是，我们以上讲的色光的三原色是从光的透射、反射、直射现象研究中得出的结论。而画家在长期的创作实践中，通过对颜料的配制得出另一种结论，他们认为通过对红、黄、蓝颜料的配制使用，可以产生更多的色彩，而这三种颜料混合后又能产生黑色，于是习惯上把红、黄、蓝称为颜料的三原色。如果说色光三原色是从研究光线的直射、反射、透射习性中总结出来的理论，那么颜料的三原色则可以说是从物体（颜料）对光的吸收习性中总结出来的规律性理论。但把红、黄、蓝作为三原色也有值得再讨论的地

摄影画面中，带有明亮色彩三原色物体的照片会显得格外明亮，这是因为三原色在人眼睛中通过视觉混合效应能产生明亮的白色效果。如上图寺庙建筑用色和下图彩色经幡，都有这种明显效果

方，我们认为应该先划定对某些色彩的统一称谓，区分品红与红，青与蓝的不同之处，就会认同把黄、品红与青称为颜料的三原色可能更科学。

F:10mm f:14 T:1/640 ISO:200

补色

从色轮中我们可以看出，处在环形色轮中相对的两种色彩有一特点，它们如果是色光混合后会呈白色光，如果是颜料混合后会呈黑色或灰色，于是我们就将这样的两种色彩称为互补色，其中一种色可称为另一种色的"补色"。如红和青为互补色，蓝和黄也是互补色。在用彩色负片拍摄影像时，负片所呈现的物体颜色与实物颜色即为互补关系，如绿叶在彩色负片底片上呈现品红色，人的脸在底片上也是呈现出青色，只有在经过印放照片后才能再一次通过互补色关系在彩色相纸上还原出物体本身颜色。

两种互补色在同一画面上出现会形成强烈的对比效果，也会让人眼看上去有明亮的感觉，这主要是两种互补色在人眼视网膜里有混合后产生明亮白光的效果，我们在实际摄影创作中可以利用这一特点，利用互补色形成强烈色彩对比，提高画面的明亮度。

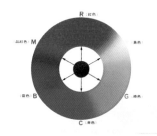

在色轮中，处在相对应位置（180°）的两种颜色可称为互补色，两种互补色光混合后可产生白光

在摄影画面中，互补色的同时出现也会提高画面的视觉明亮度，如例片中的橙黄色与蓝色即为互补色，它们的同时出现使画面倍显明亮

夕阳下的多伦高山湖泊

远眺北京密云水库
F:10mm　f:13　T:1/500　ISO:400

消色

红、绿、蓝三原色色光混合后呈现白光效果；而品红、青、黄3种颜料混合后会形成黑色。但更多情况下含有等量三原色的色光在照射物体时会有不能完全吸收或反射的时候，于是物体会呈现出深浅不同的灰色效果，可见黑、白、灰都不含彩色成分，当然也可以说它们包含等量的所有色彩成分。只不过这些色彩都被平均吸收消失掉了一部分，于是我们称黑、白、灰为"消色"。消色本身不带有任何色彩，但它和任何的色彩配置在一起时都会感觉和谐，其本身也显得更加沉着庄重，故生活中成年人都会选择一些黑、白、灰色的服饰装点自己。

我们在摄影创作中也要善于利用黑、白、灰消色的这一特点，如在彩色照片中，带有一些黑白灰色块的作品有时看起来色彩感更显明亮艳丽；黑白之间会形成强烈的明暗对比，运用得好又便于我们突出画面中的主体。在摄影

在消色黑的衬托下，彩色灯光倍显鲜艳

界中，舍弃色彩，选取黑白影像表现世界的摄影家至今仍然很多，他们善于利用黑、白、灰制造多层影将彩色世界抽象为黑白的世界，艺术上表现得十分完美，甚至让欣赏者看后感觉比彩色照片更雅、更庄重、更具艺术魅力。

在绘画理论中，常把金色和银色也放在消色的范围之中。但金色在摄影艺术表现中呈现出的应是金黄色，不应属于消色。

在风光题材的创作中，运用逆光可使画面失去鲜艳的色彩，而形成以消色灰黑为主的影调
F:28mm f:18 T:1/1250 ISO:400

色温与白平衡

　　同一个物体在不同的光源照射下，会呈现不同的颜色，太阳的光线在日出日落时与中午时的色彩也相差很大。对于这些，我们人类的眼睛已经适应，在任何光源下都会认为纸是白色，苹果是红色的。但无论是传统相机中的彩色胶卷，还是数码相机中的感光芯片，都不会像人眼这样随光线变化而变化，它们都会如实地记录物体在不同光源照射下所呈现出的不同颜色。

　　为了使拍摄出的彩色照片能符合人眼对物体固有色的认识和感觉，我们的摄影器材设计者必须设法通过相机内影像处理系统去对不同环境下的同一物体的颜色进行适当修正，即设法使物体本来颜色得到适当还原。当然，数码相机拍出的影像还可通过后期的电脑操作对色彩进行修正，在这个过程中，我们都必须要熟悉"色温"与"白平衡"这两个概念。

　　色温是衡量色光中含红光与蓝光比例多少的一个度量单位，

色温由低向高变化示意图

其本身与温度并没有直接关系。色温低，含红橙光比较多。色温高，含蓝紫光比较多。科学家制定的方法是在绝对零度（−273℃）时对一黑体（如铁块）进行加热，于是铁块随温度升高由黑色逐渐变成红色，再由红色变为橙色、白色（已成液态），当温度升到6 000℃以上时颜色开始向蓝色区域扩展。于是科学家就把不同温度下黑体辐射出的色光颜色用该温度值作为它的"色温"数值，单位用"K"来表示。

　　蜡烛光中含红光较多，色温在1 600～1 800K，而白色荧光灯中含蓝光较多，色温高达4 800K；影室用的卤钨灯为3 200K，中午时的阳光大约为6 000K，电子闪光灯的色温类似中午日光，为5 500～6 000K。

　　在使用传统彩色胶片拍摄时，校正色温使色彩正确还原有3种方法：第一种方法是在制作时就将彩色胶卷按灯光型与日光型不同色温分别制造，供不同光源下选用；第二种方法是拍摄时在镜头前加用不同型号的升色温（蓝色）或减色温（橙色）的滤色镜校正；第三种方法是在洗印照片时加用滤色镜进行校色修正。而在数

这幅在德国雾中拍摄的秋林图，因光线色温较高而呈蓝色调，经电脑调整后还原为橙黄色调

夜色下的杭州西湖，因光线色温高而呈现出静谧的淡蓝色调
F:10mm f:4.5 T:1/20 ISO:800

傍晚有火烧云，因色温较低而呈现橙红色调
F:30mm f:4.5 T:1/250 ISO:400

码摄影中，相机上设有一挡"白平衡"调整就是为了解决这个问题。在修正色彩偏差时，我们知道只要被摄物中的白色物体（包括灰、黑消色）色彩还原正确了，其他颜色肯定也会还原正确，于是我们就把白色物体作为色彩还原的关键参考点，称为"白平衡调节"。白平衡调节的实质就是对色温进行校正，让被摄物体固有色得到相对的色彩正确还原，只不过数码单反相机不用滤色镜了，只要通过调整相机上的有关按扭就可以解决这个问题。如果初学者实在感觉不好操纵，还可以选用白平衡"自动调整"挡，若还有不满意的地方也可以放在后期电脑处理时适当校正。

值得注意的是，不少彩色照片并不需要完全地追求色彩绝对还原，有时还必须强调现场气氛与环境光的影响。如拍摄日出日落时红光多一些更好看，而阴雨天、雾天带点蓝色调更显优雅与肃静。

对比色与和谐色

前面讲过，处在色轮中绝对相对的两种颜色为互补色，互补色是强烈的对比色。其实，在色轮中比较相对的两种颜色都有对比的效果，它们两者在一起会产生跳跃，不协调之感。我们常说的冷色与暖色也有强烈的对比效应，在摄影创作中，巧妙地运用对比色有时能收到特殊的效果，使主体更突出，意境更深远。

在色轮中处在相邻位置的两种色彩称为"和谐色"，它们在一起搭配不会产生跳跃感，相反会感到协调与平和。这在传统的绘画（如俄罗斯油画）和风光摄影中常常被采用，这类作品整体会呈现出一种统一的色调，如冷调、暖调、棕色调和绿黄调等。

由深浅不同的棕黄色组成的画面，颜色显得很和谐

由黄与蓝对比色组成的画面，显得明亮而跳跃(摄于青海湖畔)
F:40mm f:5.8 T:1/3000 ISO:400

固有色、光源色、环境色

被摄物体自身呈现的颜色叫"固有色"，固有色人眼很容易识别，但数码相机很难拍出绝对正确的物体固有色，因为任何物体都在不同的光源照射下会呈现不同差异的色彩，在低色温光照射下会偏红色，在高色温光照射下会偏蓝色，因而我们又把物体在不同环境中受到的影响色光叫"环境色"，它除受主要光源照射影响之外，还受周围环境的反射光影响。而对于被摄物所受的主光源照射所呈现的色光就叫做"光源色"。

在摄影创作实践中，固有色、光源色、环境色常在同一场景中同时出现并互相影响，为了突出主体，表现主题，在用光的过程中我们必须细微观察现场光线，分析三种色光的相互作用，再巧妙地利用这些色光拍出非同一般的佳作来。

一条山涧小溪，水面因环境变化呈现出不同的色彩
F:10mm f:6.3 T:1/200 ISO:400

光线的特性与用光规律

光线的吸收、反射和透射

光线沿直线传播，但在遇到物体时，就会发生变化，视物体的性质不同，一部分会被物体吸收，一部分会穿透物体成为透射光，还有一部分光线会在物体表面向四面反射形成反射光。光线的这种性质对摄影创作极为重要，摄影技术就是要通过记录这三种光来达到正确表现被摄物体各种特性的最终目的。

光线的反射现象也使摄影用光方式变得多样化，特别是人工布光时，我们可以利用反射原理在逆光、侧逆光照射下，用反光板给被摄物暗部制造辅助光，以减弱明暗过强的反差。在运用闪光灯时，强烈的直射光会使近距离的被摄物光照太强，容易失去层次，而我们如果善于利用光线反射原理，将闪光灯通过白色屋顶或四周墙壁打出反射光，间接照亮被摄物，就会使被摄物立体感更强，层次也显得更加丰富。

不同的物体表面对光的吸收程度不一样，这也是形成物体表面色彩和质感千变万化的原因所在。粗糙的物体吸收率高，如黑天鹅绒布能吸收98%的光线；而表面光滑的物体吸收率就低。有的物体只对光线中的某种颜色吸收率高，如彩色玻璃及其他带有强烈色彩的物品，我们正是利用光的这种特性制造出各种颜色的滤色镜供摄影创作时使用。

光的透射作用主要对透明和半透明物体效果明显，如透过玻璃、水进行照射后，仍然可产生较强的直射光；但透过白纸、毛玻璃等半透明物体，就会形成较柔和的散射光，我们也常在影室布光时在强光源前加一层半透明物质，以获取明亮而柔和的散射光，这种光在拍摄人像作品或广告产品时常被采用。

光的反射效果也视被射物表面质地不同而呈现出不同的反射率，根据反射效率的不同可分为镜面反射、漫反射和半漫反射三种。

光的反射现象给摄影带来了方便和丰富的造型手段，使我们能更好地表现物体表面质感，让画面的影调和层次更丰富。但有时也会带来一些麻烦，给摄影师出难题，如玻璃、水面的强反光会为我们的拍摄增加难度，有时不得不借助偏光镜来去除一部分反光；明亮金属的强反光也会使我们很难避开讨厌的镜面反光，从而增加了对这类器物的拍摄用光难度。

F:50mm f:4.5 T:1/30 ISO:800

F:28mm f:5.6 T:1/1600 ISO:400

在摄影实践中，现场光线往往比较复杂，直射光、反射光、透射光会同时出现，有时这些光对我们塑造主题有利，有时有的光线会破坏我们的创作构思，因而我们必须善于分析现场光线中的各个成分，巧妙地利用现场有用光，适当地避开不利光的影响，有时还需要使用一点人工光，才能拍摄出不一般的佳作来。

以上两幅梦幻般的风光照片，均拍自内蒙古多伦，运用房屋玻璃和汽车反光镜经反复构思一次曝光拍成

光线的照度和亮度

　　照度是光源投射到物体表面的光照强度。它的强弱和物体与光源的距离平方成反比。当然还与光源本身的明亮度成正

这幅风光照片曝光要考虑到天空亮度，地面偏暗可经后期调整时提亮
F:15mm f:11 T:1/200 ISO:400

比。照度可以通过曝光表从被摄物表面直接将测光表的受光孔面对光源而测得数值大小，它与物体表面明暗变化没有任何关系。

亮度是物体在光线照射下反射出来的明亮程度。在同一光源照射下，不同物体表面的亮度也不一样，深色物表面亮度就低，而浅色物亮度就高。亮度的这一变化给我们摄影人控制正确曝光带来一定难度，在深浅颜色相差很大的同一被摄物场景中，我们必须根据拍摄主体和主题需要选择曝光参考点，也有的摄影师采取按18%的灰色物体作为测光参照物，以获取较为正确的曝光影像。美国著名风光摄影大师亚当斯在长期的摄影实践中，总结出一套按创作意图可改变被摄物明亮影调的"十级曝光法"，就是把被摄物表面亮度分出10个等级，根据不同的艺术效果需求而采取不同的曝光组合，使拍出的作品主题突出、层次丰富、影调柔和，同一景观有时可以拍摄出不同品味的数张佳作来。

这幅人像作品曝光应以人面部亮度为测光点
F:110mm f:5.9 T:1/160 ISO:1600

光比的概念

光比是指被摄物的明亮部与暗部的光照强弱之比。在实际应用测量时有两个概念：其一是指被摄物体表面反射光不同的两个选择点明暗亮度之比，这在影室拍摄人像布光时经常使用，摄影师会用曝光表分别测量被摄人物面部的亮部与暗部的亮度值，并有意一般控制在3：1左右；光比第二种概念是直接测量不同光源投射在被射物体两个不同受光面的光照强度，即测光源投向物体的直射光强度，这时的光比值与被摄物对光线的反射吸收特性无关。

数码相机的影像传感器与

F:15mm f:11 T:1/100 ISO:400

传统胶片一样，都有一个适合记录不同强弱光照的正确表现范围，即"宽容度"，过强的光比会使影像传感器失掉对影像中的一部分层次的记录，如在傍晚拍摄带有天空和地面的自然风光时，天空与地面景物光比极大，数码单反相机此时不可能将天空

以上两幅照片光比很大，曝光应以亮部为参考点，暗部呈剪影状
F:62mm f:11 T:1/600 ISO:400

与地面层次完全正确地记录下来，只能让我们选择其一，如要表现多彩的云霞天空，就应以天空亮度为曝光依据；如要表现地面中的有意义场景，就应以地面景物为曝光依据。这样拍出的影像肯定会失去天空的一些层次，但可在后期电脑处理时进行调整，挽救一些失掉的细节。

光的方向性

光的照射有明显的方向性，无论是室外日光从早到晚的位置移动还是室内灯光所处的不同灯位的移动，都会给被照射的物体带来不同的造型效果，了解光线的这种特性，以便在实战拍摄中灵活运用不同方向的光线，把有利的因素与我们要表现的主题统一起来，这是数码摄影创作成败的关键。

光源在物体周围的水平移动，可以制造出顺光、前侧光、正侧光、侧逆光、逆光5种常用光线。

顺光

顺光指从照相机方向直射到被摄物体的光线，这种光线比较均匀，受光物体显得明亮，没有强烈明暗对比的阴影，光比很小。顺光下拍摄的物体明暗主要靠被摄物本身的颜色明暗和影调来表现，因而曝光容易掌握，测光比较简单。采用平均测光即可，而且拍出的照片色彩也较鲜艳明朗。但顺光拍摄的缺点是物

体立体感不强，空间感也显得弱，对影调表现也比较平淡。

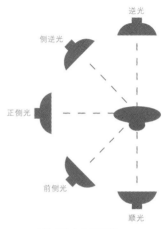

5种光线方向示意图

南戴河船厂，采用顺光拍摄
F:20mm f:8 T:1/80 ISO:400

▣ 前侧光

指光源位与被摄物体前方，与拍摄轴线成45°的直射光。前侧光能把被摄物明显分成受光面与背光面两部分，因而加强了被摄物体的立体感和质感，同时被摄物的色彩也能得到较好表现。无论是拍摄人物肖像还是拍摄自然风光，前侧光都是比较常用的一种光源。前侧光照明时曝光应以被摄物的明亮部为测光点，以保障被摄物体明亮部分不失影像的层次和质感。

河北蔚县剪纸
F:17mm f:9 T:1/300 ISO:400

▣ 正侧光

这种光照射角度正好与拍摄轴线成90°，使圆形的被摄物能形成明暗各占一半的照明效果，在拍摄人像时俗你阴阳脸。正侧光的这种特性能使被摄物明暗对比强烈，会产生强硬的感觉，不适于表现柔美的题材，但运用得当，对表现刚毅、强硬的题材效果很好。如爱好拍摄"现代摄影"题材的作者有时为了表现当代青年，尤其是男性青年阳刚之美，常采用正侧光。

▣ 侧逆光

指从被摄体背后侧面照射的光线。侧逆光能勾画出被摄物受光部一侧的轮廓，使受光面产生明亮的轮廓光效果，而被摄体大部分却处在阴影区。侧逆光能强化画面的空间透视效果，增强物体的立体感和增强物体与背景间的距离感。在

F:70mm f:18 T:1/50 ISO:200

人物摄影中，常用侧逆光拍摄适于表现人物轮廓和低调的肖像作品。

■ 逆光

指从被摄物体后方投向照相机方向的光线。逆光能勾画出被摄物四周的轮廓，增强被摄物与背景的距离感。但被摄物大部分面积都处在阴影中，色彩不易表现出来，故逆光下拍摄的人物和景物都易显得昏暗，色调有时近似黑白照片。但逆光下的景物层次感很强，在明亮轮廓光勾画下显得极为生动，且有一种蕴藏的神秘感，故多被摄影家所采用。逆光拍摄透明或半透明物体更显长处，能强调物体的透明质感。如玻璃制品、丝绸、塑料、冰块、植物、花叶等，在逆光照射下都会显得更生动美丽。对于不透明的被摄物，在逆光照射下又是拍摄剪影效果的好时机。

逆光拍摄时容易使直射光直接射入镜头，形成光晕，俗称"吃光"，因此需使用遮光罩或其他物品进行遮挡。但运用得巧，光晕也能在暗背景下

F:28mm f:4.5 T:1/80 ISO:400

傍晚宁波市一角
F:18mm f:13 T:1/200 ISO:200

产生美丽的光环或光柱，增添一些神秘感和让人感到醒目的独特趣味。值得提示的是，在实战拍摄中，无论是室外拍摄风光还是室内拍摄人物肖像，运用的光源都不会是单一方向性光线，常常是几种强弱不同、方向不一致的混合光线，这也和多种光源以及光的反射特性有关，故在拍摄时应该分析一下所摄景物光线成分，再选择不同的拍摄角度，根据拍摄主题巧妙用光，力求拍摄出非同一般的佳作来。

硬光与软光

硬光与软光是指照明效果而言，硬光指光线的照射强烈、明亮且使被摄物体明暗光比较大的光线。如强烈的日光照射、近距离使用闪光灯等，都属硬光照明范围。硬光能形成强烈的光比反差，使正确曝光难度加大，拍出的影像会失去层次和质感，阴影也明显。但运用得当，硬光也能产生不一般的造型效果，如用硬光勾画轮廓光。也有的摄影人善于用硬光创作出带有木刻版画味道的作品。

柔光指柔和且明亮度较弱的光线。如阴天或白云遮日下的室外散射光、柔和的室内灯光等。柔光照射下的物体光比较小，拍出的影像层次丰富、色彩容易饱和。柔光的方向性较弱，被摄物表面不易产生过强的阴影。在使用闪光灯强烈的灯光照明时，为了达到柔光效果，经常在光源前加用一些半透明的遮光物（如醋酸纸、白布、纱网等）来降低光的强度和使光线形成一些漫反射效果，以使拍摄出来的影像层次丰富，色彩饱和、影调细腻。

北京延庆妫河畔，雾天
F:28mm f:11 T:1/400 ISO:400

提示：

光线的软和硬与光的照射方向及空气透度都有关系，一般侧光比顺光和逆光显得硬些，在空气透度好时光线显得更硬些，中午强烈的日光比早晚日光更显得硬些，夏天的日光比冬天也显得硬得多。

德国小镇郊区雾天秋色
F:28mm f:5.4
T:1/80 ISO:200

强烈日光照射下的现代建筑
F:38mm f:14 T:1/1250 ISO:400

光线的种类及特点

自然光

在摄影用光的实践中，我们习惯把光线分为自然光和人工光两大类。

自然光是指从日光、月光、天体光等天然光源所产生的照明光。它可以分为室外自然光与室内自然光两大类；而室外自然光又可分为室外直射光和室外散射光两种类型。

■ 室外自然光

室外自然光其实主要来自于太阳，因为月光像个圆形反光板，所反射的光也来自太阳。

太阳、地球在宇宙中都在按一定规律不停地运动，因而太阳光线也会在不同季节、不同时辰按一定规律不停地变化。这种变化归纳起来主要有3个方面。

第一是光线照射强度的变化。早晚弱，中午强；夏天强，冬天弱。当然还和天气状况有关，阴雨天就弱，晴朗天变强。

第二是光线投射角度的变化。早晚日光斜射时与地面所形成的角度较小，于是被摄物易产生较长的阴影。而在中午日光升至距地面约90°时，所形成的阴影最小。夏天因日光在头顶，光强但投影更小；冬天日光斜射，在地面所投射的阴影会很明显。

第三是色温的变化。一天中的不同时间，一年中的不同季节，日光所呈现出的色光中的冷暖色调也在变化。在日出日落时日光斜射，光线穿过大气层较厚，长波光线较多，色温偏低，为橙红色。太阳逐渐升高，色温也开始升高，在中午时达到最高值。自然光色温的这种变化会使我们在实际拍摄中不能对被摄物固有色正确还原，常常产生偏色现象，有时这种偏色会强调某种气氛，如日出日落前后景色偏红，阴雨天景色偏蓝，故不需要完全校正使色彩绝对还原，带点儿偏色会感觉更自然、更真实、更美丽。但有时拍摄的如果是人物肖像或静物，就不能偏色太重，这就需要我们精调白平衡，使拍出的影像色彩尽量接近物体的固有色。当然，稍有不足还可以在后期电脑中使用PS修正。

室外自然光可分为室外直射光和室外散射光两大类。室

中国东北大地，因在奔驰的汽车上抓拍，故需使用高速快门，以保障影像清晰
F:70mm f:4.5 T:1/1000 ISO:400

外直射光较强，有明显的方向性，投在物体上会形成强烈的明暗对比，立体感较强；室外散射光一般较弱，没有明显的方向性，照度比较均匀，没有强烈的光影，但在散射光照射下摄取的影像层次细腻，画面柔和，色彩有平涂的画意效果。

室内自然光

室内自然光有两种涵义：一种是指室内受到室外自然光的直接照射、散射及反射，综合出现的光线照明效果，这种照射主要是通过建筑物的门窗来实现的；另一种涵义是除以上所指外，还

德国海得堡古堡建筑
F:28mm f:11 T:1/1250 ISO:400

京剧演员，化妆室内
F:170mm　f:5　T:1/100　ISO:400

哈尔滨一著名小酒店，古朴而静谧，曝光应以亮部为参考点
F:31mm　f:4　T:1/2000　ISO:400

包括室内原有的灯光或其他发光体所辐射出来的现场光（如炉火、电视屏幕等）。因而使用"室内现场光"比使用"室内自然光"更科学些。

首先，我们应该知道，在室内拍摄应该尽量利用原有的现场光，因为摄影贵在真实记录现实生活中自然影像，只有利用原始现场光才能使拍摄出来的摄影作品更真实、更生动、更富现场感，也就更具生命力和说服力。因而，在室内拍摄创作时，首先应该考虑如何利用好现场原有的自然光线，尽量不要随意加用过多人工光，以免拍出的照片失去真实的现场气氛。

室内自然光的亮度受建筑物结构影响很大，如门窗的数量和面积大小，以及被摄物体和主要照明门窗的距离远近等。光源照明效果与被摄物体间的距离平方成反比，因此要想被摄物体受光量强，就必须尽量靠近门窗来拍摄。但室内如果有直射的阳光通过玻璃照到被摄物上，会与室内阴影部分形成过于强烈的明暗反差。一般来说，这对正确曝光和构图造型都不利，于是我们应考虑利用室内墙壁的反射光或通过加用人工光（灯光或闪光灯）来调整光比以达到满意的效果。

当然，阳光通过门窗投射到室内的光线，也为我们创作出特殊味道的照片提供了便利，如投在墙上的光影，会出现图案效果；逆光照射在被摄物体上，被摄物可能以神秘的剪影效果呈现。

人工光

人工光常用照明灯具简介

人工光一般指用灯具照明的光，人工照明灯具常用的有两大类：第一类是能发射连续光线的灯具，如白炽灯、石英灯、聚光灯等，这类灯具根据功率大小不同发光强弱也不同，优点是可在拍摄时看到实际光比造型效果，光线较柔和，缺点是耗能大、色温低、光线亮度也较弱，且拍摄人物时容易给被摄者带来眩光刺眼和烘烤难忍的感觉；另一类灯具是电子闪光灯，包括有的数码相机上自带的小型闪光灯和可通过相机机身上热靴插口连接的外置小型闪光灯。在影室拍摄时，现在更多地是使用一种功能更齐全的组合闪光灯，它和相机上配置的小型闪光灯原理一样，都有发光强度大、色温高、持续时间短，冷光以及光效果高的特点。为了解决闪光灯瞬间闪光（一般在千分之一秒以上）而不易观察到照明造型效果的问题，室内闪光灯组罩内还安装一只功率较小的白炽灯，专供摄影师布光时做效果光观察光比强弱时使用。正式拍摄时因闪光灯强度远远大于这只造型灯的强度，故不会对色温的平衡产生不良影响。影室闪光灯还设有控制改变闪光强度的旋钮，并可通过造型白炽灯同步强弱变化观察到闪光时达到的类似效果，使用时非常方便。

使用室内闪光灯拍摄应配置闪光同步器，以保证数码单反相机快门与外置室内闪光灯能同步

数码单反相机在使用机外另置的闪光灯时，应注意一个要与相机快门同步配合的技术问题。有的相机与外置闪光灯不同步，拍出的照片严重曝光不足。这时可使用外接无线闪光同步器来解决这一难题。购买机外小型闪光灯时也要注意首先考虑所买的闪光灯与自己所使用的数码单反相机是否能同步。

摄影常用人工光造型的主要光型

人工光造型常用的光型主要包括主光、辅助光、轮廓光、背景光以及装饰光五大类。另外在实际人物肖像拍摄时还会考虑使用眼神光、发光、脚光等光型（其实这几种光也可划入装饰光范围内）。

主光

主光又称"塑型光"，是表现被摄物体外貌和形态的主要光线。主光不一定是最强的光源，但起着主导作用，突出刻画被摄物体的主要特征。因此，对主光亮度的强弱、角度的选择都可根据是否能更好地表现主体外部特征、人物性格，以及对环境渲染是否有利等意图而随机应变。

在实际拍摄中，为了更好地表现物体的立体感、质感和影调层次，主光一般常设在被摄体左侧或右侧前45°左右的位置上。

单灯闪光，主光照明
F:70mm f:18 T:1/50 ISO:200

辅助光

辅助光也称"副光"，用来辅助主光的照明不足，可提高被摄物暗部亮度，降低过强的明暗反差，增强物体细腻丰富的层次感和质感。

主光与辅助光在布光时，一般将亮度比控制在3∶1～4∶1较为合适，且多采用加柔罩的散射光，以避免在被摄物上形成过强或过于杂乱的多重明显的阴影，影响主光的造型效果。辅助光一般的布光原则是尽量放在照相机旁边，从正面照射被摄物体，以弥补主光亮度不足。

在拍摄大场面场景或更细微地刻画主体时，也可以设置多个辅助光源。但过多的光源如使用不当会产生用光杂乱的效果，故应充分考虑，以巧妙利用现场光和周围反射光为上策，尽量减少辅助光使用过多带来的光影杂乱、自然空间感被破坏等问题的发生。

轮廓光

轮廓光也称"隔离光"或"勾边光"。常用强烈的逆光或侧逆光方向布

单灯闪光，辅助光照明
F:62mm f:18 T:1/50 ISO:200

光。轮廓光能使被摄物边缘形成明亮的光线轮廓，使被摄物与背景空间感增强，质感表现也较强烈，且轮廓光多照射在被摄物体主要部分的一侧，故对突出主体形态特征，刻画人物性格起十分重要的作用。轮廓光一般亮度较强，且多使用以聚光灯或带有导向罩的直射硬光为主，有时为突出主体，轮廓光的照射范围常以窄光形式出现。主光与轮廓光的光比一般控制在1∶4之间，过强有时会使亮部失去过多层次，减弱对被摄物质感的表现。使用轮廓光时还应该注意调整轮廓光灯位到合适的高度，要避免光源过低时光线直接射入照相机镜头中产生不良的眩光现象。

单灯闪光，轮廓光照明
F:70mm f:4.5 T:1/30 ISO:800

> **提示：**
> 1.眼神光使用时注意不可太多，也不宜光点太大，还要注意它在被摄人眼睛上所处的位置高低是否合适；
> 2.不同种类多灯混合使用时要注意色温应一致，与自然光混合使用时也要注意色温要统一。

背景光

背景光是为照亮被摄物后面的背景而设置的光线。它可以消除被摄物投在背景上的不良投影，使主体与背景分开，烘托出周围环境气氛。背景光的使用应以突出主体、服务于主题表现为原则，不应"喧宾夺主"。故可处理得比较简单，如用散射光将背景打匀，去除掉不良投影即可。当然也应考虑作者创意中对作品影调的控制，决定是亮些还是暗些。

在表现某些活泼明快的题材时，如表现儿童、少女等人物肖像类作品，也可以将背景处理得更加丰富多彩，如使背景上产生光影变化，色彩图案等。

拍摄低调作品时，背景光应较暗或不使用背景光；拍高调作品时，应增强背景光的亮度。如果提高背景光，减弱主光和辅助光亮度，也可以使主体产生剪影或半剪影的艺术效果。

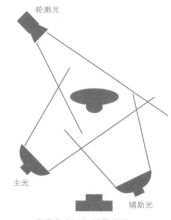

常用室内三灯拍摄效果

主光、辅助光、轮廓光3光闪光效果
F:70mm f:18 T:1/100 ISO:200

装饰光

装饰光是用来弥补前几种光的不足，有目的地对被摄物局部细节进行刻画，使被摄物整体形象表现得更为完美。

一般装饰光布置都比较集中，常用窄光或小型灯光局部照亮被摄物的细部，突出被摄物最具特征的部位。在人像摄影创作时，常使用一只灯位较高的光源照亮人物的头发，称为"发光"，使较暗的头发有反光而产生一些层次感。也有利用调整主光或辅助光的灯位高低使人物眼球上产生明亮的高光点，以使人物更显神采，这时也可以利用光线较弱的另置的小型灯或反光板来照亮人物脸部，使眼睛里产生光亮点，这种光一般被称为"眼神光"。

以上5种光源各有自己的功能和特点，在实际的拍摄实践中可以根据主题的需要和条件的不同灵活掌握。有经验的摄影师有时可以借助影室内墙壁的反光或部分室外通过门窗射进来的自然光而减少人工光灯位，以避免用光灯位过多而产生光影杂乱的现象。要知道仅使用一盏或两盏灯就能拍出佳作的例子并不是神话。

运用光影造型创作精美图片

　　光影是摄影创作的最基本元素,有了光影和光比才能拍摄出高质量的照片。光影对摄影造型有以下几种作用：可以表现空间感，将我们看到的三维立体世界抽象为二维平面图像；同时通过光影效果，结合平面艺术把被摄物体的立体感和质感表现出来。另外，光影在造型效果中还可以表现一定的情感。现在我们用图片实例对上述作用分别进行说明，以便读者在使用数码相机实际拍摄时充分发挥光影造型的作用。

表现空间感

　　我们生存的世界是一个四维空间立体世界，除了高、宽、深以外还有时间的进展，然而摄影只是一种平面影像艺术，只能在一定宽和高的平面范围内通过深浅不同的影像来表现这个复杂的世界。如何利用光影来表现空间感呢？通过光线的照射方向、光线的强弱和光线色温的变化可以使被摄物体形成明暗的变化，同时在光线的各种变化中物体影像又会形成不同的色块及线条，使画面产生不同的影调。艺术地利用这些不同的线条、色块和影调的变化，就可以表现出被摄物体及周围环境的空间感。

德国法兰克福机场通道
F:28mm　f:4.5　T:1/50　ISO:400

河北丰宁坝上秋色
F:70mm f:5.8 T:1/250 ISO:400

表现立体感

立体感和空间感虽然都有表示空间体积的含义，但二者还是有很大区别的。立体感多体现在表现人物肖像或固态物质时强调，而空间感则多在拍摄风光、场景一类作品时强调。

光线的照射方向和强弱反差，极大地影响数码单反相机在拍摄时对被摄物立体感的表现，光线强、反差大，立体感强，但对被摄物体层次的表现可能会受影响。相反，在光线柔和反差小的时候拍摄，容易表现被摄物的丰富层次，但立体感会被减弱。为了增强被摄物体的立体感，在选择光线时应该尽量避免使用顺光，多使用侧光或侧逆光。在影室人像拍摄中有时为了刻画年轻人，特别是表现男性人物肖像时，常使用左右两侧各布一盏正侧光灯的方法形成所谓的"夹板光"，也称"蝴蝶光"，这对表规阳刚气质很有效，人物立体感也得到增强。这种方法在传统用光时不常用，但在现代青年摄影爱好者中却经常被采用。

> **提示：**
>
> 表现画面的立体感、空间感都体现对画面透视感的强化，在创作时，除用光和构图因素外，也与使用的镜头焦距有关，焦距越短透视感越强。超广角镜头对空间感的表现尤其夸张。

冬天的金山岭长城，构图意在表现墙体的透视感和立体感
F:10mm f:11 T:1/800 ISO:400

表现质感

　　表现质感，简单地说即是对被摄物表面细部特征做有力表现。根据物体表面质地的不同，一般我们可以将它们分为粗糙表面结构、光滑表面结构、透明物体和镜面反光物体等几种类型。就是同一种物体，也会在不同的光线照射下或不同的时间产生不同的质感效果，如人的皮肤，老人、儿童、男性、女性以及不同职业的人都会有不同的差异，我们在拍摄实践中应抓住这些特征，并通过运用不同的光线达到强化这些质感特征的目的。

提示：

要想把被摄物质感表现得强烈些，可在实际拍摄时尽量使用侧光，小光圈大景深拍摄。镜头锐度要好，拍摄时快门速度要高，尽量使用三脚架，保证影像清晰。另外还要注意对被摄物色彩还原要准确，用电脑做后期调整时可适当加大影像的反差和锐度。

石头上的色彩

剥落的漆痕

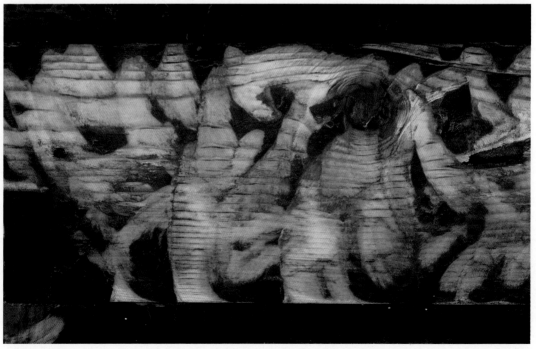

经打磨的旧木板

表现色调和色彩

　　光与色是分不开的，有了光万物才会呈现出丰富多变的色彩。摄影就是运用手中的数码相机来捕捉大自然中的这些光影和色彩。

　　但在实际拍摄中，有时又不一定认为照片中捕捉的色彩越多艺术性就越高，我们考虑的原则应是一切艺术表现形式和手法要为强调主题、突出主体服务，因而追求的是色彩的使用得当和色调的和谐。有的摄影家甚至还以善于将彩色照片拍出黑白照片的味道为荣。

　　色彩除表现色别外，还要表现明度和饱和度，这些都和光线的运用有直接关系。直得注意的是，在用数码单反相机拍摄时，不要在最初拍摄时就追求过高的色彩饱和度，即在数码相机内设置调整时不要调到色彩饱和度最高挡，因为作为原始影像文件，饱和度的提高是以牺牲影像层次和细腻的质感为代价的，这项调整工作完全可以放在后期影像处理时进行。

F:80mm f:4.5 T:1/150 ISO:400

在内蒙古大草原上，游客将采集的野花放入矿泉水瓶中，摆放在窗台上，我发现这种组合产生了十分有趣的色彩关系，在花朵与环境色彩局部对比的基础上，整体又统一在蓝调的和谐画面中。同样，下图的秋天霜叶也是在艳丽的基础上，却又不失整体上的色调统一

F:70mm f:6.3 T:1/300 ISO:200

表现情感

　　光影可以直接或间接地表现被摄物体带给观赏者的情感，如有关人物或场景内容的图像，通过不同的光影造型会使观赏者对作品中的人物产生爱戴或憎恨的情绪，对于环境场景，因光影的明暗变化，也会使人产生留恋或恐怖的心理感受。当然这种情感也和摄影人创作时自己的主观感受分不开。这也是摄影作品有移情效果的真实体现。熟悉光影造型的这些作用，对我们用数码单反相机拍摄时表现不同的主题、突出不同的主体有十分重要的意义。

提示：

影响表现情感的因素很多，如拍摄角度的选择，用仰拍还是俯拍；对色彩的运用，用暖调还是冷调；对镜头焦距的选择，用标准头还是用超广角做适当变形夸张等，都对表现作者主观情感起重要作用。

北京正阳门前的石狮子，在早晨斜阳的照射下，显得格外威严，笔者在拍摄时又选用了超广角镜头，适度的变形夸张更加大了这种威严气氛
F:10mm　f:6.3　T:1/500　ISO:400

F:190mm　f:5.3　T:1/600　ISO:400

数码影像影调的种类与控制

一幅数码摄影作品，根据主题的需要，拍摄者要在创作过程中对画面中影像的层次、结像虚实的对比以及色彩的明暗关系等进行调整控制，这就形成了作品的影调。这种调整控制从最初的题材选择、环境布置、光线运用以及拍摄时对光圈、快门速度的选定，直到后期通过电脑进行影像处理，每个环节都不能忽视。

成熟的摄影家在拍摄专题作品或举办个人影展时，特别要考虑使自己的作品尽量保持影调的一致性。只有这样，整体感觉才会和谐统一，否则会给观众产生零乱、跳动和不安的印象。

摄影作品的影调主要可分为以下几种：从明暗关系上可分为高调、低调和中间调；从色彩关系上可分为冷调和暖调；从影像的层次反差上又可分为柔调和硬调。

高调画面

高调是以大面积的白色或浅色影像与小面积的深色影像相对比而形成的画面。但是一般在画面中深色和暗部是作品的主体或重点，白色和浅色部分是画面的衬底或次要部分。高调画面给人一种轻快、纯洁、淡雅、明亮的感觉，适于表现儿童、少女以及卫生、科教一类的题材。

拍摄高调作品时，背景应选择白色或浅色做底色，且在布光时应加大背影光的强度，以增强与被摄主体的明暗反差。拍摄人物肖像类作品，被摄人物服饰也应选择白色或浅色的衣物为主，以保证画面中黑色和暗部是作品中的画龙点睛部分。

用数码单反相机拍摄高调画面，在测光时应当选择暗部主体为测定点，且可加大半级曝光量，以保证画面明亮些。拍摄高调照片时用光应以顺光为主，尽量减小被摄物体的明暗反差和不良的阴影，使画面主体层次更丰富些。

F:750mm f:5.8 T:1/3200 ISO:400

雾天可以拍摄出理想的高调画面，成功的关键在于前景黑色主体物的选择，它们往往起到画龙点睛的作用。前页飞鸟画面拍摄于河北沧州海滩，当时为雾天，左图摄于北京延庆妫河上，也是浓雾天。下图玉兰花虽不是在雾天拍摄，但此时太阳也已落山，是利用天空反射的柔和光线拍成

F:116mm f:5.9 T:1/320 ISO:400

F:28mm f:5.4 T:1/125 ISO:400

低调画面与伦布朗用光法

低调是以大面积的深暗影像与小面积的浅色影像相对比而形成的画面。但浅色和明亮的部分是作品的重点和中心，黑暗部分面积虽大但一般只是作为画面的背景或衬底起交代环境和渲染气氛的作用。

拍摄低调人物肖像作品时，应选择黑色或暗色背景布，或将被摄人物安置在明暗反差较大的明亮处，人物服饰也应以暗色为主。用数码相机拍摄时测光要以明亮处为参考点，并适当减小半级曝光量，以保证背景能暗下去。

　　低调画面适宜表现内容沉重、庄严、忧郁、恐怖和神秘一类的题材作品，如表现老人、成年男性、反面人物时常被使用，也多被用于较暗的室内或夜晚拍摄。低调画面可将拍摄现场中杂乱的背景和与表现主题无关的器物隐藏在黑暗中，使主体处在明亮处更显突出。布光时多采用逆光、侧光或柔和的局部散射光，这种布光方式在西方绘画中，尤其是画室内人物和静物一类题材时常被使用，著名油画大师伦布朗运用得最为出色，因而在摄影用光中这种方法又被称为伦布朗用光法。

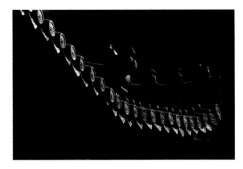

湖北武当山上的宫殿建筑
F:125mm f:6.3 T:1/1600 ISO:400

《我爱名车》 日落傍晚时，光线较暗，加用闪光灯
F:28mm f:5.6 T:1/60 ISO:200

《舞》 F:22mm f:5.6 T:1/70 ISO:1600

最常使用的中间调

中间调的画面是指影调明暗反差正常，影像层次丰富，画面中黑、白两部分比例均衡的作品。中间调画面对表现被摄物体的立体感、质感和色彩都是非常适宜的，在布光和用光时宜采用多种方向的组合光照明，以避免光比过强，反差过大，但如光线过于平淡也对中间调的形成不利。

河北乐亭海边小型造船厂
F:10mm f:11 T:1/400 ISO:400

中间调的图片适于表现的内容和题材比较宽泛，易给观者真实、亲切的感觉。用数码单反相机拍摄中间调的照片，测光可按平均亮度测定，曝光应力求准确，尽可能利用好感光器件的宽容度，让更多的层次能通过影像表现出来。

提示：

中间调容易产生影调平淡的感觉，为了避免这一缺点，拍摄中可考虑在构图方面下点功夫，以增强画面的视觉冲击力和感染力。如上页图造船厂照片，由于采用了低角度仰拍和使用大广角镜头，虽光线平淡，但视觉冲击力很强。

冷调与暖调

用数码单反相机拍摄彩色照片时，会受色彩构成的影响形成以冷色调或暖色调为主的画面，分别可称为冷调照片和暖调照片。冷色是指以青、蓝色为主调的画面，会使人联想到冰、水、雪等寒冷的天气或物体。暖色是以红、橙、黄等色为主的画面，会使人联想到阳光、火焰等炽热的天气或物体。冷色与暖色的形成除与物体固有色有关外，还受环境色的影响，在数码影像拍摄中，更受光线色温的影响，如、出或日落时分，拍出的影调肯定偏暖。而在阴天或雨雾天拍摄的影像就会像调偏冷。

在同一画面中，无论是单独用冷调还是用暖调表现，都会使色彩产生和谐的感觉。如果在同一画面中同时出现冷、暖两色强烈对比的局面，虽然会使人感觉色彩不太和谐，但如果运用得巧妙，有时也会产生另外一种独特的意境，还能表现更深的主题。

如果用数码单反相机拍摄黑白照片，或在后期电脑调整时将彩色画面转换成黑白影像时，同样要注意，由多层彩色层合成的黑白影像也会因微小的色彩失衡而产生偏色现象，偏色的结果会使黑白影像产生偏暖或偏冷的色调。

F:31mm f:5.6 T:1/15 ISO:400

提示：

改变或强化色彩冷暖调的方法有以下几种：1.使用不同色温的光源；2.拍摄中加用不同色温的滤色镜；3.巧用相机内白平衡设置，如拍晚霞；将白平衡设在日光或阴天挡上，使橙红色增强；4.后期电脑调整时改变色彩平衡，强化主观设想效果。

拍于古北口长城，曾被选作《大众摄影》封面。拍摄时间是11月份的某一天的清晨日出时分，这时山脉上草已枯黄，在朝阳的照射下倍显金光闪闪。上图拍于冬季东北伊春地区，当时太阳已完全落山，只有一些天空反射的微光，呈蓝色调，与温暖的橙色灯光形成对比

柔调与硬调

　　柔调是指影像层次丰富、反差较小、画面柔和的摄影作品。柔调影像在拍摄用光时多采用光线柔和的散射光，光比较小，光的方向性和强度也不宜太强。在室外自然光条件下，以在阴天或假阴天时拍摄为宜。在室内使用人工光照明拍摄时，应以柔和均匀的顺光为主，使用柔光箱或反光伞最为理想。柔调影像适于表现细腻画面、偏重抒发情感的摄影作品，如静谧的风光、素雅的花卉，以及年轻美丽的少女及儿童一类人物肖像作品。

硬调则与柔调相反，用光追求反差大、光线强、方向也多采用侧光或侧逆光，使拍摄出来的影像黑白对比明显，如同木刻画一般。硬调适于表现性格刚毅、果断的情感或具有明显线条及色块元素的内容画面，如高大的现代建筑、工业厂房及大型设备等题材。如拍摄人物，则适于表视历尽沧桑的老人或气势阳刚的男子汉形象。

拍摄的是现代建筑局部，为了强调建筑的构成关系，使用了超远长焦拍摄，目的在于压缩空间感。这种题材使用硬光较为理想，可以使线条和质感得到强化

PART
04
数码摄影构图

▪ F: 12mm ▪ f: 5.6 ▪ T:1/10 ▪ ISO: 400

照片画面的布局——构图

照片取景和构图的作用

对于学习数码摄影技术来说，当学会了使用数码单反相机，也掌握了正确曝光技巧后，下一步就面临着如何去取景拍摄了。"取景"的方法与技巧也称"构图"，这个名词还是从绘画技法中借用过来的，构图和用光一样，是摄影语言的重要组成部分，也是重要的摄影造型手段之一。构图从广义上说包括主题的确定、主体的选择、画面的结构安排等艺术创作的全过程。从狭义上可理解为如何应用一定的技术技巧把众多的被摄物体艺术地安排在同一画面中，不但要分出主次，还要分析构成画面的各种要素，如点、线、面、色彩、光影等，并研究如何科学与艺术地运用这些要素来组成作者心中完整而理想的画面，最后达到突出主体、深化主题的最终目的，以完成摄影艺术创作的全过程。因而摄影构图实际上有两个作用：一是解决如何使作品达到一种最佳的画面结构形式，完成具有视觉美和一定视觉冲击力的表现；二是为了更好地表现作品的主题思想和审美情趣。因而也可以说第一个作用只是创作的方法、形式和过程，第二个作用才是创作的最终目的。

河北省丰宁坝上牧马人
F:80mm f:5.8 T:1/400 ISO:400

内蒙古东乌摔跤手，采用超广角镜头仰视拍摄，以夸张摔跤手健壮魁伟的身姿
F:11mm f:10 T:1/1600 ISO:400

黄金分割法

在传统的构图法则中，首先想到的会是黄金分割法，它实际上是一种处理数学比例关系的法则，最早是古希腊数学家在研究线段分割中发现的一条具有美学价值的规律，近代我国著名数学家华罗庚对此也有出色的见解和研究，并产生了"优选法"，用于科研和生产中。

在摄影构图方法中，黄金分割法首先体现在对画幅长与高的比例中，认为最适于视觉习惯的比例应为1：0.618，135数码单反相机的画幅就多是按此比例设计的。其实笔者认为这种比例框定下的视野范围正好与我们双眼看到的视野范围相一致，所以才

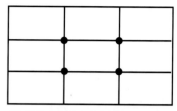

常用的黄金分割法"井"字形示意图，但在实际拍摄中千万不要把它视为万能妙方，应根据拍摄主题灵活运用，有时甚至要反其道而行之

乌镇，雾天　　F:70mm　f:5.8　T:1/1600　ISO:800

会感到视觉舒服。

　　黄金分割法在构图中的另一应用是解决如何对拍摄主体在画面中进行较合理的位置安排问题。最简单的方法是将画幅宽和高分别分成三等份，然后将左右和上下相对应的分割点用线条相连，即形成一个"井"字形框架，这些连线即是黄金分割线，线的四个交叉点即称为"黄金分割点"。传统的欣赏习惯认为，将被摄主体安排在任一黄金分割点上都能达到引人注目的效果。

　　有必要指出，在摄影创作的实践中，黄金分割法并不是万能的妙方，要视主题和主体的具体内容需要而定。很多有特色的摄影佳作都是打破黄金分割法的束缚，大胆使用不平常的构图方法而取得成功的。

提示：

在传统的构图法则中，对于有运动方向的被摄物体，一般习惯将其前方多留一些空间，避免产生堵塞和压抑感，因而这一原则可作为将主体放在黄金分割点位置的参考依据。

F:750mm　f:5.8　T:1/1000　ISO:800

对称与均衡

　　对称是指画面中两边的图形相对中间某个点、面或直线为参考部位，在大小、形状和排列上具有一定相似对应关系，有的甚至在大小、形状以及结构排列上两边完全一样。

　　因此，对称从形式上可分为左右对称、上下对称以及放射式对称几种类型。

　　对称式构图的特点是两边排列相等，均匀一致，犹如天平一般绝对平衡。因此对称式构图可以给观者一种极为稳定、庄重、平衡和谐之感，也适宜人类双眼视物的习惯。但在画面构图中对称也有不足之处，如会使观众产生单调、重复和呆板的感觉，缺乏对比变化和视觉冲击力，因而不少摄影人都在构图中尽量避免

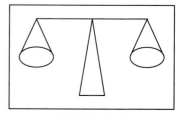

天平式均衡及例图

F:10mm　f:5.4　T:1/1000　ISO:400

使用过分对称式的手法，转向追求一种均衡式构图法则。

　　如果说对称式构图具有"天平"式效果，那么均衡式构图则应比喻为"秤式"更为合适。均衡的原则是画面两边的物体影像不一定要等量、等形，追求绝对平衡，而追求的只是视觉上的一种均衡感，犹如秤杆一边是体积很大的被秤物，而另一边只是一块体积很小的秤砣，但在整体画面中却给观者心理带来一种均衡感。这是一种异形、异量的呼应式均衡效果，是富于对比与变化的艺术表现方式。

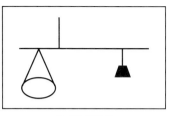

秤式均衡图示

这幅作品创作于南通城市美术馆中，为了表现中国古琴的幽静高雅和琴声飞扬的感觉而选择了这一中式古建环境，中轴对称式构图也有意突出了中国儒家所追求的和谐完美的哲学理念

多种多样的对比方式

墙上漫画与化妆女童形成趣味性对比

裸体模特与清洁工形成服饰对比

对比也叫对照，是摄影艺术创作中常用的一种表现方式。即把两种有一定关系，但又在质量、形状以及其他性质上有巨大差异的物体放在同一画面中做对比，以使要表现的主体更突出、更形象或更具有视觉冲击力。对比的表现方法运用到摄影创作中，首先可以增加画面的趣味性，能引起观者的注意，活跃画面内容；其次，这种表现方式可以使不太鲜明、不很突出的被摄物变得更加突出和特性强烈；再次是通过对比方式可以将摄影作品的主题思想进行强化，运用得当，可大大加深摄影作品的意境和内涵。

在数码摄影的实际拍摄中，可通过采用多种多样的方式运用对比的手段，如大小对比、虚实对比、明暗对比、疏密对比、动静对比、色彩冷暖对比，以及线条曲直对比等。

对比手段的应用要注意必须为创作的主题和突出的被摄物主体服务，为深化作品的思想内涵而选择使用，不然就失掉了对比的意义。

摄于北京延庆，天空白云与地面白色建筑群形成对比呼应，强化了作品主题内涵
F:40mm f:10 T:1/800 ISO:400

摄于河北蔚县，封建社会中的官与现代的民、高与低是对比要素

多样统一、变化和谐

　　艺术的表现方式是多种多样的，但过多盲目的在同一画面中使用各种技巧有时并不一定会收到好的效果，相反还会使画面变得杂乱无章，甚至给观众带来喧宾夺主的感觉，因此在表现方式多样化的基础上，还要注意总体上的统一。统一的原则就是要考虑在同一画面中众多的被摄物之间，除了有外在的特性和差异之外，还应有一定的内在联系，即使外形也会有同形异构、异形同义等方面的碰撞。如果摄影人能发现和挖掘这些内在相互之间的关系，并把它们根据主题的需要而巧妙地组合在画面中并合理地利用起来，就会使摄影作品的内容和表现形式得到完美的统一。

北京王府井大街，广告与行人形成趣味性和谐统一
F:24mm f:8 T:1/400 ISO:400

提示：

本页插图中三幅作品都考虑到了变化与统一问题。左下图中广告画上人物与街上行走的人形成对比统一；右上图水中野鸭与岸上剪影人物暗示出人与自然的和谐相处；右下图孤独的老人与老年夫妇形成强烈对比，也意在表现人与人之间互助和谐的关系。

北京延庆野鸭湖

　　世间万物都处在运动状态中，运动的过程要不停地变化。在摄影创作中，把运动和变化的过程记录下来会使我们的图像富于动感。而事物运动的最终目的是趋于达到一种相对的平衡状态，这种相对稳定的状态即是和谐，和谐是人类追求的最高理想境界。在艺术表现形式的运用中，同样也存在变化与和谐的辩证关系，缺少变化就显得死板、单调，没有统一又会让人感觉杂乱无章。传统的美学原则是追求稳定、愉悦、甜美和圆满，也即是和谐的境界。但在艺术表现方法中，有时为了反映在追求圆满与和谐的道路上又必须经过艰难曲折的奋斗和不平凡的经历，还要表现发现矛盾和解决矛盾的办法，因而在画面中会出现一些看似不对称、失均衡、不合比例的影像，也是正常和必要的，特别是在现代艺术作品中更为常见。但这样的表现形式最终目的还应是为了表达对进步、光明与和谐的渴求，否则只能认为是毫无意义的猎奇或故弄玄虚。

德国街头

拍摄角度的选择

F:10mm f:11 T:1/1000 ISO:400

F:70mm f:11 T:1/1000 ISO:400

这两幅照片均拍自国家体育馆"鸟巢"工地，上幅意在表现工程的宏伟与壮观，下幅意在表现这是在中国举办的世界体育盛会，故选择具有代表性的中国石狮为前景

当我们举起手中的数码相机准备拍摄一个对象时，首先面临的问题是角度的选择。拍摄角度一般应包括拍摄方向、拍摄高度和拍摄距离三个方面。

拍摄角度的选择正确与否对作品创作的最终成败起着关键性作用，因为在我们准备拍摄的现场会呈现出十分繁杂的景或物，有的物体与我们想表达的主题有关，但更多的物体可能与主题无关，有的杂乱物如摄入画面或在画面中形体过大反而会削弱我们对主体的突出，进而不利于对主题的表现。因此我们可以通过对不同的拍摄角度进行比较和选择，寻找出一个最能表达我们创作意图的最佳角度来。

在拍摄角度选择的过程中，还要注意以下二项重要原则：第一是必须遵照真实的原则，不要对现场进行过多的摆布和加工，使现场失去真实气氛，这样拍摄出的照片也就不会感人；第二是要注意，除在画面中应突出主体外，有时还需要在四周摄入一些渲染氛围和交代环境的陪衬物，以使作品能载入更多的有用信息。这些陪衬物会对我们加深理解作品主题，以及进一步了解拍摄时所处的环境状况都十分有利。

■ 选择拍摄方向

拍摄方向一般可分为正面方向、斜侧方向、侧面方向以及背面方向四种，指的是数码单反相机镜头所对准被摄物体的方向。

拍摄方向的选择是否合适对摄影创作的最终成败起着十分重要的作用，考虑的原则首先是选择最能形象、完美地表现被摄主体特性的最佳方向，其次是从用光角度选择一个最佳方位。

一般来讲，正面方向拍摄可以展示

德国街头，采用背影与广告画更具对比性
F:62mm f:4.5 T:1/80 ISO:400

被摄物体的全貌或主要特征，能突出被摄物体的恢宏气势和对称均衡美，这种特性在表现建筑物体时更显突出。无论是拍摄建筑还是拍摄人物，正面方位都往往给人一种平和、安静、庄重、严肃的感觉，但缺点是画面显得比较呆板，缺乏立体感和动感。

侧面方向拍摄有利于表现被摄物的运动方向和动作姿态，勾画被摄人或物的外部轮廓，如拍摄人物剪影时最适合选取侧面角度。但侧面方向拍摄也容易给观者产生死板、缺乏动态的感觉。

斜侧面方向拍摄可以弥补从正面和侧面拍摄的不足，能最好地表现被摄物体的立体感和动感，使画面显得更生动、

更活跃。斜侧面方向拍摄还有利于表现画面的空间感和透视感，这一特点无论是在拍摄人物肖像还是在拍摄建筑风光时都十分有用。

从物体背面拍摄的角度比较少用，但运用得好，又能收到不一般的艺术效果，能更含蓄地表现主题，给欣赏者留下更深远的想象空间。

中国佳丽，用平视更显亲近

选择适合的拍摄高度

在拍摄方向选定之后，还要考虑一下对拍摄高度的选择。拍摄高度一般可分为平角度拍摄、仰角度拍摄和俯角度拍摄三种形式。

平角度拍摄是指以拍摄人的视觉高度水平向前取景，镜头所摄取的景物与平常人的视觉习惯基本一致，能让观者产生一种平易近人的亲切感，在表现人物之间平等交流、和谐相处时常被采用。这种角度拍摄一般也不易产生较大的镜像畸变，地平线也不会发生严重的弯曲现象。但平角度拍摄一般会使画面显得平稳单调，不易产生更多的变化和视觉冲击力。

仰角度拍摄是指把相机镜头从视平线以下向上仰视取景拍摄。利于表现高大雄伟的人物或景物，传达作者对被摄主体的敬仰、歌颂情感，突出被摄物体的庄重、威严、神圣的外在形象。仰角拍摄可以选择天空、墙壁等景物做衬底，以利于简化背景，突出主体。

俯角度拍摄是指从视平线位置从上向下俯视拍摄。拍摄风光或建筑时有利于表现被摄景物的深远感觉和层次感，也适于登高向下拍摄大场面的一类景物，如城市广场及开阔的山地。航空拍摄一般也必须采用俯角度来完成。俯角度近距离拍摄人物会带有强烈的感情色彩，能表示一种对被摄人蔑视、丑化的情感，过去常用来表现反面人物，但用得过多，也会带来形式僵化的效果。

金山岭残长城，平视显得更贴近

清东陵，采用俯拍更能表现建筑群的宏大与深远
F:10mm f:8 T:1/1000 ISO:400

用长焦拍摄能简化人物背景，使人物面部更突出
F:100mm f:13 T:1/100 ISO:400

出相近的大小，但在景深、空间感、立体感、色彩饱和度方面都会有不同的差异。

靠近主体拍摄的影像景深大、空间感强，立体感也强，色彩饱和度也高，但也容易产生变形。用长焦拉近拍摄时效果则相反。究竟采用哪种方式更好这要由主题的需要来决定。一般如果想强调环境气氛，表示对主体物的近距离关注时应采取使用较短焦距的广角镜头靠近主体去拍摄，在拍摄新闻或社会纪实作品时多被使用；而如果想使拍摄出的被摄物主体不变形，同时又不想将主体物四周过多的杂乱物品摄入画面，这时可选用使用长焦距镜头把被摄物拉近的方法来拍摄。

当使用同一支镜头拍摄取景时，也存在与被摄主体距离远近的问题。距离远视觉范围大，主体占画面比例小，环境陪衬物会多些；与主体距离近则主体占画面面积较大，形象突出，但环境氛围会差些。如果距离极近则可能只会拍摄到主体外部形体的局部，也就是我们常说的"特写镜头"。

■ 构图的"加法"与"减法"

在讲构图原则时，常会听到"绘画构图是做加法，摄影构图是做减法"的理论。意思是说绘画画面中的每一个物体都是由画家一件一件加上去的，但摄影家在拍摄时却要根据主题需要选择要表现的主体，然后尽可能把与主题无关的物体排除出画面，以达到画面简洁、主体突出，故做的是减法。

其实，这种说法有一定道理，但也不完全正确。首先，摄影构图并不像绘画构图那样随心所欲，想加就加、想减就减，而是受客观限制只能在一定范围内取景，有的想加未必能加上，有的想减也未必能减去；其次，根据主题的需要，摄影构图考虑的原则也不是一味地做减法，为了交代环境、渲染气氛，有时也要做

些必要的加法，尽可能将有用的信息多记录一些，为主体起重要的陪衬作用，这种做法在拍摄社会纪实类作品时多被采用。

当然，在拍摄人物肖像、静物、花卉、风光等一类艺术作品时，尤其是可以通过适当摆布的方式安排画面时，减法构图的原则还是很适于使用的。

用逆光拍公路，将杂乱的景物隐藏在黑色中，起到"减法"作用

表现交通协管员，需加入一些行人身影，才能说明设置这一职位的重要性

李泉 摄
F:70mm f:4.5 T:1/125 ISO:400

横画幅、竖画幅与方画幅

一般我们所使用的数码单反相机无论是全画幅还是非全画幅，影像传感器的长与高之比都近似黄金分割法，如同135胶片的长方形比例。在这种情况下，拍摄出的照片画面尺寸比例也为近似黄金分割法的长方形形状。

在实际拍摄中考虑构图效果时，首先会遇到对镜头前的景物是采用平握相机横构图取景好，还是将相机立起来采用竖构图取景好的问题。因为人的两只眼睛是处于水平方向的，故对横画幅看起来比较习惯，且横画幅看起来比较宽阔、平坦、稳定，观者感觉会更自然、舒适。所以在拍摄水面、草原等地平线等平直一类的景物时非常适用。而竖画幅则有利于表现垂直线特征明显的一些景物，能加强被摄物体的高大、雄伟、挺拔、庄严的特性，对拍摄高大的现代建筑物、陡峻的山峰、笔直的树木等内容的作品非常适用。方画幅有人称其为"才子构图"，在使用传统120胶片相机拍摄12张画面时被采用，如120双镜头海鸥牌、进口瑞典哈苏单镜头反光相机都是采用方画幅

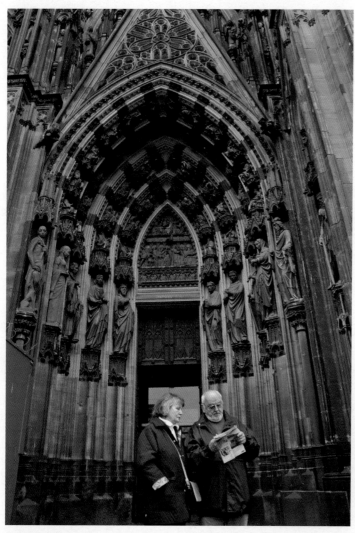

德国科隆大教堂
F:18mm f:5.8 T:1/30 ISO:200

构图的。现在我们使用的数码单反相机没有这种方画幅构图方式，但也有的影友通过电脑加工剪裁也可获得方画幅构图形式的作品，只是传感器面积利用率就大大减小了。方画幅既照顾了水平线特征，又不失对垂直线的表现，使得构图总体感显得较为严谨，其形式也具有一些现代感的味道。

夏日九寨沟
对于数码单反相机来说，常用的画幅只能是横幅式立幅，方画幅只能通过剪裁画面来取得，但因数码单反相机像素有限，过多剪裁肯定会失去很多像素，使照片不适宜再放得尺寸更大，因而我们在用数码相机拍摄时应尽量一次将构图考虑完善，充分利用有效像素，避免后期过多剪裁

河北丰宁坝上秋色
F:38mm f:5.8 T:1/600 ISO:400

F:210mm f:5.6 T:1/500 ISO:800

常用的摄影构图形式

　　摄影也属于平面艺术范畴，构图的基本元素也离不开点、线、面的组合。而点、线、面在摄影作品画面中的组合构成，会对观众的心理感受产生一定的影响，因而要知道一些有关视觉和心理学的基本知识，我们在以下对摄影构图常用方式的研讨中，也会涉及一些这方面的内容。

F:16mm f:16 T:1/1000 ISO:400

中心点构图

在摄影画面布局中，我们有时可将在画面中所占面积不大，但又在拍摄内容中处于重要位置的人或物看作一个点。如何将这个点放在最理想的位置，以达到突出主题的目的，是我们考虑构图的一个重要原则。

"中心点构图"就是将画面中这一重要的"点"放在整个画面的正中央。当被摄物体作为一个点位居画面正中央时，它易给观者产生一种最稳定、最平衡和最缺乏动感的印象。这个位置也最能引起观者的注意，使主体被摄物位置上升到中心的主导位置。一般在拍摄群体人物合影时，处在中心点位置的应是核心人物。

由于处于中心点位置主体相对稳定和缺乏动感，所以在摄取运动中的物体时尽量不要把它放在画面的中心。

F:135mm f:5.6 T:1/600 ISO:400

河北省张北风光
F:52mm f:11 T:1/800 ISO:400

水平线构图

水平线构图是使用数码单反相机拍摄在取景框中与横向相平行线条为主的画面时常使用的一种构图方式。多用于表现较为平坦的景物，如江河湖面、雪地草原、横向较长的建筑物等。拍摄时必须采用水平握持的取景方式，以保障画面水平线的平直。

水平线构图的画面易使人产生辽阔、平稳、安定、舒适的感觉，总体表现比较平和，如与选择的拍摄内容相吻合，则能收到良好的表现效果，初学摄影的人常采用这种构图方式。

但这种构图方式也有不足之处，如由于主要线条过于平直，因而视觉上会感到平稳有

余而动感不足，在表现有运动物体的画面时尤为显著。

水平线构图的画面中可以以一条平行线为主，如风景题材中的地平线，也可以以多条平行的直线组成图案式的画面，使照片显得更优美别致。

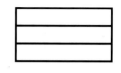

辽宁省辽河红海滩

河北省张北
F:145mm f:8 T:1/800 ISO:400

内蒙古扎兰屯柴河向日葵田地
F:500mm f:8 T:1/600 ISO:400

青海湖畔
F:52mm f:13 T:1/1000 ISO:400

从北京鼓楼上遥望钟楼
F:28mm f:11 T:1/200 ISO:200

垂直线构图

垂直线构图的画面是以竖向直线条为主的一种布局方式。其特点是易于表现被摄物体的高大、雄伟、挺拔和神圣的体态。比较适于拍摄高大笔直的树木、雄伟的建筑、陡峻的山峰以及直立高大的人物等内容。

垂直线构图易使观者心理产生一种高大、伟岸的肃穆感。垂直的线条也会使人联想到稳定、宁折不弯的拟人性格描述，故运用得当会强化对主题的表现，宜于抒发主观的内心情感。但如运用不当，也会容易给观者产生过于死板、缺少变化和动感不足的心理感受。

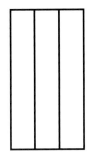

北京西山植物园
F:44mm f:11 T:1/25 ISO:200

斜线及对角线构图

去河北围场坝上途中
F:70mm f:11 T:1/800 ISO:200

水平线和垂直线构图都会给人一种相对稳定平和的感觉，而斜线和对角线构图则会使人产生一种不稳定的动感。这是因为水平线和垂直线会让人联想到直立或躺下的木杆一类物体，在这两种状态下最稳定，不会移动或发生变化。而斜线则不然，它会使人联想到将要倾倒或正在倾倒的树木或建筑，以及跌倒要躺下的人体等形象，故带有十分强烈的动感和不稳定感。因而在表现带有一定动态形体的画面时，使用斜线构图是十分适宜的。

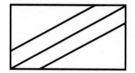

提示：

有时画面平视并没有斜线，只有水平线，为了活跃构图、增加动感，我们可将相机倾斜一定角度拍摄，产生斜线构图效果。在拍摄人物肖像或花朵等题材时非常适用。

河北省山海关城楼
F:25mm f:11 T:1/125 ISO:200

对角线构图虽然也是以斜线方式出现，因其将画面生硬地分为倾斜的两部分，显得过分生硬与死板，故不宜轻易使用。但如与拍摄的主题配合得当，也会收到不一般的绝妙效果。

对角线构图的另一特点是运用得当会使画面主体产生一种由近及远的延伸感觉，当然这与拍摄的内容和题材有很大关系，在表现由近及远的山地、桥梁建筑等题材时多被使用。

杂技女演员在练基本功
F:52mm f:8 T:1/300 ISO:400

北京潘家园工艺品市场在扩展新区
F:27mm f:8 T:1/500 ISO:200

曲线构图

弯曲的线条形式多样，但在摄影中常用的是"S"形曲线。曲线与直线相比，会给人一种活泼、扭动、灵活的感觉，这也许是因为弯曲的小河、扭动的身体，都是以"S"形弯曲的线条呈现，而这些事物都具有很强的动感，所以曲线能使观众产生灵活、扭动的意象联想。

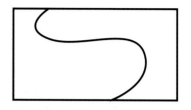

呈"S"形体态的少女显得格外天真活泼
F:145mm f:48 T:1/250 ISO:400

曲线构图同样也会使被摄物体产生一种有方向性的延伸感觉，适于强化画面的空间感和透视感。 因此，曲线构图适于在拍摄崎岖的山间小路、弯曲多变的溪流小河，以及扭曲着身体婀娜多姿的舞者时使用。

多重曲线的叠加或重复，还会增强画面中的节奏感和韵律感，大大强化了画面的视觉美感。

秋天的丰宁坝上风光
F:110mm f:8 T:1/250 ISO:200

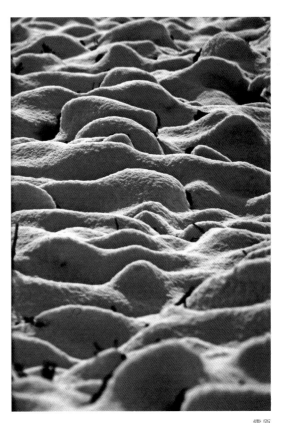

雪原
F:200mm f:11 T:1/2500 ISO:200

提示：

用望远镜头压缩景物空间感，可使大地"S"形线条更突出，如上图坝上秋天的大地与下图雪后的田间，都是例证。

放射式和延伸式构图

　　放射式构图是由摄影画面中一点开始向四周扩展出若干个以线条为主结构的构图方式。这种构图形状有点像绽放的节日礼花，呈有规律性的变化，具有极强的图案美效果。

　　由于放射式构图多以一组不同方向的斜线组成，所以这种构图也适于表现较强的空间感和由近及远的延伸感。如果画面只取放射式构图的一个局部，那么就会形成另一种延伸式构图形式。无论是放射式构图还是延伸式构图，由于它们都离不开斜线的出现，故都具有一定的动态蕴藏，能够使画面显得活泼且具有一定的向外扩散性动势。

　　在实际拍摄中放射式构图使用机会并不多，但在表现一些植物花卉和叶茎时可能会使用，仰拍或俯拍大地或建筑屋顶等题材，如出现放射式图形时也可能需要使用。延伸式构图使用的机会要比放射式构图多得多，但也是在仰拍或俯拍时更宜于使用。

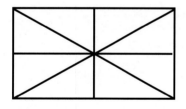

青海湖畔的经幡
F:10mm f:11 T:1/600 ISO:200

三角形构图与倒三角形构图

前面讲到的几种构图方式都是以线条为构成元素，而三角形构图和倒三角形构图则是以形状和面积为构成元素。

三角形上尖下宽，给观者带来一种极稳定、不易推倒的感觉，而且三角形为左右中轴式对称，所以这种构图也使画面显得极其均衡和谐。三角形构图在拍摄山脉、高大建筑以及表现雄伟

北京普渡寺大殿
F:15mm f:8 T:1/320 ISO:200

故宫角楼及筒子河
F:10mm f:11 T:1/125 ISO:800

强壮的人物身姿时常被选用。在实际拍摄中，有时也会在同一画面中出现由几个三角形重复叠加构成的影像，如果布局处理得当，这也能使画面增添不少图案美和韵律感的乐趣。

　　倒三角形与正三角形相反，会给人一种不稳定、即将倾倒的感觉。如果斜放，则又能产生冲击、前进、极富动感的心理反应。因此，在实际拍摄过程中，我们应该根据主题和拍摄内容选择相机的合理取景定位，将具有三角形构图元素的画面表现得更合创作者的主观意图。

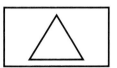

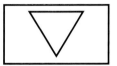

哈尔滨太阳岛上新建大桥
F:10mm　f:8　T:1/800　ISO:800

圆形构图

中国人认为圆形是象征吉祥的图形，代表着圆满、美好、和谐与统一。这种理念可以从"花好月圆"、"平安团圆"、"大圆满"等词语中得到很好的印证。圆形又象征着灵活、机智的策略，与方形象征着原则形成对比。中国自古对宇宙的认识就有"天圆地方"之说，故圆形又代表着宇宙天空。北京天坛是祭天的地方，其主要建筑设计为圆形。

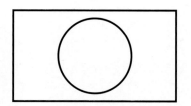

在摄影构图法则中，圆形构图的内在涵义也与上述中国传统理念紧密相连，因而在拍摄过程中，若遇到与上述主题有关的题

F:40mm f:5.6 T:1/600 ISO:200

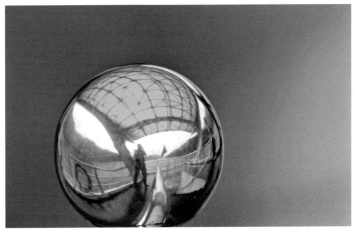

千岛湖游船上的电镀球柱
F:210mm f:8 T:1/600 ISO:800

材，如能选择圆形构图将会得
到良好的效果。

圆形构图在拍摄花卉、建
筑、人物活动等内容时经常会
被采用。另外，圆形构图中的
"圆"有时也会以"椭圆"的
形状出现，但表现效果是一样
的，这主要与拍摄时选取的视
角有关。

连心荷
F:70mm f:4.5 T:1/600 ISO:200

德国海德堡古建筑

隧道式构图

隧道式构图是近几年才被摄影人所重视的一种方法。其实在中国传统绘画实践中早就有使用例证，比较常见的应用是在陶瓷画片中，画师先构画出一个椭圆形或其他的一个封闭形轮廓，然后再在轮廓中画出人物或山川、走兽等有关内容的画面，称之为"开光"画法。在摄影构图实战中，取代椭圆形或其他封闭式画框的物体改用近景中隧道式建筑结构或类似隧道形天然的地形地貌等物体，其作用首先是使得杂乱的画面影像避免分散、变得更加集中合拢；其次是利用隧道式结构有向远处延伸的方向性视觉感，以增强画面的深远感和空间感。

隧道式构图多在拍摄建筑、风光以及环境人像一类题材时使用，且多以较强的明暗对比方法和一闭一开的透视形式呈现。

哈尔滨古教堂广场建筑
F:10mm f:10 T:1/1250 ISO:400

棋盘式和井字形构图

如果摄影画面中由几条水平线和几条垂直线相组合，形成一幅棋盘的样子，我们就称之为棋盘式构图。棋盘式构图有很强的图案效果，且具有一定的格式化规律性。棋盘式构图的另一特点是适于表现辽阔宽广的场面，而且带有强烈的人工美，有浓厚的构成意味。

如果在棋盘式构图中只取局部很小的一部分，图案中会以"井"字形出现，这时我们也可将这种构图方式称之为井字形构图法。无论是棋盘式构图还是井字形构图，在图案中如有人或动物出现，则也都会给人一种关闭、束缚、制约的意象联系。

有的摄影技术书中，将无规则同类均匀分布于画面的方式也称为棋盘式构图，但有些人认为，这种方式称为散点式更为恰当。

北京798厂艺术家
F:48mm f:8 T:1/40 ISO:200

北京夕照寺建筑工地
F:37mm f:13 T:1/400 ISO:200

德国海得堡古堡
F:28mm f:4.5 T:1/1000 ISO:200

"留白式"构图

　　有时，在摄影画面中，根据主题的需要，有意空出很大的一块面积不做任何内容安排，形成看似无主体的空间，但实际上这块"留白"是起一种含蓄、任观众根据主题发挥联想空间的作用，对于这种构图方式，习惯上被称为"留白式"构图。

　　有必要指出的是，所谓"留白"并不一定是只留下白色空间，根据画面内容和主题需要，也可能空留的是黑色、灰色或其他带有一些无主题的影像部分，在这部分面积中虽无主要内容出现，但却与画面中主体人或物有着一定的内在相连关系。

　　在中国传统绘画理论中，就非常讲究"留白"的艺术布局方法，也有"意到笔不到"的含蓄表现形式，其作用与摄影留白式构图方法十分相似。

北京菖蒲河新建四合院

浙江栖塘小巷
F:14mm f:5.6 T:1/4000 ISO:800

PART
05 数码摄影题材分类与拍摄技巧

如果我们想用手中的数码单反相机创作出一些优秀的摄影作品，首先面临着一个必须解决的问题，即什么样的摄影作品才是优秀作品，也就是说一幅优秀的摄影作品应该具备哪些条件。只有明确了这个问题，才能使我们在实际创作中解决拍什么、怎么拍的一系列艺术创作问题。

首先，应该明确艺术的评价标准，虽没有绝对的定律式条例，但在艺术的实际创作中和审美赏析过程中，又可以归纳出一些具有规律性的原则，把握住这些规律，并在实际拍摄时灵活地运用，就可以为我们能拍摄出一幅优秀摄影作品提供有力的保证和理论的依据。

集笔者几十年的创作经验和担任多次暨大摄影展览的评委的经历，现粗略地总结出以下几条标准，分别简述如下，仅供大家参考。

F:50mm f:8 T:1/300 ISO:400

一幅优秀数码摄影作品的衡量标准

选题好，主题深

　　要想拍摄出一幅好的摄影作品，首先要有一个好的选题。选题不一定都是重大题材，但也决不排除重大题材能拍出传世佳作的可能性。选题应从身边最熟悉的生活中去观察和发现，从平凡中捕捉不平凡的瞬间。有时"珍宝"就藏在我们身边和脚下，只因为我们司空见惯，因而没有被我们发

南通古运河畔

现和挖掘。

　　我们时常也会行万里船、走万里路，求新奇、找冷门，虽然可能在"新鲜"题材的作用下取得"风光"一时的效果，但如作品反映的主题肤浅，最终还是会经不起岁月的考验，在大浪淘沙中被世人遗忘。

　　选题好、主题深，是指我们的摄影作品要具有健康的思想和活的灵魂。摄影艺术作品是要通过画面影像向读者传情达意的，传什么情，达什么意？里面就有一个格调高低问题。我们要对读者负责，对后人负责，就一定要选好表现的主题并尽可能使主题深化。

望子成龙
F:90mm f:8 T:1/200 ISO:400

北京崇文区胡同

内容真实、可信、感人

　　摄影艺术虽然也属于平面视觉艺术，但与绘画艺术最大的区别就是摄影具有一定的"纪实性"。同样一种事物，如果出现在绘画作品中，观众可能认为是画家根据想象创作出来的，生活中不一定真实存在；而如出现在摄影作品中，观众就会认为它是真的，是摄影师从真实生活中记录下来的影像。因而，无论是新闻摄影还是艺术摄影，都必须把真实性放在第一位。再好的一幅摄影作品，如果真实性出了问题，就会失去感人的艺术魅力，变得毫无价值。新闻纪实类摄影作品必需在真人、真事、真场景中，提倡"抓拍"的方式。即使一些可以经过适当摆布、加工的非纪实类艺术创意摄影作品，也要遵循"艺术真实"的原则，力求符合自然的规律，只有这样，拍摄出的艺术摄影作品才会感人。

　　对于数码摄影来说，因为无论是在拍摄中还是在后期电脑调整中，都可以通过很多方式改变拍摄的原始影像，因而我们必须掌握一个原则，即根据我们的创作意图可以对原始影像进行必要的调整，但一定要有一定的"度"的约束，切不可违反"艺术真实"的大原则。

内蒙古新牧民

提示：

有些社会纪实类作品主要以情感人，重在内容好和情节真实，故不一定追求过高的形式美表现，如上图意在表现草原牧民新生活，用数码相机在拍照；右图意在表现为了使首都人民生活得更好，很多人为此付出了辛勤的劳动，画面虽没有美的形式，但有美的精神。

北京东城，抢修工人在抓紧时间休息
F:10mm f:5.6 T:1/200 ISO:100

要有相适应的艺术表现形式

摄影作品之所以可以成为艺术作品，艺术表现形式起很大作用。虽有好的内容，但缺乏必要的艺术形式表现，作品也不会引人注目，只会流于单纯的机械式记录，也就失去了艺术的感人魅力。

摄影艺术除与绘画艺术有一些共同的艺术表现形式外，还有自己独特的表现语言，如对光影的运用、独持的构图法则，以及对作品整体的影调控制等方面的内容。

对艺术表现形式的合理运用是对"艺术美"追求的体现，但对"艺术美"的理解一定要宽泛，不能只停留在"好看"的简单层面上。有的摄影作品不一定"好看"，但因其立意深远、题材重要、视觉冲击力强，也可能成为传世佳作。当然，对于一些带有更多愉悦性的风光花卉类摄影作品来说，采取"唯美"的原则并没有什么不妥。由此说来，内容与形式之间确实存在一个合理搭配的问题，合理搭配的原则就是一切要为突出作品的主题而服务。

我们在讨论艺术功能时，常强调艺术形式要服务于内容需要，要尽量做到内容与形式的统一，其中内容是占第一位的。但在有些艺术小品中，形式也能似乎突出地单独存在，并能满足人们的审美需求，在摄影艺术创作中，这样的作品也并不少见，但笔者认为它们最终都多少带有一定的内容存在，只不过在审美过程中已变得不太重要了

水的肌理
F:110mm f:5.6 T:1/1600 ISO:400

不易消失的印象　李泉　摄
F:25mm f/1.1 T:1/6 ISO:1600

辽宁辽河湿地，野生蟹产地。采用超广角镜头低角度拍摄
F:10mm f:14 T:1/600 ISO:400

主体突出，有较强的视觉冲击力

其实，这二项原则也应属于艺术表现形式范围之内，只是对于摄影艺术而言，这二项原则更显得重要些。摄影不同于绘画，需要什么画什么，不会喧宾夺主。摄影是真实记录镜头前所有的存在事物，难免会出现喧宾夺主现象，使想要表现的主体不够突出。因而摄影有必须会使用"减法"构

拔河争夺赛
F:18mm f:11 T:1/160 ISO:200

兰州黄河羊皮伐
F:16mm f:5.6 T:1/60 ISO:400

图之说，意思是在拍摄时应尽量将与主题无关的事物避开，不要摄入画面，或把它们放在不太突出的位置上。

　　所谓"视觉冲击力"，是指能吸引观众眼球的强烈视觉感，包括对主体的突出、构图时使用的各种对比方式以及对主体影像做适量的变形夸张等手法。视觉冲击力的做法在新闻纪实类摄影作品中更显重要。

风光摄影

日出与日落

在风光摄影的拍摄过程中，有一种"全天候"的提法，是说对于有经验的摄影师来讲，在一天24小时之内，不管天气如何，只要用心，都有可能拍摄到不一般的风光佳作来。但在一般情况下，一天24小时中，日出日落时分是拍摄室外自然风光中的最佳时刻。因为只有这两个时刻太阳由于受大气层影响，色温较低，会呈现出美丽的橙红色，如果再有幸遇上变化多彩的云霞，更会使拍摄的画面精彩万分。

日出日落时分拍摄难度较大，主要体现在正确曝光的技巧上。原因是受两大方面的影响：其一是天光明暗变幻迅速，无论是日出还是日落，真正适于拍摄、能出最佳效果的时间也只不过十几分钟，因而必须早做准备，争取拍摄时心中有数，手脚不乱；其二是此时天空与地面光线强弱变化快

伊春库尔滨河谷，太阳未出时，因有霞云反射光而使画面光比较柔和
F:135mm f:4.8 T:1/60 ISO:400

拍摄日出时应牢记：要按太阳亮部为曝光点，否则会因曝光过度而使太阳成一片白

且反差很大，给测光选择参考点带来困难，如按地面景物曝光，天空部分会失掉层次和色彩，照片也就没有了特点；如按天空亮部曝光，地面部分又会黑成一片，没有了层次。我的拍摄经验是应以表现天空部分为主，让太阳和云彩的层次及颜色得到较好表现，地面部分可采取人工光补助或在后期电脑PS加工时做适当提亮调整。当然，此时如能使用一片明暗渐变滤色镜也可以较好地解决这一问题。

　　在实际拍摄过程中，还应知道在太阳出升前或太阳落入地平线后的几分钟之内也是拍摄佳作的良好时机，此时太阳已移出画面，由于天光的反射，天空与地面光比反而会比有太阳时要小些，更利于曝光。

　　在拍摄日出日落景色时，对环境和前景的选择也很重要，如果能利用起伏的群山、有反光的大海或湖泊，拍出的效果会更理想。

内蒙古草原傍晚，曝光应以天空亮度为准，地面可经过后期电脑加工适当提亮
F:116mm　f:5.6　T:1/30　ISO:400

内蒙古扎兰屯火山湖地貌，日落时分，因有湖面反光使画面显得明亮
F:16mm　f:8　T:1/400　ISO:400

森林与山川

拍摄森林与山川主要应表现出宏伟的气势，应像音乐中气势磅礴的交响乐，给人以强烈的震撼。

森林一年四季特色分明，无论任何季节都能拍出佳作。但在构图时应注意避免单调，除了表现树木排列的节奏与韵律外，还要注意疏密变化以及对空间透视深度的表现。

在特殊天气下拍摄森林也能收到意外的效果，如在雨雾中拍摄，透视感会更强，也更显幽静雅致。

拍摄山川要注意选择角度，当然这是件很辛苦的事情，不然拍出的作品很容易流于一般。日出日落或云雾变幻时也是拍摄山川的良好时机。登高俯拍很适于表现山川的宏伟，特别值得一提的是，有时我们乘坐民航客机飞翔在天空时，如遇到飞翔在山川之上时，通过窗孔也可以拍摄出不错的表现山川的作品。

密云水库边的群山
F:116mm f:13 T:1/400 ISO:400

从民航机上俯拍冬日群山
F:70mm f:8 T:1/1600 ISO:400

黑龙江省黑河林区
F:10mm f:8 T:1/300 ISO:400

北京怀柔山区夏日白桦林
F:90mm f:5.6 T:1/100 ISO:200

内蒙古扎兰屯柴河林区，逆光，从行走的汽车上快速抓拍而成
F:35mm f:8 T:1/1600 ISO:400

北京延庆松山水坝
F:20mm f:11 T:1/600 ISO:400

溪流与瀑布

溪流与瀑布一般都分布在群山峻岭中，拍摄时首先应选择一个好的角度。选择的要点是首先要考虑地形应有的变化，或高低错落，或曲折宛转，以使流水有激浪或有深远感；其次是要决定拍摄机位的高低，是选择俯拍还是仰拍，一般仰拍更易表现瀑布的高大和冲击力，有夸张的效果；再次应考虑环境的光线效果，如有树影投射下来则明暗光比不宜太大，以免拍摄后画面出现花斑，这样会显得杂乱，而且水流也会欠突出。若在多云天或其他散射光照射下拍摄效果会更好，但也应考虑选择一处流水与岸边有一定明暗对比的场景，以使流水在暗背景下更加明亮突出。

拍摄溪流与瀑布另一个艺术表现技法就是对数码单反相机快门速度的选择。使用不同的快门速度拍出的画面效果是不一样的。如果使用较高速度的快门拍摄，流水将被瞬间凝固，浪花、水珠表现得很明显，富有一定动感；如果选用较慢的快门速度拍摄，流水将呈现出一束白绢从天而降的效果，也似轻纱在舞动飘荡，别有一番韵味。当然，在使用慢门拍摄时，必需使用一个稳定的三脚架。

F:10mm f:13 T:1/30 ISO:400

F:10mm f:14 T:1/15 ISO:400

拍流水可将相机架在三脚架上，变幻不同速度试拍，会出现不同效果，如采用1/1000s、1/30s、1/2s、2s⋯⋯
试试看，别有趣味

湖泊与大海

湖泊与大海虽然都是由大面积的水面组成，但在气势和特性上却有很大的差别。湖泊面积较小，且与四周地形地貌融合在一起，特性更突出些。如高原湖泊与平原上的湖泊差别就很大，而同是高原湖泊，咸水湖与淡水湖颜色又有差别，咸水湖更蓝更暗些。

根据以上特点，拍摄湖泊一定要和四周景色结合起来，即要表现"湖

拍大海波涛可用长焦，要注意防止海水打在相机上

云南大理，湖光配奇云更有魅力

青海湖鸟岛
F:19mm f:11 T:1/1000 ISO:400

浙江普陀山海滩之晨
F:10mm f:8 T:1/400 ISO:400

四川九寨沟，平静与绿是最大特点

北京延庆妫河公园的傍晚
F:95mm f:16 T:1/1000 ISO:400

光山色"，也就是要抓住不同湖泊的不同特点。如青海湖的鸟岛、九寨沟湖边的丛林、太湖上的帆船……都有各自的特点。

如果湖泊表现是以"静"为主，那么海洋则是"喧闹"和"动荡"，

不过海洋也有平静的时刻，但仍会有细浪起伏和涛声阵阵。

在海边拍摄一定要注意保护好自己的相机，因海水中含盐碱比较多，对金属器物腐蚀比较厉害，相机一旦受海水浸湿，极易损坏，特别是数码相机，里面的电子元器件更易受海水的浸蚀破坏。

云雾与闪电

    云与雾是有区别的，在平原上，云的位置比较高，且变化多端。而雾一般比较低，特别是晨雾，几乎贴着地面，此时如站在高处向下拍摄，飘浮如烟的薄雾会给画面增添不少生气。在高山上，夏日暴雨之后极易升起云雾，这对拍摄气势宏伟的风光作品极为有利，但这种机会有时不易遇到。不过现在通信发达，不少影友也想出不少办法，如北京不少喜爱拍摄长城的影友，就与长城脚下的老乡建立了电话联系方式，一遇云雨天，就向老乡询问长城附近的天气情况，一旦得知有云雾升起，便驱车前往登山拍摄，这样可做到十拿九稳。

    登高拍摄云雾一般都是清晨最宜，特别是春秋季节，早晨较凉，雾易生成，一到太阳出来，温度升高后，薄雾即会散去，因此想要拍摄出带有晨雾的风光佳作，一定要早起早行，不可懒惰贪睡。

    云在夏季变化比较多端，古诗有"夏云多奇峰"的说法。将奇云摄入画面，一方面可以使大面积的天空有了要表现的内容，避免了构图的空洞和单调；另一方面又可使画面变得活跃、充满动感和活力。

    闪电也是摄影很好的拍摄题材，只是难度大些，关键是闪电出现速度极快且无规律，不易捕捉到，须支上稳定的三脚架，用小光圈慢速度去碰运气，好在现在使用的数码单反相机，不必像当年使用胶片舍不得多拍，我曾见到一位老者拍摄了一幅很不错的闪电作品，他告诉我这是从他拍摄的近千张闪电作品中挑选出来的，可见"功夫不负有心人"。但有必要向影友提示：在空旷和高处拍

内蒙古扎兰屯柴河林场之晨
F:70mm f:8 T:1/2000 ISO:400

闪电时一定要注意防止雷电袭击，尤其是使用金属三脚架的时候，因为三脚架很容易引来雷电。

拍摄云雾时，如能在镜头前加用一片偏振镜，效果有时会更好。

拍摄闪电须先选择适合场地，等有雷雨夜晚到来时支上三脚架用慢门小光圈抓拍，在空旷地一定要注意防雷击危险

湖北武当山，缭绕的云雾是朝拜者燃烧的香烟
F:110mm f:13 T:1/160 ISO:200

F:10mm f:11 T:1/800 ISO:400

雨景与彩虹

拍彩虹可在镜头前加用一片偏振镜，效果会更好

平常我们外出拍摄风光，总希望遇上一个蓝天白云式的好天气。如果遇上阴雨天气，会感到很遗憾，甚至不想拿出相机来拍摄，其实这是个非常错误的想法。蓝天白云固然好，能满足拍摄所需要的明亮度，拍摄出的色彩饱和度也好。但阴雨天也有阴雨天的好处，光线柔和、明暗反差小，拍出的景物层次丰富，而且色彩饱和度有时会比晴天还好，这是因为雨水润湿了万物，使其自身的颜色显现出来，犹如水中的五彩石子，色彩格外鲜艳。雨中观景更容易引起情感联想，因而有时拍摄出的作品意境更深。

数码单反相机在阴雨天拍摄更为方便，因为它可以随时调整感光度。光线较暗时，将感光度调高些就可以拍摄了，这个优势对于胶片时代是绝对不可想象的。

拍摄雨后彩虹并不太难，只是机会难遇。拍摄时应注意曝光时千万不可过度。因彩虹多出现在暗色云霞中，测光会按暗处云彩取样，这样很容易引起曝光过度，使彩虹失去七彩影像，即使后期用电脑调整也不容易修复。我的经验是让数码单反相机减小半挡到一挡曝光，效果会很好。

拍摄雨后彩虹如能使用一片偏振镜，对彩虹的色彩突出是非常有帮助的。

内蒙古多伦郊外，加用偏振镜
F:35mm f:11 T:1/250 ISO:400

雨中透过汽车玻璃向外拍摄
F:70mm f:9 T:1/500 ISO:400

雨中在行驶的汽车上向外拍摄，注意快门速度一定要调高
F:70mm　f:4.5　T:1/400　ISO:400

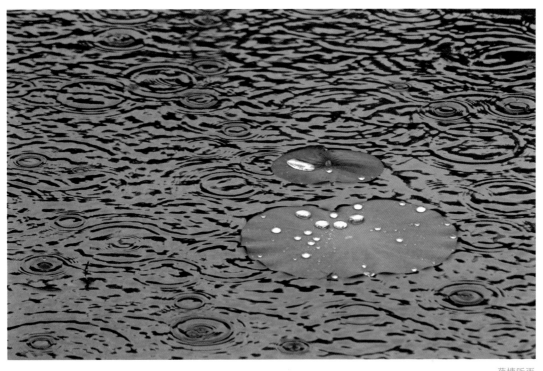

荷塘听雨
F:210mm　f:8　T:1/800　ISO:400

四季景色

同一处景色，一年四季却大不相同。如果能抓住不同季节的不同特点，拍出的风光作品会格外有趣，会使照片增色不少。

春天山花烂漫，万物复苏，会让我们心情格外舒畅，精神格外振奋。因此在拍摄景物的同时，在画面中适当安排一些人物活动的内容，将会使作品的意境得到深化。春天大自然中色彩丰富，有时甚至会使我们眼花缭乱，因此在拍摄中要多加注意，拍出的摄影作品也不一定是颜色越多越好，要讲究用色和谐、确立画面的主色调。

夏天色彩仅以绿色为主，会显得比较单调，但如能把夏日奇云和雨雾纳入画面，作品会显得很有生气。

秋天是收获的季节，色彩烂漫但又以黄色调为主，所以拍出的照片调子比较容易统一，且秋天气候也好，秋高气爽，十分利于外出摄影创作，秋天是出佳作的好季节。

冬天色彩比较单调，但在北方如遇上下大雪，则是拍冬景的良好时机。如果再有幸遇上雾凇、树挂，更是机遇难

北京，皇城根遗址公园
F:38mm f:16 T:1/250 ISO:400

北京，地坛公园
F:40mm f:11 T:1/100 ISO:200

得。不过拍摄雪景一定要注意曝光正确，曝光过度会使雪失去层次和质感，曝光不足又会使画面变得昏暗。过去使用胶片相机拍摄有"宁过勿欠"的说法，是指宁可曝光过度点也不可不足，但对于现在使用数码相机来讲，就应该反过来按"宁欠勿过"的原则去拍摄，欠点曝光影像会显得灰暗，但在后期电脑加工时可适当提亮。如果曝光过度，白雪失去层次，即使后期电脑调整也无技可施。

黑龙江黑河林区
F:28mm f:8 T:1/300 ISO:400

伊春库尔滨河谷
F:70mm f:8 T:1/400 ISO:200

夜景灯光

　　夜晚的光线较弱，且在有灯光的地方光比很大，拍摄时曝光比较难掌握。不过光线弱对数码单反相机来说已不是大问题了，只要我们把感光度提高点就可以了。不过感光度提得太高清晰度要受影响，而且噪点也会增多，好在相机的生产厂家都运用各种技术把数码单反相机的噪点已降到很低，为我们在弱光下拍摄夜景创造了良好条件，但在拍摄夜景时备用一个稳定的三脚架还是十分有必要的。

　　拍夜景最好是在天未全黑，灯光已开启时最好，此时拍出的照片天空部分带有深蓝色层次，与地

四川，成都之夜
F:28mm　f:4.5　T:1/20　ISO:200

面橙红色的灯光形成互补色对比，使画面显得明亮而美丽。

　　为了强调夜景的气氛，拍出的影像不必追求色温的绝对还原，一般把"白平衡调节"放在自动挡就可以了，颜色偏点红橙色更显灯光的柔和效果。

　　使用慢门拍摄时应注意两点：其一是数码单反相机在弱光下拍摄也会出现如同使用胶片时的"倒易律失效"问题，即曝光换挡时应加大变换级数，不然效果会不明显；其二是数码单反相机在弱光下拍摄使用的快门越慢，其机内影像处理时间就会越长，拍摄下一张作品时需耐心等待一会儿再按下快门。

南通，苏通大桥的夜晚
F:70mm f:8 T:3s ISO:400

北京，整修后未开街的前门外大街之夜
F:22mm f:5.6 T:1/10 ISO:400

夕阳照射下的北京鼓楼
F:28mm f:11 T:1/200 ISO200

北京动物园之冬
F:28mm f:8 T:1/1000 ISO:400

亭台楼阁

　　这里所说的"亭台楼阁"，实际上指的是以古典风格为主的建筑风光作品。在美丽的纯自然风光画面中，如能在合适的位置上摄进一些人工的精巧建筑，会对画面起到"画龙点睛"的作用。这也是人工美和自然美的完美结合。

　　拍摄这类作品时应考虑到建筑物与周边环境的融合问题，要将建筑的精巧与环境的优美融合得自然。

　　不同地区不同民族的建筑都有各自的特点，要发现这些特点，首先要学习和了解当地的文化，才能在拍摄过程中抓住要点、突出特点。

　　当然，我们有时也需要仅对一些精美的建筑本体进行创作表现，这就要求我们首先阅读一点有关此类建筑的资料，以便在拍摄中能抓住要点，避免局限于表面。

　　有时建筑物的局部也很有味道，我们可以拍点局部小品，玩玩光影、构成和质感的表现，也很有意思。

武当山宫殿一角

湖北武当山之晨
F:18mm f:11 T:1/500 ISO:200

人像摄影

自然生活照

对于使用数码单反相机的用户来说，大多数摄影爱好者拍摄人像作品都是在自然环境中完成的。这种自然生活照与商业影室照相比，有着自身独特的优点：拍出的人物影像比较真实，且带有相适应的环境氛围，人物也显得自然活泼，造作的姿态较少。但自然生活照拍摄时环境和光线变化多端，这也给我们在拍摄过程中取景和掌握正确曝光带来一定的难度。

拍摄自然生活照，首先要注意力求抓住被摄人物的特点和性格，如职业特点、民族特点、年龄特点、外形体貌特征以及脾气性格等，力争不用文字说明，单从我们拍摄的人物形象上就可以反映出以上所例举的人物特点。

根据以上原则，在实际拍摄过程中适于采取现场抓拍的方式，尽量不要干涉和过分摆布被摄

湖北，武当山，吹箫的道人。有意摄取了一些环境作陪衬
F:17mm f:5.6 T:1/13 ISO:400

山西，黄河边的少年

人物的动作和形态。应首先通过交谈和沟通，让被摄人了解自己的拍摄意图，保持自然放松的神态，才能使拍摄出来的人像真实自然，从而达到神态生动的效果。当然，还有另一种较好的拍摄方式：即在被摄人还未察觉时按下快门，也就是常说的偷拍方式。

由于自然生活照重在反映人物的性格、时代的特征，故此类人像作品对审美的要求不是一味地以"唯美"为目的，有时更注重对人物的写意表现手法。

拍摄自然生活人像使用数码单反相机最方便，各种焦距的镜头都有用武之地。标准镜头拍出的人物感觉会比较亲切，长焦可以从远处把人物"拉近"拍，而且适于人物局部特写拍摄。广角镜头可以贴近人物把对象表现得更突出、更具镜头感。因为在拍摄过程中应尽量使用现场自然光，少用闪光灯，故口径大一些的镜头更好，其优点是光通量较大，而且景深可以调得较窄，便于虚化人物前后景物，使人物面部更加突出。

南通，弹奏古琴的少女
F:116mm f:5.6 T:1/200 ISO:400

明星时尚照

这里的"明星"二字，并非指影视明星人物，而是讲述的一种拍摄风格：即用光形式和构图方法都追求类似影视界明星拍摄的宣传特写头像照。明星照讲究人工室内综合用光，主光、辅助光、轮廓光都处理得比较到位，取景构图也多以人物面部为主，配合手势和身态，追求一种大方、高雅、含情脉脉的表现效果。

而时尚照更体现反映时代新潮，从人物动作、面部表情到服装打扮，都追求一种流行风，且被摄人物多以年轻人为主。如过去曾风行过的"港澳风"、"欧美风"，以及现在盛行的"日韩风"等。时尚照体现着年轻人的活泼与朝气，也反映了新一代人的审美追求。时尚照不像明星照，只以人物脸部为主，为了表现年轻人优美的身材和新颖的服饰以及开朗活泼的性格，时尚照可在取景构图时采取全身照和多半身照。除刻画面部表情外，还一定要注意表现被摄者的身姿与体态，而且用光也比较灵活，不拘一格，甚至可在室外利用自然光和各种不同环境特点，力争把人物拍摄得更自然、更具时代感。

儿童照

儿童照在商业摄影中占有很重要的位置，从孩子出生后100天要拍摄百岁纪念照开始，到周岁时也要正规地拍照留念，在以后的成长岁月中，家长更是在每逢纪念日或节假日都要给孩子留影作纪念。如今几乎家家都有了数码相机，给孩子拍照的次数就更多了，也不必非到影室去拍照了，而且自己拍出的照片会更真实、更自然、更生动，更带有家庭的亲情味儿。

F:48mm f:5.6 T:1/250 ISO:200

给孩子拍摄百岁纪念照时要注意不要使用闪光灯，因闪光灯光线中带有很强的紫外线光，对婴儿皮肤刺激性很大，瞬间强光对孩子的眼睛照射也十分不利，故拍照时适于使用现场自然光。

拍摄儿童照贵在表现儿童的活泼、自然，要拍出孩子的天真和可爱的神态。孩子一般不善"表演"，且喜怒哀乐无常，我们拍摄时要善于抓取，无论孩子的喜、怒、哀、乐，只要是真实自然地记录，都会给孩子留下值得记忆的珍藏。

提示：

拍儿童时应注意：1.最好采用抓拍方式；2.可请家长配合调动孩子情绪；3.与孩子先沟通感情后再拍；4.孩子爱动，要采用高速快门拍摄。

F:34mm f:4 T:1/50 ISO:400

F:35mm f:5.6 T:1/15 ISO:400

F:102mm f:11 T:1/600 ISO:400

F:13mm f:8 T:1/1000 ISO:200

婚纱照

　　婚纱照可以扩展为结婚纪念照，一般可分为两部分：其一是到影楼请专业摄影师拍一套商业婚纱照，优点是拍摄条件好，有各种各样的婚纱服装可供选择，而且有华丽的布景和齐备的室内灯光，还有专业化妆师为新人精心化妆造型，拍出的作品自然漂亮、气势非凡。但影楼式婚纱照也有不足之处，比如形式容易雷同、欠自然活泼，且新人经化妆后失去了个人特性，有时连本人也怀疑照片中的人物是不是自己。婚纱照第二大项是记录举办婚礼仪式全过程，这部分可请有摄影经验的朋友帮忙拍摄，当然也可请有关的商业机构帮忙。

　　不管是以上所说的哪一种情况，用我们手中的数码单反相机都可以完成拍摄任务。在影楼条件下给新人拍婚纱照时适于采用高调或中间调形式，用光一般以柔和的正面光和侧光为宜，尽量使画面显得明亮、干净、漂亮。现在很多新人都希望走出影楼到大自然中拍摄，这也使我

在内蒙古扎兰屯采风，巧遇一位林区工人举办婚礼，当新娘走出家门时，我避开一般拍摄角度，从婚礼彩车车身的反光中摄取到这一画面
F:19mm f:9 T:1/125 ISO:400

们的数码单反相机更有了用武之地，拍摄时应注意选择背景不宜杂乱。记录婚礼仪式过程应发挥抓拍的技能，尽量不要遗漏某些细节，不要仅把镜头对在新郎新娘身上，也要照顾到新人父母以及到场的亲朋好友。还要拍摄些带有热烈气氛的大场面的镜头，力争做到婚礼仪式的全记录。

马兰花，注意背景的虚化和暗处理
F:95mm f:6.3 T:1/300 ISO:200

花卉摄影

春华

春天，是万物复苏的季节。很多植物经历了一冬的"休眠"后，在春风的召唤和春雨的滋润中含苞待放。

花卉又是初学摄影的朋友最喜爱拍摄的题材之一。拍摄花卉首先要了解一些有关花卉的知识，如花名、花期、花的特点和象征意义等，以便使我们创作的主题能够进一步深化。因为大多数情况下我们并不是像植物学家那样，拍摄花卉仅是为了留个标本，而是为了审美和达到借物思情的目的。因而我们拍摄花卉有时要采用纪实手法，但在更多的情况下是要写意。

春天花卉虽多，但一般花期很短，且春天天气变化多端，有时想拍的某种花卉，稍不留意，寻找到时发现竟已开败了，只能带着遗憾再等来年，因此一定要关注花期，早做准备。春天拍摄花卉还要注意，不要让五光十色、品种繁多的花朵迷乱眼。拍摄构图

北京房山百年梨树树林，我有意将行人的虚影摄入画面，增添意味
F:500mm f:8 T:1/1600 ISO:400

时还应考虑有主有宾，要突出主体，讲究色调，力求变化中有和谐，多样里有统一。

要想使拍摄的花卉主体突出，可选择使用适合拍摄花卉的镜头，一般常用的是带有微距的镜头和长焦距镜头：微距镜头可以贴近较小的花朵或花的局部，将被摄主体放大拍摄；而长焦镜头(如80～200mm)可以把远处的花朵拉近摄入画面，也有将主体放大的效果。

拍摄花卉应采用较大的光圈，以便缩小景深，使花朵前后景虚化，达到净化背景、突出主体的作用。

景山牡丹，拍摄中要注意尽量简化背景，突出花容和花姿
F:170mm f:5.6 T:1/300 ISO:200

夏趣

　　夏天是"绿肥红瘦"的季节，但夏日荷花别样红，荷花是夏季拍摄花卉的主要题材。拍荷花最好是在早晨或上午，到下午和晚上荷花将收敛，不如上午精神。荷花生长在湖水中，摄影者不易靠近，最好选用长焦距望远镜头把花朵拉近拍摄，这样还可以使背景虚化。我有时使用一支500mm的反射式长焦镜头，选择有特点的花朵将其拉近拍摄，拍出的画面还是比较令人满意的。

　　夏天原野上也盛开着无数不知名的野花，花朵虽不大，但也很有特点，如经过认真观察选择，采用微距镜头拍摄，也会创作出一些意想不到的佳作。此外，还可以将一些美丽的昆虫配合拍摄在画面中，使作品更加富有生气。为了表现花卉的清新和朝气，也可在花朵或叶子上喷洒些清水，制作出雨珠或露珠的效果。

F:500mm　f:8　T:1/1000　ISO:400

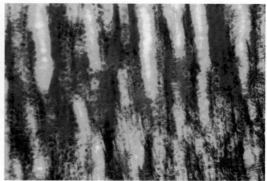

河边水生植物，使用500mm反射镜头，虚实相应的对比手法
F:500mm　f:8　T:1/600　ISO:400

F:52mm　f:5.6　T:1/400　ISO:200

夏日荷塘，使用500mm反射望远镜头，虚化前后景，并有意将地平线斜取，以产生风荷的动感
F:500mm f:5.6 T:1/400 ISO:200

秋实

秋天是收获的季节，田野和山脉颜色虽然不像春天那样五光十色，但秋天植物经霜打之后，也会形成以金黄色为主调，但深浅变化极丰富的"五花山"景象。很多植物此时虽难有艳丽的花朵，但枝叶却能呈现出比花朵还漂亮的色彩，即"霜叶红于二月花"的现象，我们如能通过认真观察、仔细选择，也可以拍摄出

F:210mm f:5.6 T:1/3000 ISO:400

内蒙古扎兰屯秋日向日葵，金色夕阳照射下拍成，意在歌颂向日葵的无私奉献精神，象征东北人的高尚品质
F:28mm f:5.6 T:1/300 ISO:400

很有味道的小品佳作。

　　秋天菊花是主花，在公园的菊花展上可以欣赏到各种珍贵的品种，但此时拍摄难度也很大，受环境场地的限制，用光和构图都不易达到理想效果，如果能自己养植或购买两盆珍稀品种，在家就可以任意摆布，拍摄出两幅佳作应该是不成问题的。

F:70mm f:9 T:1/100 ISO:200

F:70mm f:6 T:1/100 ISO:200

冬韵

　　冬天是植物休眠的季节，花卉比较稀少，但仍有像水仙、梅花、腊梅等花卉傲雪开放，成为诗人吟颂、画家描绘和摄影家迷恋的对象。

　　梅花是中国文人最喜欢的花卉之一，被列入"兰梅竹菊"四君子之内，又是岁寒三友"松竹梅"中主客，所以历来是艺术家用来象征不畏严寒、性格顽强、孤芳高雅的重要花卉。南方梅花多在室外且成树状，影友拍摄时选择余地较大。而在北方多为室内盆栽，呈盆景状，虽不像在南方的枝繁花茂，但多经花匠技师修理整形，枝干曲直相宜，也易拍出画意效果。

　　水仙花为冬季案头摆设，以一盆清水养之。花虽以白瓣黄芯为主，似显单调，但清香四溢，甚受世人喜爱。

　　无论是拍摄梅花还是水仙花，取景构图时都应考虑背景要简洁，花朵应突出。如遇到降雪天气，设法将花与雪结合在同一画面中，作品的意境就会更深远了。

初冬的荷塘
F:150mm f:8 T:1/200 ISO:200

伊春，野花上的雾凇
F:28mm f:13 T:1/500 ISO:200

初雪月季园
F:70mm f:8 T:1/80 ISO:200

动物摄影

宠物

随着社会的进步和人民生活水平的提高，饲养宠物的人越来越多。如何给宠物拍摄好留念照也成为摄影爱好者研究的一项课题。在国外，宠物的种类很多，但在国内宠物还是以猫和狗为主要饲养对象。

要想拍好宠物照片，需注意以下几点：首先是拍摄时最好让宠物主人在场配合，以调动宠物活泼自然的情绪，抓拍宠物最可爱、最生动的瞬间形态。如同拍摄人物肖像一样，以表现宠物的眼神和姿态为主，当然也要考虑选择用光方式，将宠物的毛发颜色和质感反映出来。在对创作主题的深化上，可考虑将拍摄宠物引申到人与动物、自然与动物的环境保护课题上去发挥。也可以采用拟人手法，将宠物拍摄得更富有人性味道，更有趣味。有的宠物在主人的训养下，还有一些表演才能和特殊技艺，这也是我们需要了解和拍摄的内容，可为拍好宠物拓展更宽的思路。

拍摄宠物一般宜用中焦或长焦镜头，可把宠物"拉近"拍摄，这样既安全又不会惊扰宠物。当然，如果对所拍宠物十分了解，也可用广角贴近宠物拍，巧妙运用镜头变形把宠物拍摄成漫画效果也十分有趣。为了防止因宠物不停地活动把影像拍虚，拍摄时应尽量把数码单反相机感光度和快门速度调高点，以保障拍摄出的影像清晰完美。

拍宠物可请主人帮忙，想办法调动宠物的注意力，在宠物情绪高涨时按动快门

F:70mm f:4 T:1/60 ISO:1600

北京延庆野鸭湖，以水面亮度为曝光依据
F:210mm f:8 T:1/4000 ISO:400

F:155mm f:6.3 T:1/100 ISO:400

F:110mm f:6.3 T:1/1000 ISO:400

鸟类

　　鸟类是人类不可缺少的朋友，自然成为人类关注的对象，也是摄影人最喜欢拍摄的题材之一。

　　要想拍摄好鸟类，首先要熟悉它们的生活习性。如春天是鸟产卵、孵化、育雏的季节，也是拍摄鸟类生活作品的重要时期。又如要拍摄野生候鸟，就需要了解候鸟迁徙的季节和路线，并要熟悉它们的栖息地(湿地、湖泊、海岛、森林)。在野外拍摄鸟类应设法靠近它们，有时需要采取必要的伪装，不要穿颜色太鲜艳的服装，可在身上插些树枝和野草，也可隐蔽在经过伪装的帐篷或小船中。

　　对于不具备以上条件的影友，可采取到动物园或水禽馆中去拍摄。如逢冬季下雪，水禽湖部分结冰，有活水的地方鸟类十分集中，此时是拍摄鸟的最好时机。

　　拍摄鸟类用光有时多为因地制宜，但如能选择用光方向，可用顶光表现鸟群层次，也可用逆光勾画出鸟的轮廓，表现鸟的羽毛质感。在日出日落时用逆光，还可把映在天空的鸟拍摄成美丽的剪影形式。如果鸟在水中活动，还可利用水面的反光和倒影，将画面表现得更活泼生动。

　　拍摄鸟类适于使用长焦距镜头，如果拍摄家中饲养的鸟，备一支80～200mm的变焦镜头即可。但在野外拍摄野生鸟，最好能备支500～1000mm的望远镜头，这种镜头价格较贵，若囊中羞涩，可选购价格较低的反射式长焦镜头，拍出的照片效果也是很不错的。笔者曾使用一支500mm反射式长焦镜头，加在非全画幅数码单反相机上，焦距相当于750mm，用它拍摄鸟类感觉也很方便。

　　拍摄鸟类需将数码单反相机的感光度调高，以便提高快门速度，避免将处于动态的飞鸟拍虚，这时快门最好调至1/500s以上，才能保障影像清晰。当然，备用一架稳定的三脚架是十分必要的。

齐齐哈尔扎龙丹顶鹤保护区，利用傍晚逆光拍摄
F:50mm f:8 T:1/6000 ISO:400

昆虫

F:210mm f:5.6 T:1/600 ISO:400

这几幅昆虫照片均拍自延庆长城角下，使用210mm长焦镜头，外加一片近摄镜，其优点在于可离昆虫较远距离拍摄。其中一幅蜘蛛竟会书写外文字母

昆虫的种类不计其数，它们有的美丽，有的较丑陋，有的甚至还有毒，但它们都有各自的价值和特点，其中外表美丽的昆虫更容易成为我们拍摄的题材。

要拍好昆虫，必须先了解一些有关昆虫的知识，熟悉它们的生活习性，才能把昆虫拍得更真实、更生动。要想把昆虫拍得真而活，需注意以下几点：首先是应采用抓拍方式，拍活动中的昆虫，虽然难度较大，但也不能将昆虫捕捉后打死放在植物上，像拍标本似的去摆拍；其次是应当将昆虫生活的环境适当收入画面，这样一方面是为了表现昆虫的生活习性，另一方面还可以用来美化画面。

拍摄昆虫要备用一些特殊的镜头和配件，其目的是能靠近昆虫，尽量把其小小的影像拍得大些。在使用数码单反相机的基础上，如能有一支专用微距镜头最好，或者选用带有微距功能的变焦镜头。如要想拍摄更细小的昆虫或将昆虫的局部进一步放大，还可在镜头与机身之间加专用接圈或伸缩皮腔。如果不愿意投资太大，也可以选购一枚加在镜头前面的"近拍镜"，其作用类似一片放大镜，使用也很方便，价格相对要低得多了。但要说明的是，加专用接圈或伸缩皮腔时，相机自动对焦功能可能失效，只能采用手动方式对焦。

F:210mm f:5.6 T:1/1000 ISO:400

F:210mm f:5.6 T:1/200 ISO:400

这幅小蜂采花图使用55mm微距镜头，贴近韭菜兰花花朵拍摄而成
F:55mm f:5.6 T:1/1000 ISO:200

鱼类

　　我们拍摄的鱼类大多属于水中欣赏型的。其实拍摄鱼类可有两大途径：一是到大自然中拍摄，主要是到湖泊海洋中去，这种拍法比较专业，有时还需要有潜水的设施和技能，还要制备一套水中摄影装置，一般业余影友很难达到；二是使用普通数码单反相机到水族馆或在家中拍摄观赏的鱼，投资不必太大，但也能拍出不错的鱼类照片。

　　在水族馆或家中拍摄，一般都需要隔着玻璃，且多数条件下光照并不强，但为了保障现场环境气氛和避免玻璃反光都必须使用自然光，这时需要将数码单反相机的感光度调高，如将ISO调至400～800，以保障快门速度不会过慢而使拍出的影像发虚。为了避免玻璃反光破坏画面，拍摄时

"黄金有余"图，拍于浙江千岛湖，为防止水面反光，可加用一枚偏振镜片
F:16mm f:11 T:1/160 ISO:400

可将镜头尽量贴近玻璃。当然也有影友说，可以使用一枚偏振镜去除玻璃反光，但因光线较暗，加用偏振镜又需将曝光增加1～2挡，这会使快门速度调得更低，影像更不易拍清晰。这样看来，选用一支大口径标准镜头或广角镜头拍此类题材是最合适的。

如在水族馆隔着玻璃拍摄，应防止反光干扰，可采取将镜头贴近玻璃法减少反光干扰，或加用偏光镜去除反光

F:116mm f:4.5 T:1/560 ISO:400

野生动物

拍摄野生动物也有两种方式：一种是到自然保护区或深山老林中去捕捉野生动物影像，这种方式对业余摄影爱好者来说太难了。笔者曾受林业部之托到秦岭太白山拍野生熊猫和其他珍稀动物，结果在山林中穿行十余天，除了一条狗之外，未见到其他任何动物。这条狗还是采药人养的，无奈只好无功而返。第二种方法比较可行，即到动物园或野生动物养殖场去拍摄，比如四川的熊猫养殖基地、哈尔滨的东北虎养殖园，笔者都去过，而且很有收获。

拍摄野生动物要拍出动物的野性，如抓拍它们抢食或撕打时的镜头。若有机会拍到野生动物繁殖育仔之类的画面更有意义。

拍摄野生动物也要熟悉它们的生活环境，并争取将一部分环境影像摄入画面，烘托主题。例如，在较空旷的地区，在日出日落低色温光线照射下的特殊时段，无论顺光或逆光都能将野生动物拍摄得非常精彩。

必须提示的是：野生动物野性十足，拍摄时一定要注意人身安全！

F:70mm f:4.5 T:1/160 ISO:800

F:60mm f:5.6 T:1/200 ISO:800

拍摄野生动物需眼疾手快，并适当提高快门速度，在
动物园拍摄可采用大光圈虚化背景，在野外拍摄要注
意适当在画面中收入一些野生环境

静物与广告摄影

静物是指固态小件家庭生活用品或工艺品陈设物，也包括瓜果蔬菜和没有生命的小动物。静物在西方油画中是很重要的一类题材，现在也是摄影人常拍摄的一项内容。在对静物题材的创作过程中，可以让我们在画面构图、布局以及色彩搭配、光线处理等方面得到锻炼。

首先拍摄静物可以发挥你"摆布"的才能。要将被摄物摆得合理且具有美感，需要在不同物体之间考虑远近、大小、疏密、高低等多方面的对比因素，最后达到统一和谐的效果。另外应知道拍摄静物贵在从"静"中表现出"动"，从"死"中展现出"活"才是好作品，应该力争把静物作品拍得有一定故事情节，并赋予较深的思想内涵和趣味。

广告摄影的范围实在是很宽，几乎包括了所有的摄影题材，不同的是广告作品是一种商品，要根据客户的要求去创作，必需将客户的营销思路了解清楚，设法通过一切艺术手段将客户要表现的产品拍好，既要表现好产品的外貌、色彩和质感，又要突出产品的特性及用途。

拍产品广告时除考虑构图外，用光也极为重要。拍小件物品时，可布置一个静物拍摄工作台，以便能实现柔光无灯影的效果。在背景和环境的选择上，要考虑物体固有色和环境色的关系，不要让反射光、环境色扰乱产品本身的固有色。当然，有时为了

面人作品《乾隆挂甲》
F:60mm f:5.6 T:1/40 ISO:400

蔬菜小品构图练习

由案头瓷器组合而成的静物小品

渲染某种气氛，也可巧妙利用环境色的反光营造出特别的效果。

提示：

在下面同一产品的三幅不同效果的照片拍摄过程中，我们要注意三个技术问题：1.处理好金属物反光效果；2.考虑对透明物体的用光效果；3.处理好背景布和环境光对主体物固有色的影响。以上几点，应根据主题表现灵活运用。

专为拍摄小件静物设置的无影拍摄台，读者也可自行设置

拍广告产品要注意背景色和环境光的使用
F:48mm f:11 T:1/50 ISO:800

新闻与纪实摄影

　　新闻与纪实摄影是一个很大的摄影门类，在这里我们只做简单的介绍。

　　新闻摄影实际是指利用相机把当天发生的有价值的新闻事件通过影像记录下来，并通过有关媒体向社会做报导的摄影作品。

　　而"纪实"最初是指摄影的一项原始功能，即真实记录镜头前事物影像的能力。为了保证记录

世界小姐选拔赛北京赛区前三名优胜者互相祝贺
F:155mm f:5.6 T:1/800 ISO:400

影像真实的初衷，摄影人又归纳出拍摄时不能摆布只能采取抓拍的各种规定，且强调纪实类作品重在内容真实、影像感人，不以艺术创意为表现手段的原则。

新闻摄影要求拍摄得必须"真、新、活"，即内容应绝对真实，只能采取抓拍方式，不能摆布加工。用数码相机拍摄的照片，在后期电脑处理中也只能做些明暗、反差之类不影响画面真

山西碛口黄河渡口上的渡船
F:145mm　f:4.8　T:1/1000　ISO:200

广西桂林阳朔，雨中游客
F:38mm　f:8　T:1/100　ISO:800

实性的调整，绝不允许做任何删减、添加等特殊处理。所谓"新"是指内容要新，强调时效性，要力争在第一时间、第一现场拍摄下来，并尽快发表；"活"是指画面布局和要表现的人物都要自然、真实、鲜活，并具有较强的视觉冲击力。新闻摄影要配上简单必要的文字说明，点出是在什么地点、什么时间发生了什么事，以及后果发展如何等。从理论上讲，新闻摄影在拍摄过程中，不应强调摄影者个人主观情感，应客观真实地记录现场事态发生的影像。

值得强调的是，现在所说的"纪实摄影"，实际上应称为"社会纪实类摄影"，是指摄影人以真实记录为原则，并通过长期关注，深入调查、采访，拍摄成组的反映人类生存、社会政治或文化、国家经济或历史变迁等内容的图片。社会纪实类摄影一般都要具备主题先行(即先有一个适合自己拍摄的好选题)、表规系统完整(尽量能反映事物的全貌并能抓住灵魂)、具有历史性和社会学功能等基本特征。早期中国纪实摄影人为了开辟拍摄题材的新途径和引起中外观众的注意，曾一度把拍摄题材投向社会的边缘和弱势群

《草原上的人》系列选，如今牧民已将骑马的习惯改为骑摩托车，套马活动已成节日表演项目

《长城人》系列之一：长城角下建设高速公路的民工
F:110mm　f:8　T:1/500　ISO:400

体，这对社会的改造和人性的回归也曾起到一定的推动作用。其实，纪实摄影的可拍题材很宽，我们完全可以从自己身边熟悉的人或事入手，只要通过认真观察、细心研究，联系社会，并通过手中相机如写生活日记一样把看似平常的生活真实影像记录下来，天长日久，就会积累一大笔"影像财富"，这比拍些风光花卉类作品从某种意义上讲还要有价值得多。和新闻摄影一样，社会纪实摄影也应配有简单的文字说明，以便加深观赏者对作品的理解力，但也有单凭借影像说话，不用任何文字说明的做法。与新闻摄影不同的是，社会纪实摄影有时带有强烈的作者个人主观思维色彩。

《长城人》系列之二：昌平长峪城村民逢节要自演有关杨家将的戏剧节目
F:18mm　f:5.6　T:1/60　ISO:400

体育摄影

现在通过电脑处理，也可制出横向追随和纵向追随效果，但与实拍的照片仍有一定差距

体育摄影按拍摄内容可分为两大类别：第一类是拍摄各种体育比赛，即大型体育竞技比赛。如从城市举办的运动会开始，直至上升到世界水平的奥运会。但这种类型的拍摄不是每个普通摄影人都有条件可以参与进去的，多为专业记者所垄断。此外拍大型体育比赛需要有一套装备精良的摄影器材，如要高速快门连拍，必需购买顶级数码单反相机；而要在弱光下不用闪光灯拍比赛中的运动员(正规比赛中规定不能使用闪光灯)，又必须备有长焦距大口径高档镜头。所以对于一般影友来说，不如把目光转移到第二种体育类项目上，即群众性体育活动，内容包括百姓健身锻炼以及民间自发组织的传统体育项目等，且这类题材更能反映社会与时代的变化，也更具有浓厚的民族性、生活性和趣味性。

体育摄影要表现的是速度、力量、生命和健美。拍出的画面应富于动感和冲击力，可采取高速快门瞬间凝固法或使用较慢快门拍出虚、实两种影

像的对比法；也可以采用横向或纵向的影像追随法，使运动员更具动感。

当然，无论拍摄哪种类型的体育照片，使用性能良好的数码单反相机都是不错的选择，且应配备几口径较大、焦距范围不同的变焦镜头以及一个稳定性良好的三脚架。

提示：

拍摄群众性体育照片，贵在有真实的生活气息，如下图表现山区孩子打台球的照片，人与环境很融合，且几个孩子表情各异，自然而活泼，衣着也极具当代儿童追求时尚的代表性，从整体上反映出了时代的变化和人的精神变化。

今日武当山仍有道人做武术表演
F:45mm f:8 T:1/600 ISO:400

河北蔚县山村中打台球的山里娃
F:95mm f:8 T:1/400 ISO:400

抽象摄影

在现代词典中，"抽象"一词被解释为"从许多事物中，舍弃个别的、非本质的属性，叫抽象，是形成概念的必要手段。"这种说法对抽象艺术显然并不完全适用。抽象艺术往往在对形式美的追求上，并不一定要表现事物的内在本质，恰恰相反，有时反而在一件事物的外表上大做文章，从局部、微观角度去表现一些符合美的规律性的东西，如平面或色彩的构成、肌理的变化、质感的强化等，对这方面的表现重在形式，有时反而忽视了对该事物本质的探求，使属性变得不重要。

一些美学专家往往认为抽象美是可以脱离内容而单独存在的，有时更可以把它们看做是一些符号（不同的线条、板块、色彩）相互撞击、配合的结果。因而他们认为欣赏抽象艺术不存在懂和不懂的问题，不需要深究艺术家表现的是什么东西，只要从这些线条、色块和形状的撞击中能产生某种联想、感觉或情绪，那就达到预期目的了。

抽象摄影的重要作用，就是能培养摄影家对周围事物的观察能力和对艺术美的感知力。我们可以通过仔细观察，从周围的平常事物中，发现一些有记录价值的抽象美的因素，并通过摄影用光、构图、色彩的语言运用，把这些看似平常但具有抽象美的影像表现出来，构成一幅别具特色的摄影小品。这对于我们以后在拍摄其他内容作品，如风光、民俗类等题材时，都会在艺术形式挖掘和表现手法上得到有益的借鉴。

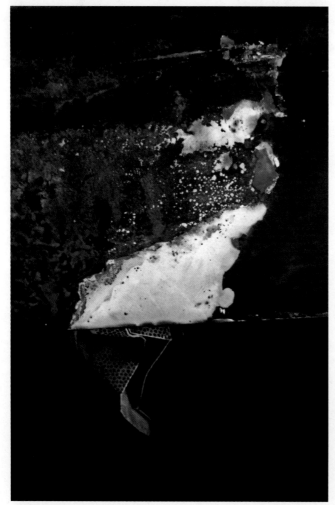

F:38mm f:4 T:1/20 ISO:1600

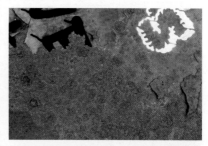

F:116mm f:5.6 T:1/250 ISO:800

F:70mm f:8 T:1/200 ISO:200

《海的记忆》，秦皇岛旧铁船局部
F:70mm f:5.6 T:1/2000 ISO:200

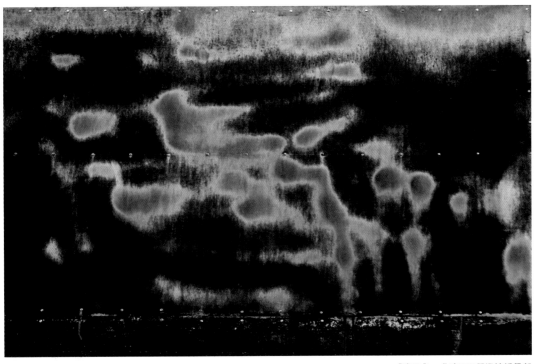

《竞飞》，北京798厂旧铁板局部
F:125mm f:5.6 T:1/300 ISO:400

北京非典期间，《蓝天不设防》艺术活动，吕胜中作品
F:20nm f:11 T:1/200 ISO:200

《漂泊的思维》
F:45mm f:4 T:1/25 ISO:800

提示：

对待一些具有一定探索性和实验性的现代摄影作品，我们不能采取简单的否定或盲目的肯定，应采取了解、分析和研究的态度。要多看、多想，和这些作者多交流，要想理解这些作品，应从社会、自然与人等更宽的领域去联想，也许才会找到一座沟通和理解的桥梁。

深圳，活体人塑
F:16mm f:4 T:1/300 ISO:200

观念摄影

　　观念摄影起源于20世纪80年代，有人认为可以把1989年在北京中国美术馆举办的"现代艺术大展"作为中国当代美术的一个转折点，其间展出了带有一定"观念思想"的摄影作品。也有人认为早在1979年，由北京第一个民间摄影组织《四月影会》，举办的第一届《自然、社会、人》艺术摄影展中就已有不少作品带有"观念主义"的色彩，只不过当时还未有"观念摄影"的名称。笔者同意这种说法，因为笔者自己曾是当年《四月影会》的主要成员之一，对展出的作品了解较多。如许琢拍摄的《戒烟系列》，笔者拍摄的《抱佛脚》、《堵塞不如引导》、《稻子与稗子》等，许多作品都已带有很浓厚的观念主义思想。

　　但后来兴起的观念摄影的参与者更多来自美术界人士和自由摄影师，他们更受绘画领域内1989年以后"新潮美术"的影响，以摄影机为画笔，不受任何传统思想与技法的束缚，从挖掘视觉影像的传媒作用开始，并配合利用一切可利用的表现手段，如录像、装置、行为等方式，完成以表现某种思想观念为目的的艺术作品。这些作品起初并不被国内看好，反而受到国外画廊或某些机构的注意，并给予一定扶植，使其得到迅速发展。应该看到，观念摄影其实是时代的产物，在摄影器材高速发展，特别是数字技术的介入，使摄影技术本身变得越来越简单，参与者越来越多，摄影艺术大众化的趋势也更加显著。在这种形势下，摄影艺术向何处发展，如何深化主题和标新立异，已成为重要研究课题。观念摄影因此开辟了一条不重传统技艺，而重大脑思维的比作者智慧的新径，应该算是一种摄影思维方面的创新。

观念摄影以"观注当下"为主导思想，并以揭示当代现实生活为己任，把摄影镜头对准了社会日常生活，并注入作者强烈的主观思想。观念摄影的表现手法却是五花八门，不受传统手法和一般美学规律的束缚，可"纪实"，也可"创意"，甚至打破了各种艺术门类之间的界线，融入行为、装置、雕塑、绘画等各种形式手法，表现出很强的叛逆性和革命性，可以说是为了表达自己的某种观念，摄影者可以"不择任何手段"。当然，在这种情况下，作者本身的思想水平和行为素质就显得尤为重要了。这也是少部分的观念摄影作品显得低俗、平淡和思维偏激的主要原因。

但观念摄影毕竟开辟了摄影领域的新空间（更切确地讲应该是"影像"领域的新空间），尽管目前仍更多地带有一定的探索性和实验性。

寻找真实的记忆（之一）
F:10mm f:11 T:1/500 ISO:400

寻找真实的记忆（之二）
F:70mm f:11 T:1/800 ISO:400

跨栏
F:48mm f:11 T:1/800 ISO:200

竞走
F:48mm f:11 T:1/1600 ISO:400

舞台摄影

　　舞台摄影是摄影艺术中的一个门类。在舞台上演出的戏剧、舞蹈、曲艺、杂技等都是可拍摄的题材。其实和舞台摄影相关的内容还可以拓宽一些，如以舞台表演为中心，还可以把演员化妆、舞美设置以及表演结束演员谢幕等台前与幕后的场景都包括进来。

　　拍好舞台摄影的前提是摄影者首先要对所摄取的演出剧情、风格以及其他特点有所了解，只有这样才能运用摄影语言较好地表现剧目的主题思想、精彩情节以及人物生动造型。

　　表现舞台摄影的艺术作品，除要注意把演出人物作重点刻画外，还要渲染舞台特有氛围，即

草原雄鹰

把舞美设计、灯光布景以及演员服饰化妆等视觉效果纳入画面表现的内容中去，以达到更强烈、更生动、更感人的视觉效果。

在拍摄技法应用方面，可采用变换快门速度、使用不同光圈改变景深、利用影像虚实对比来表现演员的动感与力感；用明暗对比方式突出主体；或用多次曝光法记录演员的连续动作，扩大画面的纵深感。

舞台上光线变化复杂，拍摄演员为主的画面，最好应用数码单反相机中的点测光方式，以演员脸部为测光点，以保障演员面部层次丰富、表情生动。

在摄影器材的选用方面，应备用几支口径较大的不同变焦范围的镜头，以便在弱光下使用。当然，从经济方面考虑，只要适当提高数码相机的感光度，即便使用普通口径的镜头，也可达到提高快门速度的目的。另外，备用一个稳定的三脚架是必需的。

走向未来
F:100　f:4.5　T:1/250　ISO:400

乡村舞台下的观众

PART
06
数码照片的后期矫正

为什么要对数码照片进行后期矫正？

摄影者在进行创作时，有时会由于环境的影响导致画面倾斜、色彩出现偏差或构图不够精细。这时，修正图片的角度，矫正色彩偏差，进行二次构图的剪裁，就是十分必要的。

如果是新闻照片或纪实性的摄影作品，若修补瑕疵幅度过大，往往会招来有关真实性的非议。但是，对于艺术摄影来说，为了提高照片的美感和观赏度，进行适当的矫正和修饰是被允许的。

另外，还有一个普遍性的问题，就是数码单反相机为了保留更丰富的影像细节，在一般拍摄模式下，它的影像处理器在进行信号转换时，与一般普通型数码相机相比，在色彩、锐度等方面进行的调整幅度较小，尽量保持了更多的原始状态。所以直观看上去，数码单反相机拍摄的照片往往有些灰蒙蒙的，似乎还不如袖珍数码相机拍的照片漂亮。之所以如此，是因为这些图像保存了丰富的层次，为后期调整预留了非常大的空间。由此引出的一个例行工作就是，数码单反相机在普通模式下拍摄的照片，一般都需要进行适度的后期调整，才能使其亮丽起来。

几个和数码照片后期矫正有关的术语

影像反差

◼ "反差"溯源

反差这个概念最早专指胶片的密度差，其高光部分密度大、底片厚，阴影部分密度小、底片薄。密度范围很大的就叫做高反差的底片，密度范围很小的，就叫做低反差底片。现在，这个概念被移植到数码照片上，一般指照片（被摄景物）的明暗对比度范围。明暗对比强烈的，就形成高反差或大反差画面；与此相反的则称之为低反差或小反差画面。

反差小的数码照片调整后色彩鲜明

◼ 什么决定反差

是什么决定了照片的反差？是景物自身的反差和摄影者的曝光。

画面的反差准确地反映了景物的反差，景物的反差就是物体表面反光的不同数值。例如，雾

数码照片调整不当会生硬失真

景一般是低反差的，晴天的雪景往往会是高反差的。

◼ 曝光和反差的关系

准确反映景物的反差，关键在于准确曝光。曝光略微过度，会加大反差；曝光略微不足，会减小反差。曝光严重过度或不足，会导致画面反差急剧下降，出现影像模糊、色彩失真等一系列问题。

◼ 影像反差的调整

在数码照片的后期调整中，可以把反差直接理解为对比度，调整对比度就是在调整照片的反差。在Photoshop中调整反差的主要方法是使用"色阶"和"对比度"命令。利用这两个命令适当加大反差，可以使画面显得通透、色彩鲜艳；但如果反差调节过度，也会给人以生硬、失真的感觉。

数码影像的宽容度

在摄影曝光时，要使被摄景物的明暗层次比较正确地体现在底片的密度或者数码照片的亮度变化中，首要环节是控制曝光问题。此外，还有一个影响景物层次转换为影调层次的因素，就是感光宽容度。有些数码相机制造厂商根据不同应用场合也将其称之为"动态范围"或"可调整范围"。数码

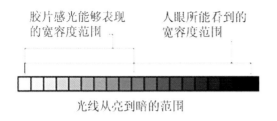

人眼所见的景物宽容度和相机所反映的景物宽容度范围示意图

相机感光芯片的尺寸和单个像素尺寸以及影像处理器都与它有着密切的关系。一般来说，较大面积的影像传感器和较大的单个像素可以获得更大的宽容度。随着数字影像技术的革新，数码照片的宽容度也在不断地扩大。

▣ 宽容度的概念

摄影技术中的"宽容度"，可以理解为感光材料或者感光芯片按明暗比例正确记录景物亮度范围的能力。所以，宽容度主要表现为对亮度级差的表现能力。而色彩是依靠不同的亮度存在的，没有不同的亮度再现，就没有缤纷色彩的真实再现。因此，了解、掌握宽容度的概念是很有必要的。

被摄景物表面由最明亮部分至最暗部分的差别，可以用明暗间的比例数字来表示。假如一处景物的最亮部分比最暗部分要明亮80倍，那么它们之间的比例就是1∶80，它表示的是被摄景物的明暗差别。照相机感光载体具有正确表现被摄景物明暗差别的能力，这就是它的宽容度，也称为"曝光宽容度"。

▣ 宽容度对曝光的影响

从摄影实践方面来看，在使用数码单反相机进行拍摄时，如果测光方式或者光圈、快门、感光度选择不当，会导致取景范围内很亮的物体完全曝光，在画面上表现为没有层次的纯白，这部分的细节会无法还原，称为"过曝"；与此相反，由于上述原因，在取景范围内很暗的物体没有曝光，表现为一片死黑，这部分的细节也会无法还原，称为"欠曝"。在过曝和欠曝之间的区域，就是正常曝光的范围。这个范围就反映了曝光宽容度。

有关资料显示，黑白胶片的宽容度为1∶128，彩色负片的宽容度为1∶32至1∶64，彩色反转片的宽容度仅为1∶16至1∶32，现在数码单反相机的宽容度大约在彩色反转片和彩色负片之间。而我们人类眼睛的宽容度数值又是多少呢？《纽约摄影学院摄影教材》认为，这个数值为1∶50 000。这样看来，现在任何高档的相机和感光材料是远远不能表现人的眼睛所能看到的世界的。

如果是面对上面所说的1∶80的景物明暗反差，在曝光正确的情况下，也只有黑白胶片能够拍摄并还原这个场景的所有明暗层次，而使用其他胶片或者数码相机进行拍摄，仍然会丢失一些细节。但是如果没有过曝和欠曝的情况，就可以通过软件的后期处理来"找回"一些，这就是针对数码照片进行亮度、对比度和色彩进行软件矫正的基础。

如果曝光不正确，那就不是丢失一些细节的问题了。如果出现了过曝和欠曝的情况，照片中高光和暗部的细节，即使进行后期处理，也不能做到完全还原。

从实用的角度来说，感光胶片或CCD/CMOS的宽容度越大，对曝光控制越有利。我们当然希望数码单反相机能够有更高的宽容度，如果是那样，我们的数码照片反映客观世界的能力就会更加强大，对事物的表现就可以更加细致入微。

超级CCD的动态范围示意图

▣ 宽容度与曝光的关系

曝光与感光元件宽容度之间的关系，表现在

以下3种情况中：宽容度等于景物亮度范围的时候；宽容度大于景物亮度范围的时候；宽容度小于景物亮度范围的时候。

当感光胶片和感光元件的宽容度等于景物亮度明暗比例数的时候，表现为相机所能记录的亮度范围正好与景物由最亮到最暗的间距相同，在曝光上没有可供选择的余地。如曝光稍有不慎，就会丢失亮部或暗部的细节和层次。这时的宽容度很小。

当感光胶片和感光元件的宽容度大于景物亮度明暗比例数时，相机所能记录的宽容度范围就超过景物由最亮到最暗的间距，在曝光时就有选择余地。

在这时，摄影时曝光量的控制即使略有出入，也不会影响到景物明暗层次的再现。这时表现为宽容度较大。

当然，即使是在这种情况下，准确的曝光仍然是最佳选择。

当感光胶片和感光元件的宽容度小于景物亮度明暗比例数时，相机所能记录的亮度范围达不到景物由最亮到最暗的间距范围，在曝光上就会很难控制，全部记录下景物的明暗比例已经是不可能了。这时，就应该学会有意识、有重点地取舍，按照被摄主体的不同情况，以被摄景物最重要部位的亮度来作为曝光的基准，兼顾到其他部分的层次。在得失取舍之间，应该学会重点保障被摄主体的曝光正确。

宽容度与照片后期矫正加工的关系

宽容度高的数码照片往往会表现为反差较低，宽容度低的则往往表现为反差过大。宽容度高的照片可调整的范围就大，宽容度小的照片可调整的范围就小。

数码单反相机由于感光芯片整体面积的优势以及单个像素的感光点的距离和面积都比袖珍数码相机大等因素，其信号接收和转换时的电子噪声要小得多，这就是其宽容度整体上要比袖珍数码相机大的主要原因。

亮度级差超过相机宽容度的景物照片——剪影效果

影像层次与亮度对比度的关系

影像的层次实质上就是数码相机对被摄景物的影调还原，具体是指被摄景物经过数码相机拍摄成像后，其中明暗层次的具体再现。所谓影像色彩的真实再现、层次丰富细腻，都是建立在准确曝光的基础上。而正确曝光的标准就是不过曝、不欠曝，亮度、反差适中。

如果拍摄时造成影像的整体亮度偏高，其亮部必然过曝，就会丢失亮部的层次和细节；若整体亮度偏暗，影像的暗部就会欠曝，暗部层次和细节就会有欠缺。

在Photoshop中调整此类缺陷的命令有色阶、曲线和亮度/对比度。但是，对于缺陷严重的照片，调整、矫正只能是在原有基础上的改良和补救，但是，要想达到完美的复原，则几乎是不可能的。

正确曝光的照片，亮度/对比度适中，影像层次丰富

曝光不正确的照片，影像层次过度生硬

数码照片的色彩饱和度

▣ 影响色彩饱和度的因素

色彩饱和度，又称彩度，是指色彩的纯度和鲜艳程度。物体的色彩饱和度取决于物体色分解为色光和白光两部分时，色光所占比例的多少，色光越多饱和度越高。光谱色的饱和度最高，加入其他色光或不同明暗度的白光（灰度）后，饱和度就会降低。

拍照时保障饱和度的措施

一般来说，要保证数码影像的色彩饱和度，首先应该选择阳光充足的场景拍摄；其次，可以在数码单反相机的设置菜单中选择"鲜艳"模式；另外，在镜头前装接偏振镜、中灰渐变镜等，有时也会取得提高色彩饱和度的效果。

阳光充足的场景色彩饱和度高

使用偏振镜拍摄的照片色彩饱和度较高

拍摄日出日落时提高饱和度的方法

在拍摄日出日落场景时，设置曝光补偿为−0.7～−1.7EV，也会起到增加色彩饱和度的效果。但是，这是一种特殊场景的例外，不能当作普遍规律和一般技巧来使用。

拍摄后的调整

如果数码照片的色彩饱和度不够，可以使用Photoshop "图像"菜单下的"调整"→"色相/饱和度"命令对图像进行调整。要了解其调整步骤和要领，请参看本章后面的调整实例。

日落曝光补偿后的色彩 光圈：F4.5；快门：1/500s；曝光补偿：−0.7EV

影像颗粒度和暗部噪点的控制

胶片颗粒度和数码影像噪点

使用数码相机拍摄弱光照片时，有时画面非常粗糙，放大来看，会发现许多不规则的色点。人们习惯性地称之为"颗粒度粗"。

于是有人提出这样的疑问：颗粒度不是胶片的一种属性吗？怎么数码影像也会有颗粒度问题呢？是的，摄影中的颗粒本来是指可以在底片或照片上看到的，由感光乳剂形成的细小的如沙砾般的微粒。胶片感光乳剂是被均匀涂布在胶片或者照相纸上，其排列是无序的，但是在曝光和显影时的结合和堆积却与多种因素有关。由金属银的微小晶体或者染料经过化学反应形成的颗粒大小，其发生几率与胶片的感光度、曝光准确度、感光材料及冲洗加工都有关联。

而数码相机影像传感器的千百万个像素点则是按照设计有序排列的，当放大倍率超过100%观看时，我们就会看到影像边缘会出现微小的锯齿状结构。继续将图像放大，还会看到大量像素像马赛克一般有规则地排列着，它们的大小与感光度、曝光正确与否无关。因

数码照片在光照不足时拍摄会产生大量暗部噪点

此，数码照片组成的基础单元是感光芯片基本单元产生的像素点，而不是传统摄影意义上的颗粒。

但是，数码照片在某种情况下确实存在一些显得极不规则的、似乎很杂乱的色点，人们通常将其称之为噪点。又因为它们常常大量出现在影像的暗部，所以人们又习惯地称之为"暗部噪点"。数码照片暗部噪点的出现一般是数码相机强行提升感光度时，传感器电路因电流电压的变化而产生的电子噪声造成的。

由于这种暗部噪点从直观上看，与胶片表现出的颗粒度较高的情况有些类似，所以有些人习惯性地也将其称之为"数码照片的颗粒度"。若是较真，这种说法确实是不准确的。但是我们觉得，对于类似的不是很准确、科学的说法，倒也不必太过深究，只要能够正常表情达意，大家都能明白是什么意思就可以了。

感光胶片的颗粒

避免和消除数码影像噪点的方法

在摄影时，遇到光照不足的情况下，要注意适当补光，不要盲目设置过高的感光度，这是避免影像出现大量暗部噪点的主要方法。如果噪点已经产生，并且明显影响到照片的色彩和正常画质，就需要使用图像处理软件进行适当调整。

在图像编辑软件中减轻数码影像的暗部噪点，需要几种工具的配合使用。但最好的方法，还是把它解决在拍摄阶段。

数码单反相机中可以设置两种降噪功能

影像的清晰度

清晰度与锐度的关系

清晰度（definition），指影像的轮廓和细节的清晰程度，是一种视觉上的主观评价。清晰度实质上是"锐度"的外在表现。

锐度（acutance）是表征被摄景物影像的边界反差变化的物理量。在数码图像、胶片或照片上的表现是影像轮廓及其周边空间有明显的分割层次。

清晰度和锐度这两个概念本来是有区别的，但我们在摄影实践中可以把它们看作是一回事。因为调整锐度，就会使图像看起来更加清晰。所以，在Photoshop或其他图像处理软件中，加强影像清晰度的工具叫做"锐化"（sharpen）。

锐化工具的利弊

利用Photoshop或其他图像处理软件，可以使用一个或多个锐化工具来增加图像景物边缘像素的反差，使图像产生更清晰、对比度更高的轮廓效果。但是，锐化也可能使图像中出现伪像或增加明显的类似噪点的杂色，所以在使用中必须

避免锐化过度。

应该说明的是，锐化工具不能补偿因对焦不准或相机抖动引起的较严重的图像模糊。

较为清晰的图像

做了轻微锐化处理的海鸥照片

▦ USM锐化

USM(Unsharp Mask)滤镜是Photoshop中最常用的滤镜之一，它的锐化调节功能由数量、半径、阈值这3个部分组成，分别用来确定锐化的强度、锐化效果的广度及锐化哪些像素。通常的细节锐化推荐"数量"设置为150~200，"半径"设置为1~2，"阈值"设置为0~10。但要因地制宜，根据调整效果改变调节参数，不要过于教条。

镜头造成的畸变

鱼眼镜头拍摄的桶形畸变的画面

▦ 桶形畸变和枕形畸变

桶形畸变（barrel form distortion）

因为方形和规则的条状景物成像后在画面上呈现为向四周凸出的桶形，所以，这类畸变称为桶形畸变（barrel form distortion）或负畸变。桶形畸变往往出现在变焦镜头的广角端，在使用鱼眼镜头拍摄的画面上表现最为明显。

"枕形畸变"（pincushion distortion）

方形和规则的条状景物成像后在画面上呈现为四边凹进、四角向外延伸的枕头形状，所以，这类畸变又被称为"枕形畸变"（pincushion distortion）或正畸变。枕形畸变往往出现在变焦镜头的长焦端。

▦ 畸变对摄影画面的影响

畸变对影像的成像清晰度没有影响，是一种不影响清晰度的像差。但是，畸变会影响摄影作品，尤其是建筑摄影作品的观赏效果。试想，如果建筑物轮廓的直面因为畸变而成为曲面，直线

▦ 摄影中的畸变现象

摄影者常常会发现，在拍摄方形和规则的条状景物时，有时成像后被摄形状发生了变化，有的向外凸，有的向内凹。简言之，它们失去了横平竖直的原貌。这种改变了物像对应相似关系的像差称为"畸变"。

变成了曲线，肯定会失去真实记录和审美的价值。所以，除了个别特殊表现的需要，我们通常不希望在画面上出现影响美观的畸变。

从摄影实践来看，变焦镜头形成的影像畸变一般要大于定焦镜头，尤其是在广角端容易产生较大的桶形畸变。因此，使用变焦镜头的广角端进行摄影创作时，面对方形或直线形的物体，一定注意不要距离被摄物体太近。也可以选择高质量的、畸变极小的镜头。

对于常用摄影镜头，只要人眼在被摄画面上觉察不到畸变就可以了。经验证明，人的

眼睛对于2%～4%的畸变量就已经难以分辨了，而近年来设计制造的新款变焦镜头的畸变一般都能控制在4%以内。所以，在大部分情况下拍摄的照片，轻微的畸变是可以容忍的。

▣ 畸变的矫正工具

如果照片上出现了明显的影响观赏效果的畸变，我们可以使用Photoshop的"滤镜→扭曲→镜头校正"工具进行纠偏。

在本章后面有利用上述工具矫正镜头造成的图像畸变的应用实例，可供读者在进行畸变矫正时参看。

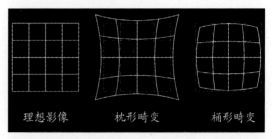

理想影像　　　枕形畸变　　　桶形畸变

桶形畸变和枕形畸变示意图

JPG格式VS RAW格式

RAW图像格式原本是数码单反相机多年来独有的，现在有几款便携式数码相机也开始支持这种格式了。现在，数码单反相机的使用者对于选择JPG格式还是 RAW格式存储自己拍摄的照片，有时显得有些无所适从。那么，RAW和JPG格式各自的优势在哪里？下面就来看一看RAW格式与JPG格式各自的优缺点以及后期在数码照片制作中的具体用法。

▣ RAW格式的优势

细节记录能力

RAW的英文本意是"未加工的"，在数码摄影领域的定义为"原始图像数据存储格式"。从本质上说，RAW实际上不能称之为一种真正的图像格式，只是一个图像信息的原始数据包，必须通过专用的RAW图像格式转换软件，才能将其转换成JPG等格式的数码照片。RAW格式文件记录的是芯片感光的原始信息，对数码影像细节和色彩的记录能力更强，保留的信息更丰富。JPG格式文件形成前已经通过相机的图像处理芯片对CCD/CMOS的感光信号进行了一系列的计算，包括设定照片的色彩、反差、色温等。这种处理提高了图像的锐度、饱和度等，但却不可避免地丢弃了许多影像的细节。

色温控制能力

使用JPG格式拍摄的照片，即使色调出现严重的偏色，其色温也很难更改。而RAW文件由于保存的是感光的原始信息，在后期处理中设定色温的可调整幅度较大。

后期处理能力

与传统胶片相比，数码照片的重要特点就是原始图片反差小。因此，数码照片的后期处理就显得非常重要。JPG格式照片的后期处理有画质损失的严重问题。而RAW格式的原则是，图像信息在相机内部不做任何处理，一切参数都等到在计算机中进行格式转换时再设置完成。

如果对JPG格式的暗调照片做加大反差的处理，图像往往会出现色调分离、噪点杂色增多、色彩过渡生硬等问题；而对RAW格式的照片进行调整，就无须担心这样的问题，它通过调节色温、增加对比度和饱和度等处理手法，就可以输出细节丰富、画质很好的照片。更加方便的是，RAW格式调整是可以逆向操作的，如果对调整结果不满意，可以随时将照片还原。

在色彩深度和亮度方面，RAW格式保存的数据也大大超过JPG格式文件，这些都直接影响着数码照片的色彩饱和度和影像可调整范围。

文件大小尚可接受

相对其他多方面的明显优势，RAW格式并没有占用过多的存储空间。事实上，RAW格式文件一般要比传统的无损压缩的TIFF文件格式的图像占用的存储空间还要小一些。在一般情况下，RAW格式的文件只是同场景JPG格式图像文件的两三倍。在用户电脑硬盘空间不是很紧张的情况下，还是可以接受的。

RAW格式的缺陷

图像格式转换繁琐，需要摄影师具备相当的电脑操作技能和图像后期处理基础，图像转换耗时费力。

由于RAW格式文件相对较大，使用它摄影不仅会影响相机的连拍图像文件的存储速度，而且在中途浏览选片时，它的读取速度也明显慢于读取JPG格式文件。

RAW格式图像适用人群

综合分析RAW格式的优缺点后，可以得出以下结论。

RAW格式适用于对影像品质有较高追求的职业摄影师和摄影发烧友。尤其是在拍摄风光、人像等艺术摄影作品时，RAW格式为最佳选择。

RAW格式对报社的新闻摄影记者等对图像画质要求不高的摄影师，对于对照相机和电脑的存储容量比较在意的摄影人，并没有太大的吸引力。对强调效率和速度的各类摄影人，使用JPG格式也不失为一种明智的选择。

使用RAW格式需要面对的问题

注意RAW格式扩展名的差异

由于RAW格式记录的是特定数码相机的感光信号，不同相机感光元件和数据算法不尽相同，所以RAW格式具有独特的设备相关性，就连RAW格式数码照片的扩展名也因厂商和机型的不同而有很大差别。例如，尼康相机RAW格式文件的扩展名为.NEF，而三星相机RAW格式文件的扩展名为.DNG。

选用适合的格式转换软件

RAW格式的文件不能直接做具体应用，如洗印照片、出版印刷、网页贴图等，把它转换为通用的图像格式需要经过一个必须的转换环节。这个环节不仅要解析原始图像信息，还要在对图像信息进行设定和处理后，将其转换为实用的图像格式。常见的RAW格式转换软件有两类：原厂软件和Photoshop内置的格式处理组件Camera RAW。

原厂格式转换软件的局限

原厂格式转换软件中的代表分别是佳能的Digital Photo Professional和尼康的Capture NX。其缺点是只能读取单一厂家相机的RAW格式文件，通用性差，针对数码照片的后续处理功能也偏弱，因此使用者较少。

Photoshop内置格式转换组件Camera RAW

经过长时间的升级和发展，Camera RAW的功能现已完备，具有很高的通用性，Photoshop CS3版本中内置的最新版Camera RAW已经可以打开现在市面上销售的所有品牌数码相机的RAW格式文件。调查显示，现在有大约80%的摄影者都在使用Camera RAW来处理RAW格式的图像文件。

此外，还有一些由第三方图像处理软件公司开发的、功能专一的RAW格式转换软件，它们针对的主要是专业市场，普通用户几乎无人问津。

现在有些厂商考虑到用户存储空间比较紧张的问题，特意提出了体积较小的RAW格式的

佳能Digital Photo Professional的工作界面

概念。这种格式作为可选项在相机内部设置菜单中，为摄影者提供了一种兼具原来RAW和JPG优势的新选择。此外，我们还可以设置一种两种格式同时保存的方式，即RAW+JPG。

使用Photoshop打开RAW格式文件并将其进行转换的内容，将在下一部分内容中举例说明。

佳能EOS 50D设置菜单中的SRAW选项 　　Photoshop CS3中RAW格式专用工具Camera Raw的工作界面

读懂用好直方图

数码相机里的直方图

数码相机LCD屏幕显示的直方图

现在的数码单反相机在使用LCD回放照片时，一般都可以显示直方图（histogram）。这个功能可以帮助摄影者利用阶调分布的图形，来观察所拍摄照片的明暗分布比例，为调整曝光参数提供依据。

直方图是通过在LCD上显示出来的波形参数来感知照片曝光精度的工具，现在许多高档相机在取景时都能显示实时直方图，这对于拍摄高质量照片是非常有帮助的。因为通过直方图的横轴和纵轴，摄影者可以准确地判断已经拍摄的照片和正在取景的照片的曝光情况。

数码相机通过液晶显示屏可以即时回放照片，这是一个很大的优势。但是，这些相机所配备的液晶屏往往只有十几万像素，因此这个小小的液晶屏是不可能完全反映出所拍照片的诸多细节的，有时即使照片出现过曝或者欠曝的情况，通过LCD也很难分辨出来。这时，数码相机内置的"直方图显示"功能可以帮助摄影者判断照片的曝光是否正常。

Photoshop中的直方图

Photoshop调板里的直方图在进行照片的后期加工时，可以为矫正数码照片的亮度、反差等提供直观的参考。因此，读懂直方图也是利用Photoshop进行图像矫正工作的必备知识和技能。

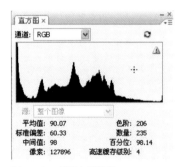

Photoshop的直方图调板

怎样读懂直方图

在直方图画面的横坐标轴上，由左到右表示的是画面自暗部到亮部的亮度坐标，级数为0～255。一幅照片的明暗度在直方图上的表现为，整个画面的明调在右手的方向、暗调在左手的方向，而中间调则是处于中间的部位。一幅曝光准确的照片应该是明暗细节分布比较均匀，直方图的明暗两极没有太多的溢出。而直方图主体结合纵坐标轴的高度，则反映着不同亮度的像素在整个画面中的数量。

色阶与直方图实际是一回事。在"色阶"调整对话框中，直方图左右两极和中间的位置分别对应着照片的最暗、最亮和中间灰（18%的灰度）的部位。

我们根据直方图上像素在纵坐标和横坐标上的分布，就可以大致了解一张照片中明暗调分布的大致状况。

各种不同照片直方图的像素分布规律如下。

像素集中在亮调区域并有溢出（大量像素

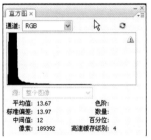

以上照片的直方图显示像素集中在左边，说明画面中缺乏明亮的部分，整体偏暗。这种情况有可能是曝光不足。但如果没有像素大量堆积在左侧，贴边处仍有微小的缝隙，说明有可能是暗调照片或者夜景照片

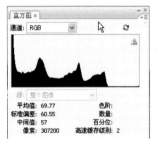

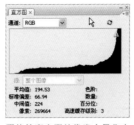

照片的直方图的像素大量集中在右边，说明亮部画面高光溢出，曝光过度

在右边界），表示影像偏亮，甚至曝光过度；像素平均分配在各个区域，为曝光正常；像素集中在暗部区域（大量像素在左边界），表示影像偏暗，甚至曝光不足。

在一般情况下，一张曝光良好的照片的像素在直方图中的分配应该是大体均衡的。但有时摄影师是刻意要拍一些高调照片或者低调照片，对于类似这样非常规的摄影作品，要具体作

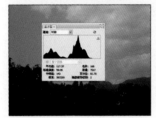

缺乏亮调、曝光不足的照片，其直方图右侧有空白

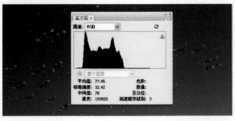

反差偏小的照片，直方图像素集中在中间，左右两侧有空白

品具体分析，对直方图的理解也不能过于教条刻板，不要把直方图作为判断照片影调和亮度分布是否合理的唯一标准。

例如，如果摄影师采用低调照片的拍摄手法，暗部像素也会偏多，但曝光依然正确；如果摄影师采用高调照片的拍摄手法，就会导致亮部像素偏多，但也不是过曝，因为它并没有大片的高光溢出。

反差大的照片，直方图左右两端像素多，中间像素少

直方图在摄影和照片后期处理中的应用

在摄影时，多看一眼直方图，就可以准确了解当时曝光的一些问题以及所拍照片的明暗影调的分布，对调整曝光参数极为有用。它比起相机的自动测光，更能提供关于曝光偏差的重要信息。可是，许多摄影爱好者往往在验证最佳光圈快门组合时却忽略了这个最好的帮手，岂不可惜？如果能够在按下快门前后，及时利用直方图来查看一下环境和照片的明暗程度，就可以正确了解当时的光照环境和曝光参数设置存在的问题。

如果直方图显示了曝光不足，就可以进行曝光补偿的调节。这种调节的效果在数码相机上也会立即直观地反映出来。如果直方图显示为曝光过度，就可以进行适当的曝光负补偿。

直方图在数码照片后期处理中的作用更加不可忽略，因为它可以帮助我们快速直观地找到照片需要矫正的问题点。磨刀不误砍柴工，建议在打开照片准备进行后期处理时，首先看看它的直方图，对其明暗反差了然于胸，然后再对症下药。这时也许只需要两三步操作，"问题照片"就会亮丽起来，变成一幅不错的佳品。具体方法将在下文中结合实例做具体的介绍。

利用Photoshop矫正数码照片的缺陷

前面我们已经介绍了有关分析数码照片质量的几个概念，学习了通过查看直方图了解照片质量的基本方法。下面就让我们一起利用Photoshop软件，对数码照片容易出现的若干缺陷进行修补和矫正。

通过几个实例，你就会体会到，被一些人认为高深莫测、不易学会的Photoshop，在解决我们遇到的绝大多数问题时，操作起来一点也不复杂。只要用心，勤学多练，它就会成为我们得心应手的得力工具。

两步去除灰雾

查看直方图

打开文件，先查看直方图。直方图上像素的山峰在中部，两边都有空白，说明这张照片反差过小，灰色成为主要色调。而这张照片实际反映的却是中国极为有名的南京栖霞山红叶，但红叶艳丽的色彩却被一层晨雾减弱了。

原图色彩灰蒙蒙的，色彩不鲜艳

在Photoshop软件环境下打开要调整的图像

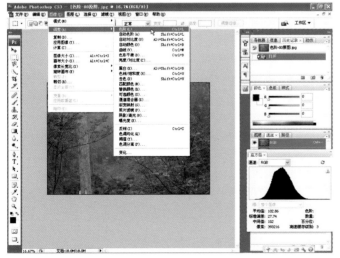

在"图像"菜单下选择"调整→色阶"命令

调整色阶

确定通过调整色阶解决照片反差低、色彩发灰的问题。选择"图像"菜单下的"色阶"命令。

调整色阶。在系统弹出的"色阶"对话框中，拖动左右两侧的输入色阶滑块，可以看到画面的反差开始逐渐加大。红叶的色彩也越来越鲜艳。

调整到合适的反差和色彩时，单击"确定"按钮，结束色阶调整工作。

通过以上简单的两步操作，一幅"灰头土脸"的照片就以鲜艳通透的新面貌展现在我们面前了。

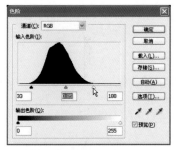

在"色阶"对话框中调整色阶

> **注意：**
>
> 调整色阶要适度。调整滑块滑过横坐标轴的空白段就可以了。千万不要向像素密集的"山峰"地带迈进，否则就会出现画质变坏的问题。调整色阶当然可以偶尔用一下"自动色阶"命令，但是自动色阶命令往往"矫枉过正"，带给我们不满意的结果。

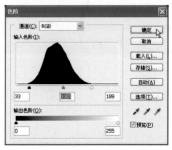

确定调整色阶工作完成，结束本次操作

调整结束后的照片效果

快速除红眼

红眼现象在拍摄人像和动物照片时时有发生。这种现象是由眼睛瞳孔内的血管反射闪光造成的。数码单反相机一般都有防红眼功能，它是通过闪光灯快速预闪刺激瞳孔收缩遮挡血管，而后再进行主要的闪光和拍摄的。

照片产生红眼必须采取措施应对，否则照片就报废了。Photoshop CS3在这方面的工作做得很到位。笔者觉得，它消除红眼的功能已经进入智能化的新阶段，使用起来已不再像以前版本那样特别依赖精确的手工操作。以下为具体的操作步骤。

导入准备修改的图像

这是我国龙芯的总设计师胡伟武研究员在做报告时的一幅照片。笔者拍摄时使用了闪光灯，产生了红眼现象。首先在Photoshop中将照片文件打开。

用Photoshop将需要矫正的照片文件打开

分析存在的问题

　　确定使用的工具和准备达到的效果。

　　通过缩放工具看清问题所在，然后在Photoshop工具箱中选择红眼工具。

在工具箱中选择红眼工具

利用工具进行矫正操作

　　将变为十字形状的鼠标指针移至照片的红眼处单击，红色部分立即变成黑色。然后对另一只眼睛进行同样的操作。

修复红眼部位

　　确认修改无误后，执行"文件→存储为"命令。

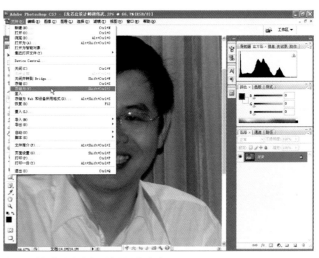

在"文件"菜单中选择"存储为"命令

输入新的文件名保存

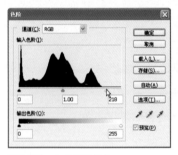

调整色阶，加大照片反差

将文件改名存盘

在弹出的"存储为"对话框中的"文件名"文本框中输入新的文件名，然后单击"保存"按钮。至此修改工作完成。

如果觉得该照片还有诸如亮度/对比度等问题需要调整，也可以通过色阶等命令一并加以解决。

修复完成的数码照片

剪出新作品：二次构图创作

裁剪是一种在原始照片基础上的再创作，应用得当，可以产生效果很好的新作品。需要裁剪的数码照片大致有以下几种：

由于各种原因，如镜头焦距短、不能接近拍摄主体等原因造成主体偏小的；

边缘区域光线与主体不协调，背景杂乱的；

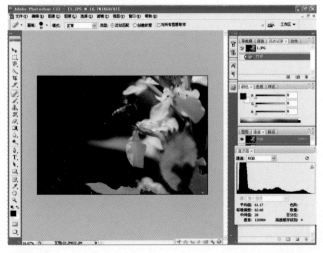

打开原图

拍摄时由于各种原因而形成构图不够讲究的。

裁剪照片的前提是，照片曝光正确、对焦准确，照片主体清晰。否则，裁剪完毕依然不能成为好的作品，这就违背了进行二次构图创作的初衷。在此通过两个实例，介绍常见的两种对照片进行二次构图调整并裁剪的方法。

旨在突出主体的裁剪

裁剪的操作步骤如下。

打开准备修改的图像。

分析存在的问题，确定使用的工具

　　本图各方面条件都还好，尤其是蜜蜂对焦准确，背景虚化良好，色彩、层次也都不错，缺陷就是构图有些不够得当，重心偏右上方。这也是追随拍摄动态物体时经常出现的问题，需要裁剪处理重新构图。选择工具箱中的"矩形选框工具"。

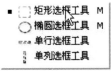

选择矩形选框工具

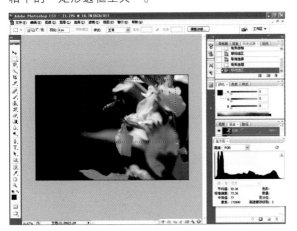

用矩形选框工具框选剪裁画面

选择需要保留的画面

　　使用矩形选框工具框选出需要保留的画面。方法是，在需要保留的画面的左上角按住鼠标左键不放，向右下方拖曳，框选出合适的画面范围后释放鼠标左键。

> **提示：**
>
> 这个步骤需要仔细观察，如拍片构图时一样考虑各方面因素并进行调整。在操作过程中，要把裁剪照片当作重新构图、重新创作一样认真对待，精心构思，切忌随意。

执行"裁剪"命令

　　在重新构图确认无误后，执行"图像"菜单中的"裁剪"命令。

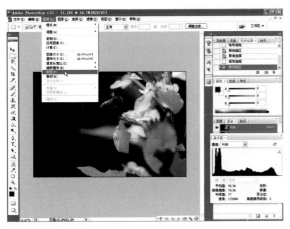

选择执行"剪裁"命令

观察裁剪的效果

观察效果并保存裁剪后的文件

　　执行裁剪操作后，要仔细观察照片的有关细节。若有问题，可以执行"编辑"菜单中的"后退一步"命令，撤销此次裁剪操作，重新构图。若无问题，即可执行"文件"菜单中的"存储为"命令，保存此次工作成果。

裁剪完成的照片

◪ 调整任意角度后的裁剪

打开照片分析问题并选择调整工具

　　本幅岳阳楼的照片是在汽艇上拍摄的，船体晃动造成画面倾斜。这种倾斜与竖拍情况不同，角度不确定。可以选择"图像"菜单下的"旋转画布→任意角度"命令调整画面角度。

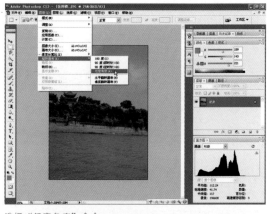

选择"任意角度"命令

角度试调整

　　在弹出的"旋转画布"对话框中选择调整角度的方向为"逆时针"，目测需要旋转角度的大致数值，这里在"角度"文本框中输入"3"，然后单击"确定"按钮。

确认旋转方向和旋转角度

　　目测角度调整结果，感觉还是差一点，再次选择"旋转画布"命令，输入角度数值"0.5"。

微调角度"0.5"

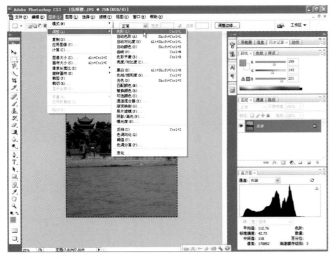
调用"网格"辅助工具

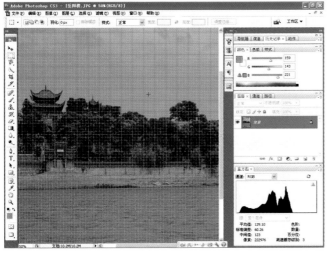
"网格"辅助工具下的画面

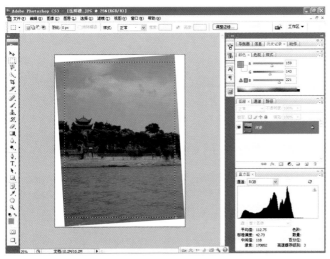
使用"矩形选框工具"

网格参考矫正

　　为了仔细观察旋转角度并进行精细调整，可以利用Photoshop"视图"菜单下的"显示→网格"工具。

　　借助网格工具，可以分辨出图像的细微倾斜方向，这里面也需要经验和技巧。例如，这幅《岳阳楼》是乘船在洞庭湖面上侧向拍摄的，其透视规律就与正面拍摄的不同。它有很多条水平方向的直线，选哪条作为参考呢？建议选择最接近画面中间的一条，同时还要参考相关垂直线，如建筑物的重心等进行调整。

重新构图，裁剪画面

　　确认角度已经调整合适后，就可以使用矩形选框工具，根据既有画面进行二次构图。构图原则与摄影创作的要求相同。

确认重新构图无误后，执行"图像"菜单中的"裁剪"命令。

选择"裁剪"命令

照片的附加润饰

裁剪后如果发现照片同时有诸如反差小、色彩发灰等问题，可以顺便加以解决。根据直方图来看，本图存在亮度不够的问题。可以通过调整色阶来加以提高。其操作步骤与本章第一例相似。

—— 为提高照片反差，选择"色阶"命令。

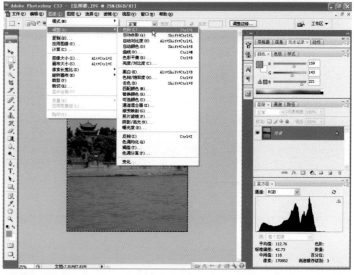

选择"色阶"命令

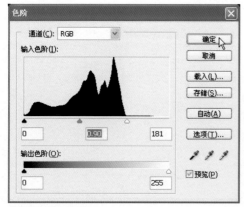

"色阶"调整对话框

——在"色阶"对话框中将右侧色阶滑块向左移动过横坐标右端的空白处，然后将中间点的滑块适当右移。这样可以使画面颜色有豁然开朗的感觉。

色阶调整完成的窗口

调整完成后的《岳阳楼》

——调整滑块的同时观察窗口内图像的相应变化，图像符合要求时，即可单击"确定"按钮，完成调整操作。

调整完成后，保存图像的过程请参考前面实例，此处不再赘述。

> **说明：**
>
> 在保存图像时，会出现一个"JPEG选项"对话框。一些影友不明白所以然，就随意选择，以致再次使用时出现问题。在这里提出我们的建议。

保存文件"JPEG选项"对话框

图像选项的含义："品质"高低代表其压缩比例的大小。作为摄影作品，建议选择"大文件"或者"最佳"保存。这两者其实是一回事。如果图片只是放在网上供人观赏，就可以选择压缩比大一些的"中"或"低"，这样不仅可以节省存储空间，也可以缩短页面打开的时间。

格式选项：建议选择"基线（"标准"）"，因为"基线已优化"和"连续"两项存储的文件兼容性都不如"标准"选项。

坏片获新生

摄影时，如果曝光控制得不好，就会出现照片明暗严重失调的问题。例如，在特别明亮的背景下使用平均测光，误用了手动曝光或者点测光设置，都可能出现此类问题。而由于摄影是一门瞬间的艺术，出游千里拍摄的照片，或者是人物最有特点的一瞬，都是不可能轻易再次捕捉到的。如果是这样的照片出现了问题，就会非常难办。虽然数码单反相机有了即时回放功能，可以大大减少一些失误，但是，一些遗憾只有显示在计算机屏幕上才会展现出来。这里对景物和人像各举一例，介绍使"坏片"获得新生的矫正和修复方法。

《兰亭》原图

◻ 让暗淡的《兰亭》恢复光彩

校正角度

导入准备修改的图像，发现照片是竖幅拍摄的，需要首先将其"扶正"。选择"图像"菜单下的"旋转画布→90°（顺时针）"命令。

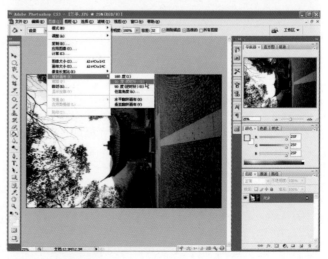

执行90° 旋转画布的命令

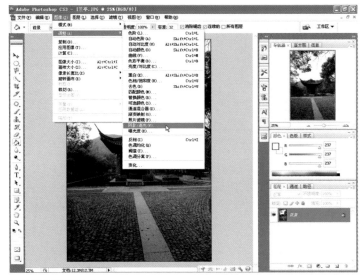

调用"阴影/高光"命令

"阴影/高光"命令将暗部提亮

选择高效率的"阴影/高光"调整命令

　　这幅照片存在的问题是暗部过暗，几乎已经是一片死黑。在以前，这样的情况可以说是无药可救。现在，Photoshop CS2以上的版本提供的"阴影/高光"命令对这类问题颇有"起死回生"的奇效。执行"图像"菜单下的"阴影/高光"命令。

"阴影/高光"中的微调

　　"阴影/高光"对话框出现时，窗口中的照片暗部已经被提亮了。亭子中的"兰亭"二字已经清晰可辨。但是，提亮的部分显得有些生硬。

　　这时可以通过拖动对话框中的两个滑块进行微调。将"阴影"滑块右移，可以改进曝光不足的部分，即补偿暗调。如果调整过度，也可以拖动滑块向左移动，适当恢复。

　　将"高光"滑块右移，可以压低高光部位的亮度。

　　因为图像曝光不足往往会导致色彩暗淡，所以在调整亮度时，色彩一般也需要进行相应调整。可以勾选对话框中的"显示其他选项"，这个对话框就会扩展为阴影、高光、调整三大部分。其中"调整"部分是新增加的，在其中有"颜色校正"等选项。

"阴影/高光"对话框中的调整

对话框扩展后的颜色调整

在对话框中的"调整"部分，通过"颜色校正"和"中间调对比度"都可以调整照片颜色的饱和度，即鲜艳程度。向右拖动滑块，提高饱和度；向左拖动滑块，则降低饱和度。

增加显示"其他选项"的对话框

增加适当的色彩饱和度后，单击"确定"按钮，完成"阴影/高光"的调整操作。

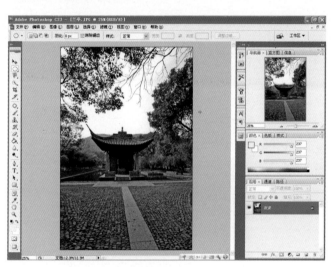

完成"阴影/高光"调整后的图片窗口

图片的改名存盘

如果要将调整完毕的图像和原图存储在一个目录中，就应该选择"文件"菜单中的"存储为"命令，在"存储为"对话框的"文件名"文本框中输入新的文件名，如"兰亭－调整明暗"，然后单击"保存"按钮。

在"存储为"对话框中输入新的文件名

调整完毕的《兰亭》照片

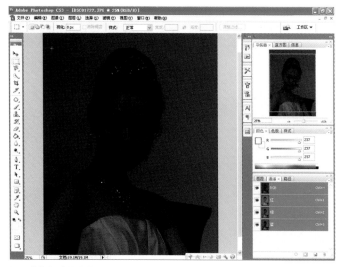

打开整体偏暗的人像照片

在随后出现的"JPEG选项"对话框中设定图像品质和格式选项，然后单击"确定"按钮，完成文件的存盘操作。

图像改名存盘的"JPEG选项"对话框

让模特走出阴影

在展览会现场拍摄模特，有时也会遇到光线不足，闪光灯偶尔"罢工"的情况。如果模特表情最好的一刻遇到了这种情况，就只好事后求助于Photoshop了。人像照片如果过于暗淡，仅仅提亮是不能彻底解决问题的。因为大量的暗部噪点需要"消化"。在这种情况下，就需要使用其他工具。

打开要矫正的照片

导入拍摄失败的图像，发现照片尽管很暗，但构图、人物神态、对焦等都还不错。

选择"阴影/高光"命令

这幅照片存在的问题是整体呈黑灰色调，我们首先试着使用"阴影/高光"命令对它进行初步调整。执行"图像"菜单下的"阴影/高光"命令。

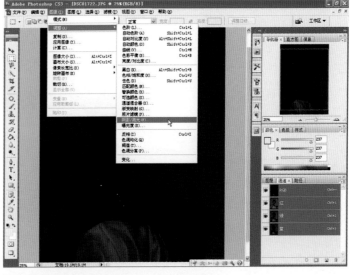

调用"阴影/高光"命令

"阴影/高光"中的微调

"阴影/高光"对话框出现后，模特照片已经清晰起来。但色调感觉有些不自然。在"阴影/高光"对话框中对其颜色等选项进行微调。

"阴影/高光"对话框中的微调

试用模糊滤镜减轻噪点

以上调整没能解决人像的大量噪点问题，尝试使用"滤镜"菜单中的"模糊→表面模糊"命令进行调整。表面模糊是最适于柔化女性皮肤质感的工具。

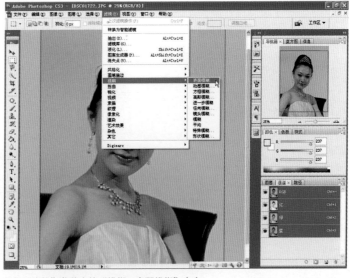

执行"滤镜"菜单中的"模糊→表面模糊"命令

在"表面模糊"对话框中进行模糊参数的设置

在弹出的"表面模糊"对话框中调整半径和阈值。但是发现暗部的粗糙依然存在。

利用通道进一步减轻画面的粗糙度

单独显示红、绿、蓝通道，发现红色和蓝色通道的图像，画面比较粗糙，可以认为，照片整体的粗糙就是由此而来。

单独显示红、蓝通道的图像进行"表面模糊"处理，为了彻底虚化暗部噪点，可以把"半径"设为"5"，虚化得稍微过一些。

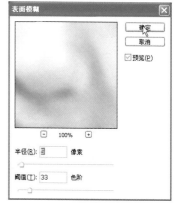

通过不同通道的"表面模糊"消除噪点

在RGB通道观察最后效果

分别在不同通道中进行模糊处理后，单击RGB通道，就可以查看图像的整体效果了。可以看到，照片上的模特皮肤已经相当细腻，而且有点像使用了柔焦镜的风格。

确认照片达到矫正要求后，即可按照前面实例中的操作步骤进行存盘或者改名存盘。一幅靓丽的模特照片就这样从一张"坏片"中诞生了。

调整完毕的模特照片

晚霞更亮丽

有些摄影者面对朝阳或晚霞的艳丽色彩，往往就忘记了数码单反相机基本的设置功能，或是调整不够到位，导致照片效果欠佳。例如，白平衡没有按照规律调整为日光模式，而是默认使用了相机的"自动白平衡"，使照片失去了迷人的色彩；或者干脆把它设置为"灯光"模式，导致画面整体偏蓝。对于这类因经验不足而导致的错误，有些是可以通过Photoshop的色彩平衡功能加以矫正的。

具体操作步骤如下。

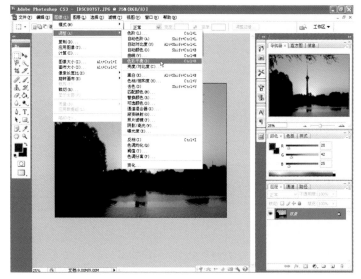

打开文件后，调用"调整→色彩平衡"命令

导入准备修改的图像

　　由于这幅日落景色的照片使用的是自动白平衡，所以，对落日色彩的反映并不到位。颜色虽然透亮，可是色泽偏黄。可以调用"图像"菜单下的"调整→色彩平衡"命令进行处理。

调整色彩平衡的"中间调"

　　Photoshop窗口中出现"色彩平衡"对话框，这个对话框中有"色彩平衡"和"色调平衡"两个部分。系统默认是调整"中间调"的色彩平衡。

在对话框中调整"中间调"的色彩平衡

　　在色彩平衡对话框中分别拖动3个调整色彩平衡的滑块，增加红色和蓝色，减少绿色（等于增加洋红）。调整幅度根据画面颜色的实时变化控制。

　　左侧是在"中间调"下的调整效果图。

"中间调"色彩平衡的调整效果

调整色彩平衡的"阴影"

在对话框中选择"阴影"后进行色彩平衡

如果在"色调平衡"对话框中选择了"阴影"，晚霞的色彩就会产生另外一种风格。

如果对调整的效果比较满意，就可以把修改后的照片改名存盘了。

对"阴影"进行色彩平衡的效果

白鹅浮碧水

拍摄风光或者有江湖等水景的照片时，常常由于天空和周边环境等因素，导致水色失真。如在阴天等情况下，不仅一泓碧水会失去色彩，而且随着云层的薄厚和颜色变化，水色也会有所变化。面对发灰发黄甚至发黑的水色，初学摄影者会感到很无奈。对于这类问题，可以尝试使用Photoshop的"替换颜色"功能来解决。

照片失真的水色与白天鹅很不协调

对这幅照片中水的颜色进行矫正的具体操作步骤如下。

选择"替换颜色"命令

打开准备修改的图像，分析问题后，选择"图像"菜单下的"调整→替换颜色"命令。

选择要被替换的颜色

出现"替换颜色"对话框后，鼠标指针在窗口中会变成吸管的形状，用它可以选择需要更改的画面颜色。例如，在本幅图片中单击水的颜色，其颜色会在工具箱的前景色上即时反映出来。对话框中的预览图中白色部分是可以调整的颜色范围。

注意：

对话框中的颜色容差指的是调整颜色的范围大小。如果容差选择较大，就会把相邻的颜色选入。所以要注意在调整时进行适当的控制。

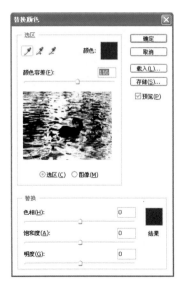

"替换颜色"对话框

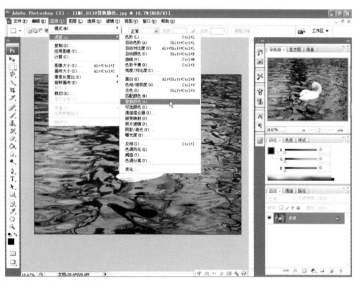

选择"替换颜色"命令

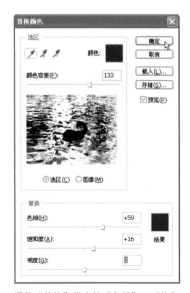

调整"替换"栏中的"色相"、"饱和度"和"明度"滑块

调整"替换颜色"的幅度

在"替换颜色"对话框中的"替换"栏中，分别拖动"色相""饱和度"和"明度"滑块，图像中的颜色和亮度就会发生相应的变化。仔细观察画面中的变化，对这3项指标进行细微的调整，直到颜色变化满意为止。

保存修改后的效果

在窗口内观察图像调整达到满意效果后，即可选择"文件"菜单中的"存储为"命令，对图像做改名存盘处理。

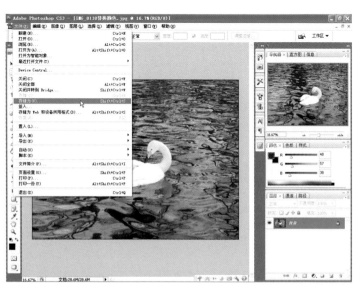

选择"存储为"命令对图像改名存盘

替换颜色后的白鹅碧水效果

纤毫毕现

面对大自然中细微精致的景物和一些小生命的精巧结构，摄影者在表现它们时有时会感到力不从心。例如，昆虫体型微小，即使使用微距镜头有时也会出现局部虚糊的缺憾。如果出现此类问题，使用Photoshop的USM锐化滤镜可以解决。关于锐化的概念，请参阅本书有关介绍。

下面举例说明对图像锐化以使图像画面清晰的操作步骤。

打开要进行锐化的数码照片

仔细观察可以发现，在拍摄时由于使用大光圈景深很小，又没有精确控制好焦平面，致使一只豆娘的局部不够清晰。

打开相关数码照片的图像编辑窗口

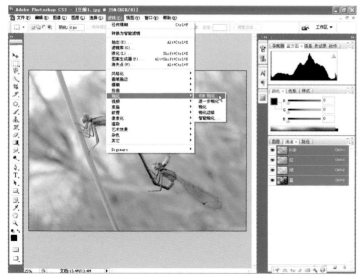

选择"USM锐化"命令

选择"USM"锐化命令

如果没有特殊效果的需求，Photoshop中的USM锐化滤镜是应用范围最广、锐化效果最好的工具。调用这个工具的方法是在Photoshop的"滤镜"菜单下选择"锐化→USM锐化"命令。

调整USM锐化参数

在随后弹出的"USM锐化"对话框中，可以直观地看到被调整图像的细部。其中有3项可调整的参数，其中"数量"表示锐化的强度，"半径"表示锐化效果的广度，"阈值"指锐化的关联像素范围。应该根据不同的图像和具体情况，如图像大小、模糊程度等设置参数，不要拘泥于某种说法。

在进行几项参数的调整过程中，窗口中的图像和对话框中的局部预览窗中都会随着参数的改变而直接显示调整结果，可以为进一步调整提供参考。

保存锐化后的图像

调整达到满意程度，可以保存调整结果。选择"文件"菜

在"USM锐化"对话框中调整图像锐度

单下的"存储为"命令，弹出"存储为"对话框，在"文件名"文本框中输入新的文件名"豆娘－USM锐化完成"后，单击"保存"按钮。

应该指出的是，其他类型的照片，如静物或人像出现轻微模糊的问题时，也可以使用这种方法来解决。而且由于它们的主体较大，细节往往也不需要十分锐利明快，调整起来可能会更加简单一些。

锐化完成后的豆娘图像

变焦变移轴

由于普通的变焦镜头在广角端会存在较明显的桶形畸变，在长焦端会存在枕形畸变，即使是像差纠正较好的镜头，在使用较大的广角镜头进行拍摄时，也会出现一些会聚性的透视变形。如果拍摄时摄影者不在中点位置，建筑等物体在画面上还会出现不同方向的扭曲。这些由于器材原因在拍摄时产生的问题，以前需要使用昂贵的移轴镜头才能避免，现在可以通过Photoshop轻松矫正。

矫正建筑的会聚形畸变

打开准备修改的图像

打开一张使用10mm广角镜头拍摄的古建筑照片，发现质量很好，基本没有发生畸变。但是由于大广角的原因，建筑包括华表都发生了会聚性的变形。对于这种问题，利用Photoshop CS3中的镜头校正功能可以解决。

打开图像分析问题

选用"镜头校正"工具

执行Photoshop "滤镜"菜单下的"扭曲→镜头校正"命令。

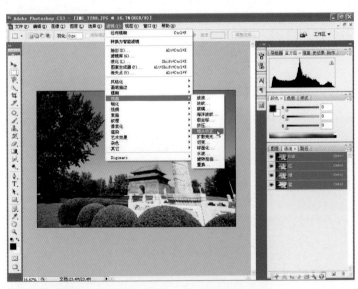

选择"镜头校正"工具

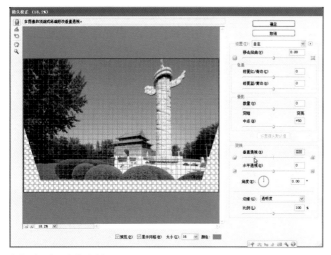

变换"垂直透视"参数

调整垂直透视参数

　　"镜头校正"命令执行后，Photoshop窗口被一个"镜头校正"调整窗口取代。这个窗口内有几组可调整选项。对于这幅图片，是调整"变换"组下面的"垂直透视"。

　　图像上面出现的附加网格，可以为我们调整透视扭曲提供直观的参考。

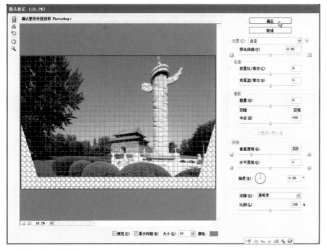

确认矫正扭曲结束

　　用鼠标指针拖动"垂直透视"的调整滑块，向左右移动，画面的透视效果会随着发生变化。在调整参数到−63时，画面显示建筑物已经呈垂直状态。

确定调整幅度

　　经过精细调整，确认扭曲已经被矫正，即可以单击"镜头校正"调整窗口中的"确定"按钮，结束对这幅照片的矫正操作，画面返回Photoshop窗口。

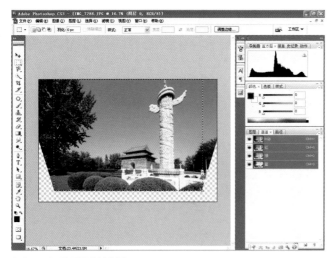

自上而下框选画面重新构图

对已校正的图像进行二次构图

　　畸变校正结束后，会发现照片下方出现了一些空白。这就需要对画面进行重新构图。选择工具箱中的"矩形选框工具"，以尽可能多地保留照片的原有格局。方法如下。

自上而下的框选需要更多经验，选择画面比例应该注意要大致符合原图情况。右下方的框选结束点最好能与校正结束形成的钝角重合。构图原则与拍摄照片时相同。

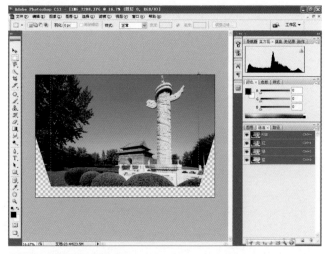

自下而上框选画面重新构图

自下而上的框选可以以图片左下方的钝角顶点为起点，参考鼠标拖动的蚁行线，在对应右下方钝角顶点的垂直线上方选择框选结束点。

通过"裁剪"形成新图

框选构图结束后，单击"图像"菜单下的"裁剪"命令，窗口内形成校正后的新图像。

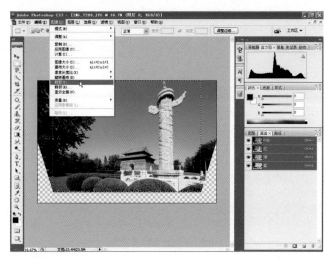

选择"裁剪"命令

观察镜头校正后形成的新图像，其风格和使用昂贵的移轴镜头拍摄的图像毫无二致。

保存矫正后的图像

建议用"文件"菜单下的"存储为"命令，将矫正并重新剪裁构图后的图像改名存盘，以备使用。存盘过程这里不再赘述。

矫正变形后形成的新图像

矫正两个方向的镜头畸变

有时，摄影作品会出现不止一个方向的透视变形，我们同样可以使用"镜头校正"功能矫正其存在的扭曲，还原为一张标准的好照片。

下面对这种较复杂的矫正过程予以举例说明。

打开图像，观察存在的问题

打开图像分析问题

打开一张使用广角镜拍摄的风景照片文件。可以看到，由于拍摄者拍摄位置和角度的问题，这张照片中的建筑出现了两个方向的变形。此种问题利用Photoshop CS3中的镜头校正功能同样可以解决。

选择"镜头校正"工具

选用"镜头校正"工具

执行Photoshop"滤镜"菜单下的"扭曲→镜头校正"命令。

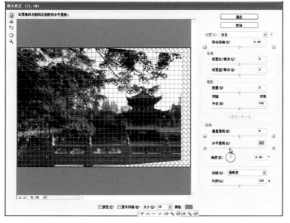

调整"水平透视"参数

调整水平透视参数

"镜头校正"命令执行后，出现"镜头校正"调整窗口。对于这幅图片，首先调整"变换"组下面的"水平透视"，把建筑物、石栏杆矫正为水平状态。

在精细水平透视调整时，注意观察图像上面的附加网格与画面水平线的相对变化。

用鼠标指针拖动窗口中的"水平透视"调整滑块，向左右移动，会看到画面的水平透视效果随之发生变化。在调整参数到－35时，画面显示建筑物主要标志已经呈水平状态。

调整垂直透视参数

照片水平方向的扭曲矫正后，以画面网格做参照物，仔细观察建筑物的几根柱子，发现本图存在垂直方向的扭曲。

改变"垂直透视"参数，确认调整结果

用鼠标指针拖动窗口中的"垂直透视"调整滑块，同时观察画面垂直透视效果的变化。在调整参数到－16时，画面显示几根柱子已经基本呈垂直状态。

确定调整幅度

这时，如果画面水平和垂直方向的扭曲都已经被矫正，即可单击"镜头校正"窗口中的"确定"按钮，结束矫正操作，屏幕返回Photoshop窗口。

对已校正图像进行裁剪构图

两个方向的镜头扭曲矫正结束后，照片右侧及右上方和右下方出现了不等的空白，这是镜头矫正的"副产品"。与上一个例子一样，需要对画面进行重新构图和剪裁。选择工具箱中的"矩形选框工具"，以框选方式重新构图。具体的方法可参考上个任务中的相关操作步骤。

框选矫正后的画面进行重新构图

通过"裁剪"形成新图

确认框选构图无误，单击"图像"菜单下的"裁剪"命令，窗口内形成校正后的新图像。

选择"裁剪"命令

结束裁剪操作后的Photoshop窗口

保存矫正后的图像

　　执行"文件"菜单下的"存储为"命令，将进行镜头扭曲矫正并重新裁剪构图后的图像改名存盘，此项工作结束。

全部操作完成后形成的新图像

轻松去紫边

　　使用普通镜头在照度低的场合拍摄，或者拍摄反差较大的景物，往往会在画面中的明暗交界处或者不同色彩明暗调的过渡处，出现紫色的边缘。这种现象被形象地称为"紫边"。

紫边现象是普通光学玻璃产生的色散现象造成的。价格昂贵的豪华镜头一般具有萤石镜片或者其他超低色散镜片，能够大大减少甚至防止紫边现象的发生。

这里介绍一种利用Photoshop中的"色相/饱和度"功能简便去除照片紫边的方法。

下面举例介绍使用"色相/饱和度"去除照片紫边的具体步骤。

打开准备修改的图像

打开一张树叶上布满露珠的照片，远看露珠晶莹剔透，背景虚化也不错。但是，把图像显示比例放大到66.7%时，就会发现露珠和树叶的明暗交界处有很明显的紫边。

打开图像

选用"色相/饱和度"调整功能

通过"色相/饱和度"调整功能可以改变画面中的颜色及其纯度，可以尝试用它来去除这张照片中的紫边。执行Photoshop"图像"菜单下的"调整→色相/饱和度"命令。

选择"色相/饱和度"命令

在下拉列表中选择需要编辑的颜色

以上命令执行后，窗口中会出现一个"色相/饱和度"对话框，单击"编辑"下拉列表框右侧的 ▼ 按钮，出现"全图"和颜色的可选项。

由于我们仅仅是对紫色进行调整，因此不选"全图"。因为紫色与洋红最为接近，所以可以选择对"洋红"进行编辑。

在"色相/饱和度"对话框中选择要编辑的洋红色

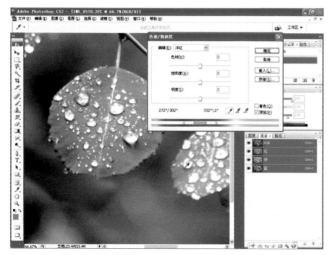

使用吸管工具选择颜色编辑样本

如果不能确认要编辑的色彩，也可以使用吸管工具在紫边色彩典型的位置单击鼠标，选中这个色彩的样本。然后将其与下拉列表中的6种颜色比对，选中最接近的一种。随后，色相/饱和度的调整就以这个样本为对象展开。

在"色相/饱和度"对话框中调整选定颜色的色相

调整"色相"

在"色相/饱和度"对话框中，用鼠标指针拖动"色相"的调整滑块，向左右移动，画面中被选中的颜色也会随之发生变化。因此在调整中一定要仔细观察特定颜色的变化。

设置宽泛颜色范围会使不该调整的色彩也发生改变

分别拖动对话框下方的色彩调整轴上的两组滑块，可以设置色彩调整的范围，设定范围越窄，调整越精细，对周边颜色影响越小，但是设置难度也越大；设定范围越宽，调整色彩越宽泛，对周边颜色影响也越大。

如果不该改变的色彩被改变了，可以使用"历史记录"功能返回前几步调整的状态。

进行饱和度和明度调整

色相调整有时也需要辅之以饱和度和明度的调整。例如我们这幅照片，如果不对饱和度和明度进行调整，其紫边去除的效果就不会这样好。

对饱和度和明度进行适度调整

调整达到预定要求后，单击对话框中的"确定"按钮，结束去除紫边的色彩调整工作。

保存去除紫边后的图像

建议用"文件"菜单下的"存储为"命令将去除紫边后的图像改名存盘，以备使用。存盘过程此处不再赘述。

说明：

数码照片去除紫边的方法不止一种，例如，使用"滤镜"菜单中的"扭曲→镜头校正"中的选项也可以进行这项工作。

去除紫边后的图像

黑白的艺术

在彩色摄影盛行的现在，还是有不少影友对传统的黑白照片情有独钟。他们欣赏这样一句话："色彩愉悦的是眼睛，黑白愉悦的是心灵。"

但是，数码单反相机拍出的黑白效果远远不能令黑白影迷满意。因为传统的彩色照片转黑白照片工具，如图像调整中的"去色"和图像模式中的"灰度"，会使黑白照片丢失部分层次，影响照片的观赏美感。新版的Photoshop在"图像"菜单下的"调整"中增加了一个"黑白"工具，这个彩色转黑白的工具比起以前的"灰度"和"去色"在功能上有了很大的改进，对色彩在不同等级灰度的转换和调整上，具有很强的可创造性，使黑白照片的影调调整相对完善。

下面举例说明这个工具的具体使用方法。

打开彩色照片《琼岛初雪》

打开准备转黑白照片的彩色图像

彩色转黑白，不是一件随意的事情，更不是任意一张彩色照片都能转换为一张有韵味的黑白影调的照片。笔者以为，彩色转黑白的前提，是这张照片或者有"画意"，或者有历史文化的沧桑感。

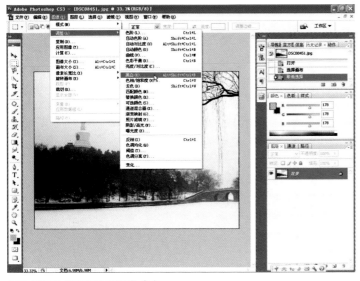

执行"图像"菜单中的"黑白"命令

选定"黑白"工具

如果已经确定将照片转黑白片，即可执行"图像"菜单中的"调整→黑白"命令。

调整不同色彩的黑白色调

在窗口中弹出的"黑白"对话框中，可以进行红、黄、绿、青、蓝、洋红6种颜色的黑白色调的调整。

"黑白"对话框中的基本调整类别

为黑白照片增添不同的镜头滤镜效果

　　"黑白"对话框中还有一组可以影响黑白照片色调的预设滤镜，基本涵盖了以往黑白摄影中使用率较高的所有滤镜。例如，在编辑黑白照片时也可以使用黄色滤镜在照片中压暗蓝天、提亮白云。这里可以用它来加大白雪和其他景物的反差。

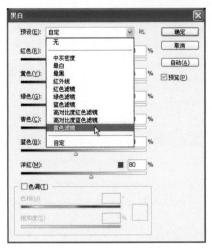

"黑白"对话框中可以"预设"的滤镜类别

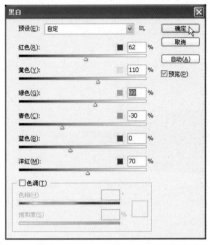

确认"黑白"调整完成

　　之后，可以继续进行红、黄、绿等颜色的色调调整。调整达到自己满意的程度后，单击对话框中的"确定"按钮，结束黑白影调的调整。

为黑白照片加黑框

　　黑白转换完成，色调调整结束后，可以尝试给这幅黑白照片加一个有点艺术品位的黑框——高调的黑白片往往都有这个黑框。

　　其制作方法是：

　　设定背景色为黑色，选中"图像"菜单中的"画布大小"命令；

设置背景色为黑色，选中"画布大小"命令

　　视图像大小为照片扩展出边框宽度，注意此数值要除以2。具体数值查看图示。确认无误后，单击"画布大小"对话框中的"确定"按钮。

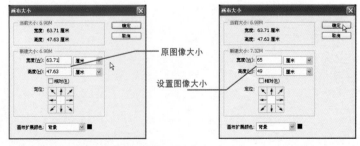

在"画布大小"对话框中输入适当的扩展宽度

添加了艺术黑框的《琼岛初雪》

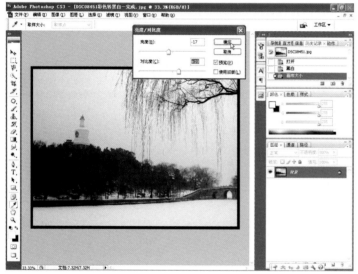

为《琼岛初雪》增加对比度加大反差

保存调整好的黑白照片文件

按照常规将照片改名存盘，操作步骤和要点在此不再赘述。

调整对比度

黑框增加前后，对照片的感受会有所不同。根据个人的欣赏习惯，也可以对照片的对比度、亮度等进行适当的调整。

黑白影调设置完成后的效果

多重曝光PS

　　多重曝光效果具有一种朦胧、神秘的美感，深受人们的喜爱。可是现在的多数数码单反相机却还没有这个功能。为此，这里介绍一种使用Photoshop合成多重曝光效果的方法。这种方法简单易行，创造的仅是一种艺术效果，不涉及科学性和真实性的问题。

　　下面举例介绍使用Photoshop合成多重曝光模拟效果的具体步骤。

▣ 准备素材照片

　　合成多重曝光效果，当然可以利用现有的照片。但是，为了保证整张照片的效果和风格相对统一，最好是有意识地去分别拍摄背景和主体的两幅或者多幅照片。

　　——用于背景图的照片。最好直接选择被摄主体的画面，但是要用大光圈，手动调虚图像，尽量使其色彩虚化得浅淡而匀称。

　　——用于主体的照片。可以根据创作意图把主体拍得很清晰，以便于在合成时使二者结合得更好。

▣ 初步合成

　　素材准备好后，就可以正式进行模拟多重曝光的合成操作了。

　　——打开素材图像。先后将所有素材图像在Photoshop中打开。

预先拍摄的虚化照片用于背景图　　　　　　　　　　预先拍摄的清晰照片用于主体图

在Photoshop中打开
素材图像

复制主体素材图像

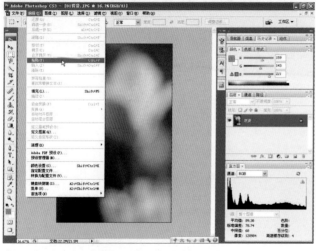

选择"粘贴"命令，准备将主体素材粘贴到背景图层

复制主体图像

首先单击主体图像，使其成为当前编辑图像，然后使用工具箱中的矩形选框工具框选全图，再使用"编辑"菜单中的"拷贝"命令将其复制到剪贴板。

粘贴主体图像到背景

先单击背景图像，使其成为当前编辑图像，再使用"编辑"菜单中的"粘贴"命令将剪贴板中的主体照片粘贴在背景图像上。

合成参数调整

初步合成的图像显示为主体图像，背景图被覆盖在它的下面。而多重曝光效果要求图层融合的色彩、对比度和锐度要自然协调，因此必须对图像的不透明度等参数进行调整。

其操作步骤如下：

调整不透明度

在窗口右侧的"图层"调板上，向左拖动"不透明度"调整滑块，主体图像向半透明状态转化，窗口中的图像表现为背景与主体的逐渐融合，多重曝光效果逐渐显现。

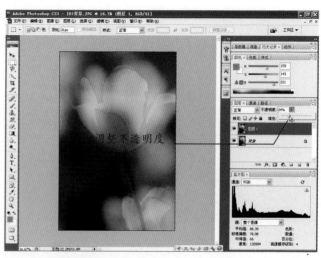

调整图层的不透明度

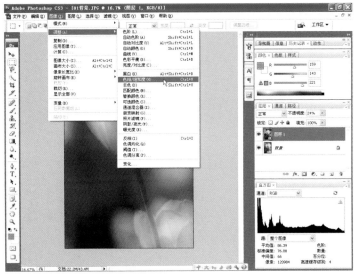

选择"色相/饱和度"命令

调整色相/饱和度

如果觉得形成的多重曝光图像色彩不够鲜艳，也可以通过"色相/饱和度"进行调整。在"图像"菜单中选择"调整→色相/饱和度"命令。

在随后弹出的"色相/饱和度"对话框中试着调整其中的3个选项。在调整过程中，可以即时观察窗口中照片的调整效果。当达到自己的要求时，即可单击对话框中的"确定"按钮，结束这项附加调整。

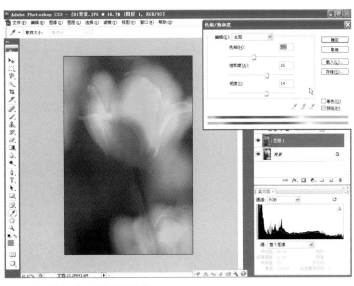

即时观察"色相/饱和度"调整效果

"色相/饱和度"调整对话框

保存修改后的文件

一切调整结束后，执行"文件"菜单中的"存储为"命令，将多重曝光的调整结果存盘。建议将其存储为Photoshop的PSD格式，以便日后修改。

PSD格式虽然容量较大，但是能够保存大量图层以及原始图像等信息，以后继续编辑会比较方便。

在提示保存Photoshop的格式选项中，选择其默认值即可。具体保存步骤不再赘述。

执行"存储为"命令后出现的"存储为"对话框

说明：

在使用多张图片进行合成时，色彩就会成为一个大问题。颜色搭配不当，往往会影响合成照片的整体效果。所以首先要注意在拍摄时尽量避免或者减少这类问题的发生。

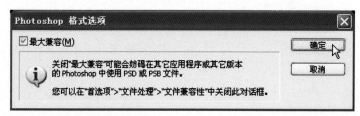

"Photoshop的格式选项"对话框

图像编辑软件Photoshop CS3及其以上版本的功能十分强大、内容极为丰富，其功能很多，尤其是合成图像部分的功能很强，是平面设计的重要工具。但是，由于这部分功能已经超出了摄影作品后期矫正的范围，而本书涉及部分仅限于相当于摄影技术的数字暗房部分，而且是绝大多数摄影家认可的关于图像矫正的内容，所以对这方面的技术没有展开讲述。如果读者对Photoshop中影像合成与平面设计的内容感兴趣，建议参考其他专业资料进行学习。

多重曝光合成模拟的最终效果

《和平世界》 李英杰 摄

《希望工程》组照选

解海龙 摄

解海龙，中国著名纪实摄影家，河北景
县人，出生于1951年5月，现任中国摄
影家协会副秘书长，中国摄影著作权协
会总干事。作品有希望工程纪实系列、
唇裂儿童组照等。他拍摄的纪实照片对
希望工程起到了巨大的推动作用。这组
照片内容真实感人，影像冲击力极强，
成为中国纪实摄影中的力作。本书选录
《希望工程》组照中的两幅代表作，供
大家欣赏。

擎天一柱

李少白 摄

李少白，中国著名风光摄影家，1942年出生于重庆市，多年专攻长城摄影和故宫摄影。曾任《大众摄影》、《中国摄影》、《摄影与摄像》等杂志的编委，现为"中央民族大学现代图像艺术学院"及有关院校摄影系客座教授。曾拍摄出版过《看不见的故宫》、《看不见的长城》等多部有影响的专题风光建筑大型画册。从《擎天一柱》可以看出李少白在拍摄创作中的立意新颖，构图大胆，不拘一格的特点。

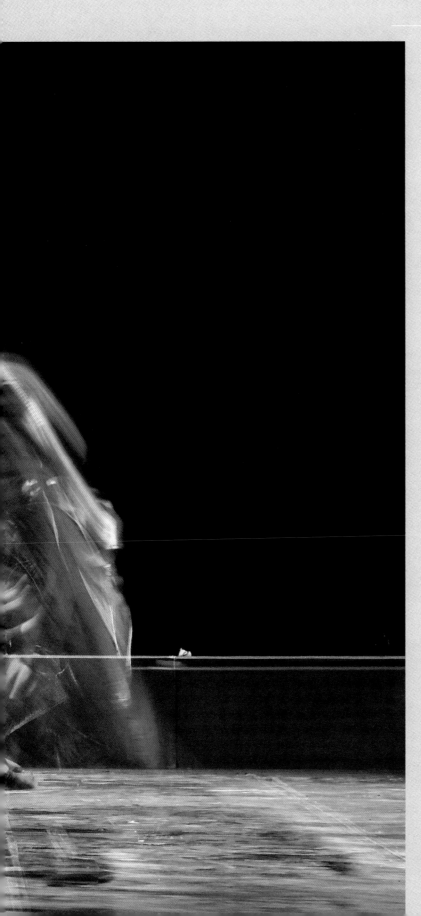

士兵与枪

林毅 摄

林毅，中国著名摄影家、平面设计师。在2008年北京奥运会和残奥会上，林毅作为开闭幕式的总摄影师，全程记录了开闭幕式从筹备到举行的精彩场面。其后又编选出版了反映这一空前壮观的大型摄影画册《无与伦比的盛典》，受到总策划师张艺谋先生的好评。林毅拍摄的这幅《士兵与枪》，熟练地运用慢门和虚实对比的手法，将威风凛冽的士兵刻苦练习队列时的景象真实鲜活地展现在我们面前。

失却的记忆

刘世昭 摄

刘世昭，中国著名摄影家、《人民中国》杂志社首席摄影记者。刘世昭数十年来足迹遍布大江南北，用手中的镜头记录下许多令人难忘的美好瞬间。本书选用他的代表作品"失却的记忆"组照中表现长江三峡纤夫裸体拉纤的最具影响力的一幅，这幅作品用生动的纪实影像歌颂了中国人民不畏艰辛、勇于向困难挑战的顽强精神，在国内外获得广泛好评。

故宫·宫墙柳

梅生 摄

梅生，中国著名摄影家，生于南京，长于北京，毕业于天津大学，从事摄影记者、美术编辑工作二十年，兼作音乐策划，摄影，旅游、人文地理专栏作家，艺术院校摄影教授。现为电子工业出版社艺术总监。近年来专注于联合国教科文组织世界遗产委员会《在中国的世界自然与文化遗产》的专题研究与拍摄。梅生作品意境深远、构图严谨、用色讲究，这些特点是与他深厚的绘画、书法和文学造诣分不开的。从这幅《故宫·宫墙柳》中可以清晰地看出梅生摄影作品的特色。

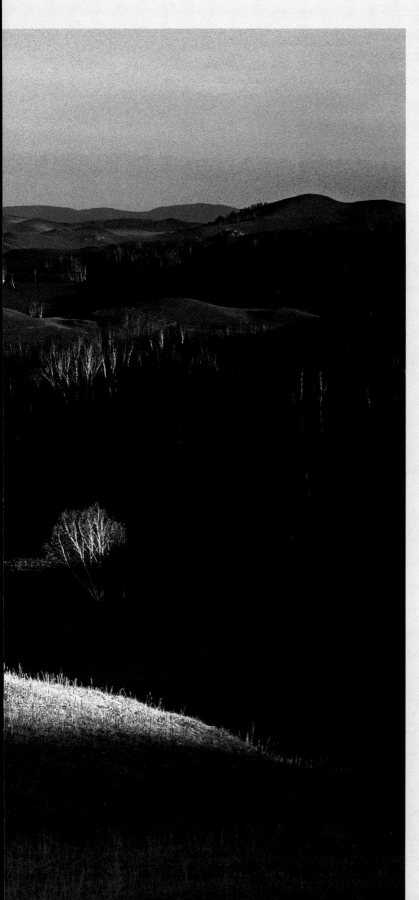

金秋

齐凤臣 摄

齐凤臣，中国著名摄影家，1952年出生于北京。现任北京市职工文化协会摄影委员会秘书长，任教于北京市崇文职工大学、国家广电总局老年大学。擅长拍摄纪实及风光类作品，曾自驾车几乎走遍祖国大地，将成千上万幅精彩画面收入镜中。《金秋》是他在河北坝上拍摄的佳作，用光讲究，构图严谨，利用强烈的明暗对比表现了自己的心境。

长江第一弯

谭明　摄

谭明，中国著名风光摄影家，出生于
1950年11月。谭明曾在部队当过战
士，在工厂当过工人，后来任中国国际
航空公司杂志摄影记者。谭明走遍中华
大地，拍摄出许多精彩佳作，并出版了
个人摄影作品集《中国最美的地方》等
几部大型画册，受到国内外摄影师及摄
影爱好者的一致好评。《长江第一弯》
气势宏伟，利用弯形构图将画面的纵深
空间感表现得十分强烈。

北京胡同01像

徐勇 摄

徐勇，中国著名摄影家，1954年1月生于上海，曾出版过很多有影响的摄影画册，如《胡同101像》、《小方家胡同》、《鲁迅故里人像》……其胡同作品曾被美国前总统布什先生收藏及被载入美国出版的世界摄影史。北京胡同系列是徐勇20世纪80年代拍摄的作品，把胡同文化的内涵表现的比较到位，多利用雨雾天散射光，淋漓尽致地表现了胡同的宁静空灵和自己的心境。

青山无际

杨大洲 摄

杨大洲，中国著名摄影家、作家、文物鉴赏家。曾出版不少有影响的图文并茂的摄影画集，如《西行写真》、《漫游徽居》、《信步胡同》、《回首江南》……杨大洲的摄影作品重在表现中国传统文化内涵，构图和色彩的运用十分讲究，这和他对中国文化的热爱是分不开的。《青山无际》是他在雾灵山顶峰拍摄的，气势宏伟、层峦叠嶂，给人心旷神怡的强烈感觉。

四川双桥沟五彩山

于云天　摄

于云天，中国著名风光摄影家，山东泰安人，毕业于天津工艺美术学院，曾任中国民航杂志主编、副总编。于云天的作品总是给人一种虚无缥缈的氛围，或是一种空旷、深邃、高远的意境。他的很多作品中的景观是难得一见的。他曾说："拍摄自然风光是复归自然，与自然神灵交往是美好的感受。"这幅《四川双桥沟五彩山》是他这一思想的具体写照。作品气势磅礴、色彩迷人，真乃处在与自然神灵的交往之中。

图书在版编目（CIP）数据

凝固瞬间的艺术：数码单反摄影白金教程 / 李英杰
，李秋弟著. -- 北京：人民邮电出版社，2010.4
ISBN 978-7-115-21820-9

Ⅰ．①凝… Ⅱ．①李… ②李… Ⅲ．①数字照相机：
单镜头反光照相机－摄影技术－教材 Ⅳ．①TB86②J41

中国版本图书馆CIP数据核字（2009）第244141号

内容提要

本书是由中国摄影家协会资深摄影家李英杰、李秋弟根据自己多年摄影的经验与体会编写而成的，旨在帮助初学摄影的人系统地掌握摄影的理论与技巧，从而拍出超越常人的高水平照片。

本书是一部全面介绍数码单反摄影器材、使用方法与技巧的实用指南。主要内容包括：数码单反相机的原理与结构，数码摄影曝光与对焦，数码摄影用光与影调控制，数码摄影构图，数码摄影题材分类与拍摄技巧，数码照片的后期处理以及名家作品赏析等。

本书配套光盘中是长达4个小时的、内容实用而丰富的专业讲座，与书中的文字相辅相成，互为补充。其中，"数码单反相机的应用常识"部分，是面向数码单反相机初学者的操作指导内容，"数码摄影作品鉴赏"部分，则属于提高性质的专题讲座，对具有一定摄影经验的摄影师来说，具有开阔眼界，提升层次的指导作用。

本书站在艺术创作的角度，旁征博引，谆谆善诱，引人入胜，适合广大摄影爱好者阅读，尤其可以帮助初学者尽快掌握摄影基础知识和技能，迅速提升艺术创作和作品欣赏的品位。

凝固瞬间的艺术——数码单反摄影白金教程

◆ 著　　　　李英杰　李秋弟
　　责任编辑　马雪伶　刘建章

◆ 人民邮电出版社出版发行　　北京市崇文区夕照寺街 14 号
　　邮编　100061　电子函件　315@ptpress.com.cn
　　网址　http://www.ptpress.com.cn
　　北京画中画印刷有限公司印刷

◆ 开本：787×1092　1/16
　　印张：22
　　字数：621 千字　　　　　　2010 年 4 月第 1 版
　　印数：1 – 5 000 册　　　　2010 年 4 月北京第 1 次印刷

ISBN 978-7-115-21820-9

定价：98.00 元（附 1 张 DVD）

读者服务热线：**(010)67132692**　印装质量热线：**(010)67129223**
反盗版热线：**(010)67171154**